GENTOSHA OUTLAW

愛でも恋でもない、ただ狂おしいほどの絶頂

草凪　優

幻冬舎アウトロー文庫

愛でも恋でもない、ただ狂おしいほどの絶頂

目次

第一章　究極のプライド

1

　さすがに見てくれだけは綺麗だな……。

　貴島弘樹《きじまひろき》は目の前に座った女を眺めつつ、胸底で感嘆の声をもらした。黒髪のベリィショート、きりりとした太い眉、強い光を放つ切れ長の眼。背筋を伸ばして座った姿勢も美しく、長い首から肩に流れるラインがバレリーナのようだ。

　身長は一六〇センチ台半ばだろう。女にしては背が高く、細身で手脚が長いから、ざっくりしたワンピースを着ていても、スタイルのよさは一目瞭然。年は三十と聞いている。若さと熟れのちょうど中間に位置する、女がもっとも輝く年ごろだ。

「いわゆる買春行為って、男性にとっては普通じゃないですか？」

レースのカーテン越しに差しこんでくる柔らかな午後の陽光を浴びながら、神谷紗奈子《かみやさなこ》は気の強さを隠さずに話を始めた。

「ネットでちょっと検索しただけで、数えきれないほどの風俗店がヒットします。それだけ利用者が多いってことですよね？　女性には蛇蝎《だかつ》のように嫌われてますけど、わたしは存在意義があると思うんです。わたしもいま、仕事が忙しくて恋愛している暇なんてないですし、淋しさを埋めあわせようと変な男に引っかかって、キャリアを台無しにしたくもありません。だったら、お金を払って手っ取り早くストレスを解消したほうがいい。男性が普通に利用してる風俗を、女性が利用して恥だと思う必要はないはずでしょう？　だからわたし、こういうサービスを待ち望んでました」

ここは港区白金にあるエステティックサロン〈エクスタシス〉。オーナーは別にいるが、貴島が代表を務めている。閑静な高級住宅街の中にあり、一戸建ての邸宅を改装した、いわゆる隠れ家的エステサロンだ。

ただし、提供しているのはスキンケアやマッサージだけではない。

富裕層の女性を相手に、セックスを提供している。エステサロンを隠れ蓑《みの》にしてむしろそちらが本業、と言ったほうがいいかもしれない。

もちろん、実態を知っているのは大枚を叩《はた》いた会員だけであり、ネットで検索してもヒットなんてしない。噂を聞いて訪ねてきても門前払いだ。きちんとした紹介者がいないと利用できない、秘密のベールに包まれた完全会員制サロンなのである。

紗奈子もまた、長い付き合いの常連客の紹介でやってきた。金銭が介在するセックスを求めて……。

〈エクスタシス〉の客は女性経営者が中心で、医師や弁護士など社会的地位が高い者も少なくない。珍しいところでは、少女漫画家やJ‐POPの作詞家もいたりする。

だが、芸能人は初めてだった。

紗奈子は女子アナウンサーで、民放キー局の朝の帯番組〈モーニン！　モーニン！〉のメインキャスターを務めている。局アナではなくフリーランスだが、いわゆる「朝の顔」として世間の認知度は高く、人気もある。卑俗な週刊誌でよく特集される「抱きたい女子アナ・ベストテン」では、常に上位に名前をあげられている。

それにしても、世の男たちはどうして女子アナがそんなに好きなのだろう……。

貴島は、昨今の女子アナ人気を冷ややかに見ていた。

お笑い芸人とバラエティ番組を進行しているぶんには許せるが、ニュース番組や情報番組で見かけると鼻白む。ジャーナリストを装っていても、その役割は要するに、画面を彩る花にすぎない。胸の谷間を見せつけたり、下半身へのカメラアングルで視聴率を稼ぎだしておいて、報道を名乗るのはおこがましいだろう。

紗奈子にしたって、見てくれのよさを買われて〈モーニン！　モーニン！〉のメインキャスターに抜擢されたに違いなかった。

ただし、彼女の場合、巨乳でもなければアイドルのように可愛いタイプでもない。清楚でありながら凜としている、知的な美しさが売り物だ。そして、黒髪のベリィショートが象徴するように、男に媚びたところがない。ブリッ子なんてとんでもない、といつだって顔に書いてある。にもかかわらず男性に人気が高いのだから、その魅力は本物と言っていいかもしれない。

そんな彼女がなぜ買春エステサロンに？　とは思わなかった。むしろ、そんな彼女だからこそ、金でセックスを買いにきたのだろう。

紗奈子は言っていた。「仕事が忙しくて恋愛している暇なんてない」。それは〈エクスタシス〉を利用するたいていの客が口にする台詞《せりふ》だ。時間的にも気持ち的にも恋愛をしている余裕はないが、性欲が消えてなくなったわけではなく、金銭的な余裕はある――となれば、性欲を金で解決しようとするのは、男の成功者と同じである。

要するに、いまをときめく女子アナも、ひと皮剝《む》けばソープランドで泡遊びをしている中年男と変わらないのだ。

昨今は、女性タレントのスキャンダルにやたらと目くじらを立てられる、という事情もあるかもしれない。独身者がアバンチュールを楽しんだだけで眉をひそめられ、相手に妻子がいたりすればその時点でアウトだ。世間から集中砲火を浴び、制作サイドやスポンサーは多額の違約金・損害賠償金を請求してくる。

ましてや紗奈子は、誰よりも品行方正を求められる「朝の顔」。性に関して言えば、いにしえのお姫様より不自由な思いをしているに違いない。

「具体的なことを少しおうかがいしたいのですが……」

貴島は紗奈子に訊ねた。

「あなたはここで、どのようなプレイをお望みですか？　私どもが提供しているベーシックなサービスは、まずは二時間ほどエステでリラックスしていただき……これは、女性スタッフが施術いたします。その後、お好みのやり方でベッドイン、ということになっております。その際のご希望をおうかがいできれば……恋人同士のように甘い雰囲気でとか、火遊びするように奔放にとか……」

「あのう」

紗奈子は遮るように言った。

「お相手は……その……」

「私がさせてもらうつもりですが……」

貴島は居住まいを正した。

「お気に召さないようであれば、遠慮なく言ってください。他にも男性スタッフは多数在籍しております。主に二十代前半の若い男性ですが……」

貴島は四十二歳。最近ではスタッフの管理が業務の中心で、指名客以外の相手を務めることはなくなった。今回特別に現場復帰したのは、有名人相手に失礼があってはならないというのが表向きの理由だが、純粋に興味もあった。ベッドの中の「朝の顔」に……。

「いえ、気に入らないわけじゃないんです……」

紗奈子は気まずげに眼を泳がせた。

「なんていうか、その……貴島さんはここの代表ですよね？　だったらやっぱり、そういう方に相手をしていただいたほうが……」

「私でよろしいですか？」

「……はい」

紗奈子は眼を伏せてうなずいた。先ほどは威勢のいいことを言っていたが、セックスの経験が豊か、というわけではなさそうだった。貴島がどういうセックスをしたいのかと訊ねると、たいていの客が息せき切って言葉を継ぐ。忘れられない過去の体験や、自慰のときの妄想を延々一時間も話す女だっているが、紗奈子は真逆のタイプらしい。

どんなセックスファンタジーの持ち主なのか、現状では見当もつかなかった。無理に言葉で伝えてもらうより、まずはエステでリラックスしてもらい、ベッドで様子をうかがいながら性癖を探っていったほうがいいかもしれない――そう思っていると、紗奈子は唐突に顔をあげて言った。

「無理やりされちゃう感じって、できますでしょうか？」

「……と、言いますと？」

「わたしはその……笑って聞いていただきたいんですが、若いころからすごくモテたんです。男の人からずっと、下にも置かない扱いを受けてきました。ベッドでもその延長線上で、腫れ物に触るようにやさしく、やさしく……そういうのに飽きあきしてるっていうか……せっかくこういうところに来たんだから、普段じゃ味わえない感じで……ちょっと強引に……犯すように抱いてほしいというか……変ですか、わたし？」

「いいえ、ちっとも」

貴島は静かに首を横に振った。

「オフィスじゃ些細なセクハラ発言にも神経を尖らせているのに、自慰のときはかならずレイプされるところを妄想するって方もいらっしゃいます。決して珍しいことではありません。

もちろん、自慰のときにレイプを妄想しているからといって、その方にレイプ願望があるわけじゃない。妄想はあくまで妄想です。そしてここは、妄想を楽しめる夢のステージ、そういうふうに考えていただければいいと思います」

紗奈子は真剣にうなずきながら聞いている。

「男の場合だってそうですよ。たとえば、ＳＭクラブで女王様の奴隷になっているマゾヒストの男がいるとします。でも彼は、実生活で恋人や奥さんに女王様になってもらいたいわけじゃない。妄想はあくまで妄想で、彼にとってＳＭクラブは、妄想を日常生活から切り離したところで楽しめる夢のステージなんです」

「それじゃあ……」

紗奈子はまなじりを決して見つめてきた。

「わたしを……犯してください……なるべくハードなやり方で……体を傷つけられるのは困りますけど、それ以外ならなにをされてもかまいません。紙をくしゃくしゃに丸めるみたいな感じ？　ああいうふうにされたいっていうか……終わったあとしばらく起きあがれなくなるくらい、犯し抜いてください……」

貴島はうなずいた。普通なら微笑を浮かべてリラックスをうながすところだが、頬がひきつってうまく笑えなかった。

犯し抜いてください……。
犯し抜いてください……。
犯し抜いてください……。

朝帯の番組をやっている女子アナの口から出てくるにしては、どぎつすぎる台詞である。アナウンスメントで鍛えあげられた透き通った声で、犯し抜いてください……。

紗奈子が口にしたオーダーは、突拍子もないものではなかった。どちらかと言えば、月並みでありがちなリクエストと言ってもいいかもしれない。

たいていの女がマゾヒスティックな性癖をもっていると貴島は思っているが、日常と地続きのセックスでそれを実現するのは難しい。男はベッドで支配した女を、日常生活でも支配できると勘違いしてしまう生き物だからだ。

女にとって――とくに社会的地位のある女にとって、そういう男女関係を築いてしまうのはリスクが高い。ただでさえ男性中心社会で窮屈な思いをしている彼女たちは、恋人になるべくフェアな関係を求めている。性癖で人格を決めつけられてしまっては、日常生活に支障を来《きた》す。

それゆえ、マゾヒスティックな欲望は心身の奥底でじっと息をひそめている。いつか大爆発させる日が来ることを密かに期待して、せめて自慰をしながら妄想に耽《ふけ》るときだけ、こっそり味わっているものなのである。

2

わたし、どうしてこんなところにいるんだろう……。

紗奈子は現実感を失っていた。ソファに浅く腰かけている体がふわふわし、まるで宙に浮いているようだった。自分の言葉が自分の言葉でないようで、普段なら絶対に口にしないような台詞を口にしている。

自分は本当に、これから目の前にいる男とセックスをするのだろうか。もう四年近く離れているその行為を、会ったばかりのこの男と……。

貴島という男の印象は悪くなかった。身長は一八〇センチくらい。四十歳を超えていると思われるが体はシェイプアップされ、サイドを短く刈った横分けのヘアスタイルには清潔感がある。イタリア製らしき濃紺のスーツは見るからに仕立てがいいし、襟だけが白いブルーのシャツにも品がある。

なにより、声が低く落ち着いているから、話をしていて安心できた。これから行なうセックスの話をしているのに、まるで社会学や人類学のゼミでディスカッションをしているかのようなのだ。

　ただし、印象が悪くないからといって、好みのタイプ、というわけではなかった。普通に知りあって、恋愛感情が芽生えるとは思えない。紗奈子は面食いなのだ。経済力がない男は論外だが、それを踏まえたうえでさわやかなスポーツマンタイプか、おしゃれにこだわりがある男がいい。そういう観点から見れば、貴島はただのおじさんだった。見た目の採点は、よく言って七十点だろうか。

　それに、貴島がこちらを見る眼が、妙に冷たいことも引っかかった。男と女としてではなく、こちらを客として見ていることがあからさまだった。

　たしかに紗奈子は、金を払ってセックスを買おうとしている。それはそうなのだが、客をもてなそうという気遣いが感じられないのはいかがなものか。男女問わず、あるいは状況いかんにかかわらず、紗奈子は気遣いのできない人間を軽蔑する。

　ただ、金でセックスを売る男としては、正しい態度なのかもしれない、とも思った。こちらが求めているのは刹那《せつな》の快楽であり、それ以上でも以下でもない。色恋営業のようなことをしてくるより潔いし、自分が提供している性的サービスに対する自信もうかがえた。こちらにしても、余計な感情を交えず、快楽に集中したほうがいいのだろう。

「それじゃあ、上に移動しましょうか」

貴島がソファから立ちあがり、紗奈子も続いた。階段を昇る脚にはやはり力が入らず、雲の上を歩いているようだった。

〈エクスタシス〉は瀟洒《しょうしゃ》な一戸建てが改装されていて、一階が応接ルーム、二階がプレイルームになっているらしい。

階段を昇っていき、分厚い防音扉を開けると、真っ白い空間がひろがっていた。ゆうに五十平米はありそうだった。壁紙やカーテン、絨毯《じゅうたん》までもが白で統一されている中、キングサイズのベッドがひとつ、エステ用のベッドがフラットタイプとチェアタイプのふたつ、その他にもオットマンつきのロングソファがあった。おそらく、バスルームやトイレも完備されているのであろう。

異様に静かなのは、防音設備のせいに違いない。

まだ午後三時過ぎなので、陽が差しこむ室内は明るく、白いレースのカーテンの向こうで、緑が鮮やかに輝いている。梅雨の谷間の、よく晴れた日だった。室内に漂っているアロマの香りは、甘く華やかなフローラル系。

控え室から、女が出てきた。ふたりいた。

「エステを担当する椿《つばき》と櫻《さくら》です」

貴島が紹介してくれる。ピンク色の施術服を着たふたりのエステティシャンを前にした紗奈子は、一瞬面食らった。

　ふたりとも背がとても低かったからだ。おそらく一五〇センチそこそこ。おまけに容姿がそっくりだった。猫のような大きな眼をした愛くるしい顔に、ラビットスタイルのツインテール。髪色は椿がブルーで、櫻がオレンジ。ウィッグだろうが、まるで二次元から飛びだしてきたロリータである。

「双子の方、ですか？」

　紗奈子の言葉に、貴島が苦笑した。ロリータふたりもクスクス笑っている。

「まあ、間違われてもしかたがないですが、まったくの他人同士です。それにこう見えて、彼女たちはあなたより年上なんですよ。エステの腕もたしかです。このサロンを実質的に運営しているのはこのふたりですから」

　貴島が言うと、

「よろしくお願いしまーす」

　椿と櫻はにっこり笑って頭をさげた。頭をさげるタイミングも同じなら、声までユニゾンになっていた。

「こちらこそ……」

　紗奈子はこわばった笑みを返した。高鳴る心臓の音が、やけにうるさく耳に届いた。異常に緊張していることを、自覚せずにはいられなかった。

広々とした真っ白い空間に現れた、双子のようなロリータふたり。見た目もひどく非日常的だったが、椿と櫻からはセックスの匂いが強烈に漂ってきた。

なんなのこれ……。

同性にそんなことを感じた経験は初めてだった。男にはある。セックスアピールの強い男は、嫌いではない。しかし椿も櫻も同じ女で、アニメの世界から飛びだしてきたような容姿をしているのに……。

「それでは、私はのちほど」

貴島は一礼を残し、階下に戻っていった。椿と櫻に揃って視線を向けられると、ドクン、ドクン、と心臓が暴れだした。胸が痛くなってくるほどだった。

こわばった顔で立ちすくんでいる紗奈子をからかうように、ふたりとも意味ありげな笑みを浮かべている。こちらより年上と言っていたが、ということは三十代なのだろうか。とても信じられない。体操着を着て砂場で遊んでいれば、小学生にも見えそうだ。

「シャワー使いますか？　バスルームはあっちです」

鈴を鳴らすような可愛らしい声で、椿が言った。

「脱衣所に簡易下着が用意してあります。いきなり全裸でも大丈夫ですけどね。リラックスできるほうでどうぞ」

紗奈子は顔を伏せ、そそくさとバスルームに向かった。扉を閉める手が震えていた。両膝も怖いくらいにガクガクしている。

ふたりの放っているセックスの匂いについては、考えないほうがよさそうだった。バスルームに入って熱いシャワーを浴び、念入りに体を洗った。

男に抱かれる前、エステで素肌を磨いてもらえるのは、素敵なサービスだと思った。しかし、いざその瞬間が訪れてみると、緊張のあまり立っているのもつらい。なんとも言えない恥の感覚が、顔を火照《ほて》らせてしようがない。

あのふたりは、紗奈子がセックスを買いにきたことを知っているのだ。

欲求不満をもてあましていると、心の中で笑われているのかもしれないのだ。

バスルームを出た。

エステサロンで提供される簡易下着は普通、ゴワゴワした紙製である。しかし、脱衣所に用意されていたのは、柔らかなコットン製で、リバティふうの可愛い花柄がプリントされていた。安くない金を払っている客に対する気遣いがうかがえた。着け心地もよかったので、紗奈子は少しだけ落ち着きを取り戻すことができた。

部屋に戻ると、マッサージベッドにうつ伏せで横たわるようにうながされた。顔のところに穴が空いているベッドである。

マッサージはリンパ系だった。それ自体は経験したことがあったが、エステティシャンがふたり、というのは初めてだった。小柄な彼女たちは手も小さく、マッサージには不向きなようにも思えたが、びっくりするほど的確にツボを突いてきて、眠気を誘うような心地よさがあっという間に押し寄せてきた。


わたし、どうしてこんなところにいるんだろう……。

マッサージに身を委ねながら、その問いばかりが脳裏をぐるぐると駆け巡っていく。

欲求不満の解消だけが、この買春エステサロンに訪れた理由ではなかった。

もちろん、性的な欲求がないとは言わない。成熟した女の体がそれを求めているのは間違いなく、セックスがしたくてしたくて叫びだしたい夜もあれば、それが叶えられず涙を流したこともある。

それでも、単なる欲求不満だけなら、歯を食いしばって我慢しただろう。

――神谷紗奈子って、最近劣化してね？

そんな中傷コメントをネットでよく見かけるようになったのが、禁欲生活に疑問を抱いたそもそものきっかけだった。他人を中傷するような人間は意地が悪く、わざと眼尻の皺《しわ》が目立つような画像も同時にアップされていたりする。

中傷されるのは人気者の宿命——と笑い飛ばすことはできなかった。〈モーニン！　モーニン！〉の視聴率がこのところ低調気味で、紗奈子の魅力が失われてきたことがその原因である、と言われていた。視聴者ばかりにではなく、身内であるスタッフにさえ陰口を叩かれているようだった。

たしかに、番組が始まった二十七歳のときに比べて、輝きを失っている自覚が紗奈子にもあった。寄る年波のせいだけではない。三十代、四十代でも輝いている女なんていくらでもいるし、若さだけに頼った美しさなんて味気ないものだ。

しかし、女性が年齢を重ねても輝くためには、充実した毎日を送っている必要がある。

仕事もそうだし、私生活でも……。

端的に言って、この四年間、紗奈子には私生活がなかった。二十六歳から一年近く謹慎生活を送っていたし、その後は「恋愛禁止」という、ミドルティーンのアイドルに課せられるような厳しい条件の下、プライヴェートを所属事務所に厳しく管理されていた。

恋愛ができなければ、セックスもできない。充実したセックスが女に潤《うるお》いを与える源泉であることくらい、女なら誰でも知っている。ベッドで愛し愛されることから離れた女は、水を与えられない花のように、萎《しお》れて枯れていくばかりの運命にある。

それがわかっていながら「恋愛禁止」などという理不尽な条件を受け入れたのには、深い事情があった。

紗奈子は四年前、二十六歳のとき、スキャンダルを起こしていた。

実業家との恋愛を週刊誌にすっぱ抜かれたのだが、それまで品行方正、知的で清楚なイメージで売ってきたから、世間に与えたインパクトは大きかった。

その実業家は独身だったので不倫ではなかったけれど、紗奈子の知らない裏の顔をもっていた。毎晩六本木や西麻布で飲み歩き、そこで引っかけた女と複数プレイを楽しんでいるという証言が続出した。そのうえ、手がけている事業も詐欺まがいの投資ファンドだったことから、紗奈子のイメージは地に落ちた。

おまけに紗奈子の謹慎期間中、その実業家は失踪してしまう。連帯保証人になっていた紗奈子は彼の負債を背負うことになり、その額、実に十億円。

終わったな、と思った。

もはや自己破産し、世間から身を隠して静かに余生を送るしかない――自分自身も含めて誰もがそう思っていたはずだが、一年後、紗奈子は不死鳥のように復活した。ＣＭ出演を通じて縁のあった大手酒造会社に十億の借金を肩代わりしてもらい、そのスポンサーがテレビ局にねじ込んでくれたおかげで、朝帯番組〈モーニン！　モーニン！〉のメインキャスターの座に納まることができたのである。

　スキャンダルを起こす前の紗奈子は、ＢＳの情報番組が主戦場だった。雑誌のグラビアなどで露出が多いわりには、本業で大きな仕事を与えられていなかった。それがいきなり地上波のメインキャスターに抜擢されたのだから、ほとんど焼け太りのように世間の眼に映ったはずだ。

　その代償が「恋愛禁止」だった。もう一度スキャンダルを起こしたら神谷紗奈子からはいっさい手を引くとスポンサーに釘を刺され、新たに移籍した所属事務所の厳しい管理の下、私生活のない生活が始まった。

　もちろん、世間の眼は冷たかった。色悪にして詐欺師の恋人というダーティなイメージはすぐには払拭《ふっしょく》できず、局アナを押しのけて朝帯番組のメインキャスターになったことで嫉妬の対象にもなった。スキャンダルで仕事のランクをあげた魔性の女、などと口さがない週刊誌に書かれたりもした。

　しかし、それにもめげず毎朝きりりとまなじりを決して番組を進行する紗奈子の姿に、世間の評価は少しずつ変化していった。

　そもそも、紗奈子は被害者なのである。相手の素性がどうあれ、独身者同士の恋愛に他人が口出しすべきではないし、連帯保証人にしても騙《だま》されていただけだ。にもかかわらずバッシングの嵐はさすがに気の毒ではないか――そういうコンセンサスが浸透していくと、品行方正、知的で清楚というかつてのイメージを取り戻しはじめた。番組が始まって一年もすると、紗奈子は押しも押されもしない「朝の顔」になっていた。

ところが、これで借金が返せると安堵し、仕事に集中できた時間は、思ったよりも長くなかった。メインキャスターに就任して丸三年が経過すると、今度は容姿が劣化しはじめているという中傷が耳に届くようになった。

次は、女としての潤いを取り戻す番だった。

禁欲生活も悪くはないけれど、さすがに三十歳を過ぎてそれだけでは女としての魅力を保てない。どんな手を使ってでも、私生活を充実させる必要がある。恋愛禁止というのなら、金を払ってでもセックスをするしかない。

もはやなりふりかまってなどいられないのだ。〈モーニン！　モーニン！〉の視聴率がこれ以上さがったら、メインキャスターの座から追われることになるだろう。朝帯のレギュラーがなくなれば収入は激減し、まだ完済していない借金が肩に重くのしかかってくる。そういう危機的状況が、すぐ目の前まで迫っているのである。

3

犯し抜いてください、か……。

貴島は一階応接室の奥にある事務所で、デスクの前に座っている。

二階の様子は八台の隠しカメラによってパソコン画面に映される仕組みになっており、紗奈子はいま、マッサージベッドの上でうつ伏せで施術を受けていた。

犯し抜いてください、と彼女は言った。それも、なるべくハードなやり方で……。

性欲以外にも溜めこんだものがあるのだろう、と考えるしかなかった。

紗奈子を紹介した女は、〈エクスタシス〉を創業した五年前からの常連客で、篠崎佳乃《しのざきよしの》という。年はアラフォー、職業は占い師だ。それも、夜の路上にポツンと座っているような流しの占い師ではなく、富裕層をタニマチにしていて、とくに芸能関係に強い。芸能人の顧客もいるようだが、メインは芸能事務所の経営者である。

芸能事務所の経営者ほど、占い師に頼りたくなる人種はいないのだろう。売れるタレントと売れないタレントの差を、論理的に説明できないからだ。個人の才能、マネージメント戦略、作品との出会い、なにをどう分析したところで、すべての説明は後付けである。結局のところ、「売れる・売れない」を隔てているのは、運ということに尽きる。器量の良いAより、努力家のBより、歌が上手いCより、一見なんの取り柄もないように見えるDが馬鹿売れしてしまうなんてよくある話だ。となれば、鰯《いわし》の頭にでもなんでもすがって、運を引き寄せたくなるのが人情というものだろう。

その篠崎佳乃が言っていた。

「紗奈子ちゃんは相当焦ってるみたいでね。朝帯のメインキャスターになってもう三年で、年も三十になっちゃったじゃない？　ネットなんかでは心ない人が『神谷紗奈子は劣化してきた』なんて書きたててるし、実際、女としての潤いがなくなってる自覚は、本人にもあるのよ。なにしろこの三年間、恋愛は絶対禁止。スキャンダルを起こしたらその時点で契約を解消するって、事務所やスポンサーから脅されつづけたわけだから、女としての潤いなんて、ねえ？　失われていく一方じゃない？」

二十代後半の独身女性に対し恋愛を禁止するなんて、人権問題に発展しそうな話であるが、そうなった経緯を説明されると、貴島にしても納得するしかなかった。スキャンダルからの復活、そして十億円の負債……。

「だから、ここを紹介してあげることにしたの」

佳乃は続けた。

「セックスで女磨きなんて言うと眉をひそめる人もいるし、紗奈子ちゃんも最初は苦笑してるばかりだった。でも、充実したセックスをした翌朝は化粧の乗りが違うなんて、女なら誰だって知っていることでしょう？　ホルモンバランスとかフェロモンなんて、心のもちようだけじゃ絶対に解決できないのよ。あの子はたぶん、スキャンダルが起きてから四年間、セックスしてないはず。それでもあれだけ綺麗なんだからたいしたものだけど、そろそろ限界よね……このままだとあなた、みじめな形で番組を追われることになるわよって言ってやった。番組どころか芸能界にも居場所がなくなるわよって……」

現実を突きつけられ、紗奈子はさめざめと泣いたという。

「でもね、泣いたってなんにも解決しない。恋愛が禁止ならお金を出してセックスを買えばいい。便利な世の中になってるのよ。セックスをお金で買って、思う存分気持ちよくなって、ひと皮剝けなさいって言ってやった。実はわたしも利用してるって言ったら、さすがに眼を丸くして驚いていたけど」

最終的に、佳乃も買春エステサロンを利用しているという事実が、紗奈子の背中を押したらしい。それほど紗奈子の自分に対する信頼は厚いのだ、と佳乃は自慢したいようだった。

実際、お互いの家に泊まりあうほどの仲らしいが、それを信頼と言っていいかどうかは難しいところだと貴島は思った。

紗奈子にはおそらく、友達がいない。親身になって相談に乗ってくれる、信頼に足りる人間が側《そば》にいない。

スキャンダルを起こした段階で、まわりにいた人間は潮が引くようにいなくなったはずだ。仕事を失い、十億円の借金を背負ってしまった人間と親しくしようとする者は、常識的に考えているわけがない。例外は詐欺師や新興宗教、あるいは占い師——人の不幸をビジネスチャンスととらえる連中である。

スキャンダルから復活しても、紗奈子の中には人間不信が色濃く残っていたことだろう。苦しいときに支えてくれず、羽振りがよくなったのを見計らって近づいてくる人間など、誰が信用するだろうか。胡散くさい占い師を心の拠り所にしてしまったとしても、誰が責められるだろうか。

貴島はモニター画面に向かって身を乗りだした。

紗奈子がマッサージベッドの上であお向けにされたからだ。贅肉のまったくない背中や、丸々と盛りあがったヒップの形状にも眼を見張ったが、やはり、あお向けになると女の体は一気にセクシャルになる。

とくに紗奈子は手脚が長いモデル体形で、素肌がヴァージンスノウのように白いから、圧巻の美しさだった。

椿と櫻が、その体にマッサージオイルを垂らす。白い素肌がみるみるエロティックな光沢をまとい、生来の美しさだけではなく、卑猥さを放ちはじめる。その素肌の上を、四つの小さな手、二十本の細い指がゆっくりと這いまわっていく。

いつ見ても、シュールな光景だった。

ピンクの施術服を着たところで、椿と櫻にはエステティシャンらしさがない。ふたりはもともと、アキバを中心に活動している地下アイドルだったらしい。コンビの歌手として揃いの衣装に身を包み、まばらな客席に向かって腰を振っていた。生活費をまかなえるほど人気があるわけではなかったので、アルバイトとして始めたのがエステティシャンだった。アイドルとしては芽が出なかったが、そちらではふたり揃って才能を開花させた。

スカウトに次ぐスカウトで給料は倍々にあがっていき、〈エクスタシス〉で働きはじめる直前は、大手エステサロンでVIP担当を務めていた。

フェイシャルケア、ボディトリートメント、リンパ系のマッサージ、どれも超一流の腕前だが、ふたりの本領は女の肌を磨きあげながら、性感をも刺激するところにある。性急な男の愛撫とは違い、二時間かけてじっくりと、まるでトロ火で煮込むように、女を欲情のピークへと導いていくのである。

〈エクスタシス〉の常連客はその指使いを、店のある白金にかけて「プラチナフィンガー」と呼んでいる。椿と櫻には熱狂的なファンがいて、男に抱かれるよりふたりの指で絶頂にいかせられるほうがいい、という向きも少なくない。セックスより疲れないらしい。疲れるゆえにセックスは充実感も満足感も高いものだが、仕事で忙しい女たちの中には、疲労を回避して快楽だけを嚙みしめたい者も確実に存在する。

背面マッサージで紗奈子の体はすでに火照りはじめているに違いなく、椿と櫻のプラチナフィンガーがいよいよ本格的に仕事を始めたようだった。

二階の様子を一階でモニタリングできるように、二階の控え室では一階の面談の様子を音声でシェアしている。つまり、紗奈子の希望は椿と櫻もわかっているはずで、その点について貴島はなにも心配していなかった。

オイルの光沢をまとった紗奈子の長い脚の上を、細指がなめらかにすべっていく。太腿の付け根は念入りに指圧し、揉みしだく。花柄のショーツに隠された部分に触れなくても、五分もすれば、紗奈子の腰はもじもじと動きだす。

シュールな光景に拍車がかかっていく。こみあげてくる欲情に戸惑っている紗奈子は大人びた顔のモデル体形なのに、戸惑わせているふたりはどこまでも可愛らしいロリータたち。椿と櫻は触れるか触れないかのフェザータッチで、ふくらはぎから膝、太腿の裏表をくすぐりまわしていく。

隠しカメラから音声までは聞こえないが、紗奈子の呼吸はずいぶんと荒々しくなっているようだった。オイルは次々に追加されているが、オイルを垂らされていない顔や首筋にも汗が光っている。

「触ってもよろしいですか？」

椿が紗奈子の耳元でささやいた。いつもの台詞なので、音声がなくてもわかる。椿が訊ねているのは、ショーツの中に指を入れていいかどうかだ。

普通の客なら、すかさず首を縦に振ってうなずく。欲求不満の解消に来ているのだから、恥も外聞もない。待ってましたとばかりにショーツを脱ぎ捨て、敏感な部分に刺激を求めるのだが、紗奈子は首を横に振った。歯を食いしばり、挑むような眼で椿を睨《にら》みつけた。

なかなか気が強い……。

貴島はモニターを眺めながら苦笑した。ただ単にセックスの経験が浅く、おまけに四年もの間、恋愛沙汰から遠ざかっていたせいかもしれないが、こんなところで意地を張ってもしかたがない、ということがわかっていないようだった。男が風俗店に遊びにいき、風俗嬢相手に意地を張ってもしかたがないのと同じである。

とはいえ、貴島は気の強い女も、意地っ張りな女も、嫌いではなかった。そういう女がプライドを捨てて絶頂を求める瞬間に立ちあいたいから、こんな仕事をしているのだ。

女性相手の買春エステサロンを経営しているからといって、貴島はごく一般的な意味での女好きではない。

むしろ逆だ。

女嫌いと言ってもいいし、女を憎んでいると言ってもいい。

もう十年近く前の話になるが、女という存在そのものに失望し、幻滅するような事態に直面したからだった。

世間広しといえども、愛する女ふたりから同時に裏切られた男は、ざらにはいないのではあるまいか。

貴島には、そういう経験があった。

三十三歳のときのことだ。貴島は当時、中堅どころの商社に勤めていた。サラリーマンとしては可もなく不可もない感じで淡々と仕事をこなしていたが、かなりの貯金があった。履き物問屋を経営しながら女手ひとつで育ててくれた母親を前年に亡くし、その遺産が一億円近く転がりこんできたからだった。もちろん、だからといっていきなり散財を始めるような馬鹿な真似はしなかったけれど、金銭的な余裕があれば気持ちにも余裕が生まれるらしく、その余裕が異性を引き寄せる魅力になったらしい。

部下と恋に落ちた。

みずから積極的に口説いたわけではなく、向こうから誘ってきた。課内で開かれた暑気払い会の帰り、ラブホテルで熱い夜を過ごした。

貴島は結婚していた。子供はいなかったが、学生時代から付き合っていた妻に罪悪感がなかったわけではない。貴島は妻のことを愛していたし、家庭も大切に考えていたから、部下とはあくまで遊びのつもりだった。

十歳年下の二十三歳。美人というより可愛いタイプで、あまり聡明ではなかったが、それが愛嬌に映る得な性格をしていた。遊びのつもりでも、彼女がふりまく若さがまぶしくてしようがなかった。それ以上に、ピチピチの若い体に夢中にならずにいられなかった。もちろん、粗末に扱ったりはしなかった。食事でもプレゼントでも、できる範囲で最高のものを与えていた。

彼女との交際期間は三カ月と決めていた。長い時間を共有して別れられなくなるのが怖かったし、彼女に若さを浪費させるのも忍びなかった。その時が来たらきっぱり別れるつもりでいたが、ひと月も経たずに妻にバレた。

若い女と肩を並べてラブホテルに入っていく場面の写真を突きつけられた衝撃は、いまなお生々しく思いだすことができる。手脚が激しく震えだし、頭の中でガラガラと音をたてていた。いままで築きあげてきたものが、崩れ落ちていく音だった。

結果、妻への慰謝料と財産分与、そして若い愛人への手切れ金で母の遺産をほとんど手渡すことになった。とても仕事を続ける気力はなく、会社も辞めた。妻の出ていったガランとしたマンションの部屋で、何週間も放心状態に陥っていた。

心配して様子を見にきてくれた同僚がいた。いま思えば、よけいなおせっかいを焼かれた気がする。真実を知らなければ知らないで、身から出た錆《さび》とすべてを受け入れることだってできたかもしれない。

「おまえの付き合ってた女、おまえのカミさんとつるんでたみたいだぞ。給湯室でそんな話をしているのを、盗み聞きしちまったんだ」

貴島には、彼の言葉の意味がわからなかった。妻と愛人にはなんの接点もないはずだったからだ。

しかし、どうにも気になって探偵に調査させたところ、たしかに妻と愛人は通じあっていた。通っていたヨガスクールが一緒だったのである。ふたりの狙いは母が残した遺産だった。つまり、金のために若い愛人は貴島に近づき、ラブホテルに誘ってきたのだ。ハニートラップだったわけだ。

ふたりで金を山分けし、高笑いをしているところを想像すると、貴島は悔しさで気が狂いそうになった。たしかに自分は妻を裏切った。愛人に対しても、遊びのつもりで体を求めていたのだから、誠実な態度ではなかったかもしれない。

しかし貴島は、妻は妻なりに、愛人は愛人なりに愛していたのだ。甘い記憶や思い出だって、それぞれに対してある。それをすべて踏みにじられたショックは、貴島という人間を根底から変えた。過去を捨て、モラルも捨てて、はっきりと別人になった。

借金をして小さなバーを開くと、そこに訪れる女性客を片っ端から口説いた。ひとりで酒場に訪れるような女は、たいてい淋しさを抱えている。そこにつけこんでやさしい言葉をかけては、セックスにもちこんだ。

女に対する復讐だった。女という存在そのものに失望し、幻滅していればこそ、誰でもいいから体を重ねずにはいられなかった。

乱暴に犯すわけではない。そんな必要はない。どんなに気取った女でも、裸に剝き、性感帯を刺激してやれば、眼つきが変わる。勃起しきった男根を抜き差ししてやると、あられもない声をあげ、顔をくしゃくしゃに歪めて絶頂を嚙みしめる。

その必死すぎて醜くなった顔を見る瞬間だけ、貴島は溜飲をさげることができた。女を支配し、征服した気分になれた。女を嫌い、憎んでいるにもかかわらず、むしろいままでより女に執着し、性欲は無尽蔵にこみあげてきた。閉店後のバーの店内で、毎晩日替わりで女を抱いていた。

人妻や彼氏もちの女もたくさんいた。この女もまた、夫や恋人をしたたかに裏切っていると思うと、トラウマが疼《うず》いてしかたがなかった。

いくら抱いても、妻や愛人を抱いたときのような甘い気分にはなれなかった。貴島の男根をはちきれんばかりに硬くしているのは、愛でも恋でもなく、怒りだった。

4

なんなの、これは……。

椿と櫻に体中をまさぐられながら、紗奈子は焦燥の極みにいた。

うつ伏せでマッサージをされているときから、いままで経験したことがあるマッサージとは別物であるとは思っていた。ふたりがかりで的確にツボを刺激されることで、体が骨抜きにされていく実感があった。軟体動物にでもなったように、ぐにゃぐにゃに……。

あお向けにされると、完全にただのマッサージではなくなった。素肌を磨いているのではなく、あきらかに愛撫に近い手つきで紗奈子の体を触ってきた。逆Vの字に伸ばした脚の付け根を念入りに揉みしだかれると、単なる心地よさとは違う、欲情じみた妖しい感覚が体の内側で芽生え、ざわめきはじめた。

　といっても、花柄の簡易下着を着けているところには触れられていない。紗奈子がそれを拒んだからだが、にもかかわらず体の奥底からこみあげてくる妖しい感覚は峻烈になっていくばかりで、両脚の間の疼きは刻一刻と耐えがたくなっていった。簡易ショーツの中が愛液にまみれていることは間違いないし、簡易ブラジャーの下では左右の乳首が痛いくらいに尖っていた。

「ふふっ、そろそろ我慢できなくなってきたんじゃないですか？」

　椿が耳元でささやいた。全身が異常に敏感になっていて、耳に吐息がかかるだけで紗奈子の体はぶるっと震えた。

「触ってほしいなら、そう言ってもらえると助かるんだけどなー」

「なっ、なにをっ……」

　紗奈子は顔をそむけたが、今度は反対側の櫻と眼が合った。

「オマンコ触ってほしいんじゃない？　って訊いてるのよ」

　紗奈子は絶句して眼を見開いた。

「うわー、わざとらしいびっくり顔。こういうところに来て、見栄を張っていてもしかたがないでしょう？　オマンコ触ってほしいなら触ってほしいって、ちゃんと言ってごらん」

「ばっ、馬鹿なことをっ……」

紗奈子は自分の顔が燃えるように熱くなっていくのを感じていた。額から流れてくる汗の量も尋常ではなかった。

「でもう、すごい濡らしてるでしょう？　匂いでわかりますよ」

椿と櫻はくんくんと鼻を鳴らすと、眼を見合わせてアハハと笑った。完全に人を小馬鹿にしている笑い方だったので、紗奈子はますます顔を熱くして、太い眉を吊りあげた。しかし、睨もうとしても、眼に力が入らない。体も同様だ。すっかり骨抜きにされてしまっており、起きあがろうとしてもすぐには無理だったろう。

ふたりの言っていることが間違っていなかったから、なおさら悔しくてしかたなかった。

紗奈子は愛液の匂いがかなり強いほうらしい。男にそう言われても自分ではよくわからなかったが、いまはわかる。フローラル系のアロマの匂いを嗅ぎとれないほど、自分の体がいやらしい匂いを放っていることが……。

「下着取ったほうが、解放感あると思いますけどね」

「そうそう。生まれたままの姿でマッサージ受けるのって、至福ですよ」

たしかにそうかもしれないが、全裸になったらなにをされるかわからなかった。無防備にさらされた性感帯を刺激されることが、怖くてしかたなかった。

だいたい、こんなロリータふうの少女たちの前で、自分だけバストトップや性器をさらすなんて、屈辱以外のなにものでもない。実際はこちらより年上らしいが、そんなふうにはまるで見えない。

「わっ、わたしはレズビアンじゃありませんからっ！」

叫ぶように紗奈子が言うと、椿と櫻は眼を丸くして笑った。

「あらー、あたしたちだって違いますよ。ただのエステティシャンです」

「これは先生のぶっといオチンチンを入れてもらう準備運動ですから」

「そうそう。オマンコ使う前の準備運動なんだから、リラックスしてもらわないと」

椿の指が、ついに股間に近づいてきた。逆Ｖの字に伸ばした両脚の中心、花柄のショーツが食いこんでいる小高い丘を、すうっと撫でられた。

紗奈子はのけぞった。ほんの軽い刺激にもかかわらず、体の芯に電流が走ったような衝撃があり、悲鳴をこらえられたのが奇跡に思えた。

櫻の指は、胸のふくらみに迫ってきた。簡易ブラジャーにはカップなんて入っていないから、よく見れば乳首が勃っていることがうかがえる。そこに、触れられた。かすったような感じだったが、もう一度体の芯に電流が走った。

「やっ、やめてっ……やめてくださいっ……」

紗奈子の口からもれた声はどこまでも弱々しく、反対に椿と櫻はケラケラ笑っている。完全に馬鹿にされている。だが、強い態度に出られない。こちらは金を払っている客なのだから、非礼を叱責して部屋を出ていってもいいはずなのに、体が動かない。

貴島はなにをやっているのだろうか。

こんなふうに辱められるのも、あの男の指示なのか。

「素直になったほうがいいですよ」

椿の小さな両手が、ショーツの中に入ってきた。性器に触れられたわけではなく、陰毛を指で梳《す》かれた。いままで触れられていなかった場所への刺激に息がとまり、紗奈子は汗まみれの顔を思いきりこわばらせた。

「ほら、オマンコ触ってって言ってごらん」

「ツンデレなのかしら？　男が相手じゃないと、甘えられないタイプ？」

櫻の両手が、ブラジャーの中に入ってくる。オイルにまみれたヌルヌルの手で、胸のふくらみをまさぐられる。

「ダッ、ダメッ……」

紗奈子は激しく身悶《みもだ》えた。椿も櫻も、肝心なところには触れてこなかった。にもかかわらず、女の花は怖いくらいに疼きだし、乳首が燃えているように熱い。下半身のいちばん深いところで、なにかが溶けだしていくような感覚があった。愛液が大量に分泌されているのだと思うと、顔から火が出そうになった。

「こんなに意地っ張りな人も珍しいなあ……」

椿が薄笑いを浮かべながら言った。

「気持ちよくなりにきたんでしょう？　そうですよね？」

「しかたがないから、もう脱がせちゃいましょうよ」

椿と櫻は目配せしあうと、簡易ショーツをずりさげてきた。簡易ブラジャーもだ。抵抗する暇もなく丸裸にされた紗奈子は、悲鳴をあげて体を丸めようとした。椿と櫻は許してくれなかった。手脚をX字に押さえつけられ、バストトップと陰毛を露わにされた。

「すごーい、乳首が薄ピンク！」

「ホント！　こんなに綺麗な乳首、久しぶりに見た」

紗奈子はあわあわと口を動かすばかりで、抵抗できない。

熱い視線が、胸のふくらみの先端に注ぎこまれる。ただでさえ熱くてしようがないその部分が、ますます熱を帯びていく。

「でも、それに引き替え……」

ふたりの視線が下半身に這ってきた。

「下のオケケは全然お手入れしてないみたいね」

椿と櫻は眼を見合わせ、プッと吹きだした。紗奈子はさすがに泣きそうになった。紗奈子は陰毛が濃いほうなのだ。

「まるで獣みたいなもじゃもじゃのマン毛じゃないですか。お顔はとっても綺麗なのに」

「意識高い系に見えるから、パイパンかと思ってましたよ。ＶＩＯ、あたしたちがつるつるにしてあげましょうか？　追加料金かかりますけど」

「みっ、見ないでっ……」

紗奈子はかろうじてそれだけを口にした。感情が掻き乱されて、いまにも涙があふれそうだった。

エステで気持ちよく全身を磨きあげてもらって、久しぶりのセックス——女としての潤いや輝きを取り戻すために決断したとはいえ、それなりに楽しみにしていたのだ。愛でもなく、恋でもないセックスで、すっきりしたかったのだ。なのにどうして、こんな屈辱的な目に遭わなければならないのか……。

だが、紗奈子にはもはや、自分の行ないを後悔している暇さえなかった。常軌を逸した恥ずかしさに、生きた心地がしなかった。体中を這いまわっているふたりの視線が、思考回路を粉々に打ち砕き、冷静になることを許してくれない。彼女たちは服を着ている。なのにこちらは丸裸というのが、あまりにもみじめすぎる。

しかし、そのとき噛みしめていた羞恥などものの数ではなかったと、すぐに思い知らされることになる。

両脚をひろげられた。熱く疼いている部分に新鮮な空気を感じた瞬間、紗奈子は絹を引き裂くような悲鳴をあげた。女の恥部という恥部を、すべて露わにされてしまった。

「いやーん、可愛いオマンコ」

「感心しちゃうわあ。美人っていうのは、オマンコまで綺麗なんだ」

椿と櫻の視線が、股間を這いまわった。ただの視線なのに、紗奈子にはまるで舐めまわされているように感じられた。みっともないことになっているはずだった。口ではなんとでも言えるが、両脚をひろげられてしまっては、濡れていることを隠しきれない。まるでおもらしを見つかった少女のような……いや、それ以上の恥辱かもしれない。女の花が濡れているのは単なる生理現象ではなく、欲情の証左なのだから。

欲情……。

同性のマッサージで、そんなことになっている自分が信じられなかった。四年間もの長きにわたって恋愛禁止を強要され、自覚以上の欲求不満を溜めこんでしまっているのだろうか。そうとでも考えなければ、おかしすぎる。自分はこんな女ではなかったはずだ。同性の愛撫で、淫らな蜜を大量に漏らしてしまうような……。

涙がこぼれそうになったとき、椿の小さな両手が双頰《そうきょう》を包んできた。

「泣いてもいいですよ」

まじまじと顔をのぞきこまれる。

「恥ずかしかったら泣いても大丈夫。すべての感情を解放していいの。恥ずかしくって泣いちゃっても、すぐに気持ちよくって泣くようにしてあげるから……」

紗奈子は唇を嚙みしめた。ツインテールのロリータに、同情されている自分が情けなかった。意地でも泣くものかと、涙眼で睨みつける。

「やだあ、怖い」

椿が笑った。失笑という感じだった。

「オマンコ丸出しなのに、こんな怖い顔する人初めて見た」

「意地っ張りもここまでいくと、逆に清々《すがすが》しいわね」

櫻がなにかを持ってきた。食品用のラップフィルムだった。一〇センチ四方ほどに切られたそれを、股間に貼られた。左右の乳首にもだ。

「なっ、なにをするの……」

啞然《あぜん》としている紗奈子に、椿と櫻は涼しい顔を向けてくる。

「あたしたちレズビアンじゃないから、それなりの配慮です」

「でも、ご要望があれば、それもまた配慮しますけどね」

意味ありげに笑うふたりに、紗奈子は震えあがった。ふたりの眼つきが、いままでとは違ったからだ。スイッチが入ったと、直感で理解できた。

椿がベッドにあがってくる。紗奈子の両脚の間で四つん這いになり、ブルーのツインテールを揺らしながら顔を股間に近づけてくる。

「やっ、やめてっ……」

紗奈子は身をよじって抵抗しようとしたが、できなかった。オレンジのツインテールの櫻に、ふたつの胸のふくらみをすくいあげられたからだった。

「おとなしくしてなさい」

ささやく表情が険しかった。可愛らしい櫻が初めて見せた真剣な面持ちにたじろぎ、紗奈子は身動きがとれなくなった。

椿がピンク色の舌を差しだした。クンニリングスをしようとしている。ラップ越しとはいえ、同性の舌が敏感な性感帯に襲いかかってくる。

「……くっ！」

ねろり、と舐められると、紗奈子の頭の中に白い閃光が走った。続いて、淫らとしか言い様のない感覚が、舐められた両脚の間を中心に体全体にひろがっていき、下半身の肉という肉が小刻みに震えだした。

ずっと欲しかった刺激であることを、思い知らされた。理性が必死に否定していたけれど、紗奈子はたしかに、それを求めていた。

ねろり、ねろり、と舌が這うほどに、体の震えは激しくなっていき、いやらしいほど腰が反《そ》り返っていった。これはおぞましい同性の舌だと思っても、押し寄せてくる快楽の波がすべてをさらっていく。

身をよじると、体中の素肌がヌルヌルしていた。マッサージオイルのせいだけではなく、大量の汗をかいているからだった。汗だけではなかった。もっとも体液を分泌している部分は、椿の舌が触れているところだった。

いや、舌は直接触れていない。熱く疼いている女の花には、ラップフィルムが貼られている。そのせいか、記憶にあるクンニリングスよりずっと刺激が弱い。もどかしさがよけいに女の花を疼かせ、息苦しささえ運んでくる。

塞がれているのは下の口なのに、上の口まで塞がれている感じだった。気がつけば、あまりの息苦しさに犬のようにダラリと舌を伸ばして呼吸をはずませていた。

櫻の指が、その舌をつまんだ。舌を口の中にしまうことができなくなると、顎から首にかけて唾液が流れだしていった。みじめな姿になっている自覚はあったが、どうすることもできなかった。

椿は舌だけではなく、指も使いはじめた。クリトリスに触れられた。たしかにそういう感覚はあるのに、快感はどこまでも頼りなく、心細い。敏感な肉芽が与えてくれる刺激はこんなものではないはずだという思いが、大股開きの内腿をひきつらせる。激しく身をよじろうとしても、上半身は櫻に押さえられている。

乳房を揉んでいた十本の細指が、じわじわと先端に這いあがってきた。痛いくらいに硬く尖った乳首を、こちょこちょとくすぐられる。だがそこもまた、ラップフィルムが貼られている。乳首に触れられているのに、乳首に触れられている気がしない。

下半身のいちばん深いところで、愛液だけがこんこんと分泌され、出口を求めて怒濤の渦を巻いていた。涙に霞《かす》んだ眼を必死に凝らすと、宙に掲げられている自分の足が見えた。足指が、なにかをつかもうとするように、ぎゅうっと丸まっていく。

「そろそろ素直になったほうがいいんじゃない？」

櫻が耳元でささやいた。

「素直におねだりすれば、ラップを剝がして乳首を吸ってあげるわよ」

そうされたときの感覚が体の中に生々しく蘇り、紗奈子は大量の涎《よだれ》を垂らした。

「舌で転がして、甘嚙みだってしてあげる」

「オマンコだって、生身で可愛がってあげるんだから」

椿の吐息がラップの貼られた女の花に吹きかけられる。

「剝き身のクリちゃんをたっぷり舐めて、舌だって入れてあげるわよ。中でくなくなしてあげちゃう」

「あああっ……あああああっ……」

紗奈子はもう、まともに言葉を継ぐことができなかった。自分はいま、欲情にがんじがらめにされていると思った。「剝き身のクリ」「たっぷり舐め」「中でくなくな」という言葉が脳にダイレクトに突き刺さり、異様な興奮を呼び起こす。

いや、この体をがんじがらめにしているのは、自分の高すぎるプライドなのかもしれなかった。恥も外聞も捨てて椿と櫻の軍門に降《くだ》れば、きっと眼も眩《くら》むような快感が与えられる。初めて会ったふたりなのに、それだけはすでに確信している。イカせてほしいと哀願すれば、彼女たちはイカせてくれる。おそらく、男に抱かれるよりも峻烈に……。

だが、どうしてもそれができない。ここは買春エステサロンであり、椿と櫻は、言ってみれば風俗嬢のようなものだ。こちらは金を払っている客なのだから、なにも遠慮することはない。そうだとわかっているのに、どうしても……。

そのときだった。

部屋に人が入ってくる気配がした。

貴島だった。濃紺のスーツを着たその姿をひと目見るなり、紗奈子ははじかれたように体を起こした。自分が生まれたままの姿でいるとか、体中の素肌をオイルと汗でテラテラに濡れ光らせているとか、絶頂寸前のいやらしい顔をしていることとさえ忘れて、貴島に向かって走りだしていた。

ふたりがかりで骨抜きにされた体だから、生まれたての子鹿のようによろめきながら近づいていき、貴島の胸に飛びこんだ。なぜそんなことをしてしまったのか、自分でもわからない。気がつけば貴島の胸で号泣していた。

5

まさかこんなに取り乱すとはな……。

少女のように手放しで泣きじゃくっている紗奈子を胸に抱きながら、貴島は胸底でほくそ笑んだ。

激しい絶頂に涙を流す女は珍しくないが、イク前にここまで大泣きした女は初めてだった。

それほどまでに羞恥心が強く、プライドが高いということだろう。ツインテールのロリータふたりに体中をまさぐられ、おぞましさと恥辱にまみれながらオルガスムスを嚙みしめる自分を、どうしても許せなかったに違いない。

椿と櫻を見た。しらけた顔をしていた。無理もない。彼女たちがふたりがかりで絶頂に導けなかった女もまた、初めてなのだ。普通ならもう何度も哀願を繰り返し、二度や三度はイカされている。どんな淑女であろうとも、貴島が現れたときには眼つきをトロンとさせ、肉欲だけに頭の中を支配されている。

もちろん……。

客が泣きじゃくっているからといって、プレイを中断するつもりはなかった。高い金を取っておいて中途半端な真似をしたら、サロンの存続に関わる。紗奈子には、望みのものを与えてやらなければならない。

椿に目配せし、手錠を持ってこさせた。金属製ではない。柔らかなセーム革を使った特注品で、手首に痕が残らない。

「なっ、なにをっ……」

両手に手錠をはめると、紗奈子はすがるような眼を向けてきた。「えっ、えっ」とまだ嗚咽をもらしている。

「犯してほしいんでしょう？」

貴島が椿や櫻には聞こえないように耳打ちすると、紗奈子は息をつめて眼を見開いた。

「紙をくしゃくしゃって丸めるみたいに、犯し抜いてほしいんでしょう？」

言葉を返せない紗奈子の両手をあげさせた。セーム革の手錠は鎖で繋《つな》がれていて、その真ん中を、天井からぶらさがっている鉤《かぎ》状のフックに引っかけた。これでもう、バンザイの格好で両手をおろせない。乳房や陰毛はもちろん、腋窩《えきか》まで露わになっている。フックの高さを調整し、足の裏がぴったりと床の絨毯につくようにする。

「怖いですか？」

紗奈子は一瞬眼を泳がせてから、コクリとうなずいた。

「怖がることはありません。あなたは怖い目に遭うことなんてない。ただ、気持ちよくなるだけなんですから……」

貴島は紗奈子の腰を抱き寄せると、そっと唇を重ねた。意外だったらしく、紗奈子は眼を真ん丸に見開いた。しかし、じっくりと舌をからめあい、やさしく吸いたててやると、次第に眼つきが蕩《とろ》けてきた。

紗奈子の口のまわりは涎にまみれ、甘酸っぱい匂いがした。いい匂いだった。その匂いだけで、女が欲情していることがわかる。紗奈子は椿と櫻の責めに耐え抜いたが、体にはしっかりと火がついている。

貴島は紗奈子の乳房を手のひらですくいあげた。着衣のときからわかっていたことだが、彼女は巨乳ではない。細身のスタイルによく似合う、男の手のひらにすっぽり収まるサイズであり、小ぶりなだけに敏感そうだ。

「んっ……」

紗奈子が再び眼を丸くした。貴島が乳首に貼りついていたラップフィルムを剝がしたからだ。それもまた意外だったのだろうし、無防備になった性感帯になにをされるのか、期待と不安が入り混じっているのだろう。

貴島は紗奈子の腰を抱いたまま身を屈《かが》め、左の乳首を口に含んだ。

「ああんっ！」

紗奈子は可愛らしい声をあげた。しかしすぐにハッとして、唇を引き結んだ。部屋にはふたりきりではない。椿と櫻がいる。二メートルほど離れたところに立ち、ニヤニヤしながらこちらを見ている。

「気にすることはありません」

貴島は言った。

「彼女たちは私の手足のようなものですから」

鋭く尖らせた舌先で、硬くなった乳首を転がした。舌腹で舐めあげてやると、抱いた腰が大きく反り返った。ラップフィルムで保護されていた乳首に、ざらついた男の舌腹はかなり刺激的なようだった。

それでも、声はこらえている。唇を嚙みしめて必死に……。

貴島はねちっこく乳房を揉みしだき、乳首に舌を這わせた。舐めては吸い、吸っては舐め、時に甘嚙みまでしてやると、紗奈子の呼吸は荒くなっていった。首筋に汗を光らせ、太腿をもじもじとこすりあわせている。

椿と櫻に目配せした。ふたりが近づいてくると、紗奈子の顔に怯《おび》えが走った。すがるように貴島を見て、無言のまま何度も首を横に振った。

ロリータふたりに辱められるのはもう嫌だ、と言いたいらしい。だが、やり方を決めるのは、こちらだった。目的地には間違いなく運んでやるが、ルートやプロセスはまかせてもらわなければ困る。

「ちょっとアクの強いふたりですが、慣れればやみつきになりますよ」

紗奈子の耳元で甘くささやき、貴島は体を離した。

椿と櫻は、あるものを手にしていた。ビニール製のつるつるした紐だ。直径五ミリのそれを、紗奈子の股に通していく。

「いっ、いやっ！　いやですっ！」

紗奈子の股間にはまだ、ラップフィルムが貼りついたままだった。そこにビニール紐が食いこみ、ゆっくりと前後に動きだす。椿と櫻が両端を持ち、寄せては返すさざ波のようなリズムで行き来させる。

「くうっ！　くううっ！」

紗奈子は懸垂をするように両腕に力を込め、爪先立ちになってビニール紐の刺激から逃れようとした。しかし、そんなことではもちろん逃れられない。椿と櫻は意地の悪い笑みを浮かべて、逆に食いこませる。ふたりにしてみれば、これは先ほどの雪辱戦だ。ビニール紐を持つ手にも力がこもり、呼吸はぴったりと合っている。

「やっ、やめてくださいっ！　こんなのいやですっ！　こんなのっ……」

紗奈子は必死の形相で訴えてきたが、貴島は涼しい顔で無視した。彼女の体に見とれてしまっていた。

女の体は吊るしてみると、グレードがよくわかる。紗奈子のボディは掛け値なしに極上だった。全体的にはすらりとしたモデル体形で、乳房は小ぶり。だが、ヒップと太腿は意外なほど肉づきがいい。知的な顔立ちをしているくせに、バックから突かれるのを求めているような体つきだ。

そしてその体はもう、欲情を隠しきれない。テラテラと光っている素肌はところどころに汗の粒を浮かべて、生々しいピンク色に染まっている。

「ねえ、許してっ！　貴島さんっ！　わたしはこんなのいやなんですっ！」

ではどうすれば嫌じゃないのか、訊ねてみてもよかった。犯し抜かれたい、と彼女は言った。その言葉で、なにを伝えようとしていたのか。紙をくしゃくしゃにするように犯すのは、体だけの話なのか。

それでは到底、満足などできまい。プライドの皮を一枚一枚剝がされ、女として恥という恥をかき、精神までもくしゃくしゃになるようなセックスこそ、彼女の望みではないのだろうか。頭の中が真っ白になり、忘我の境地で魂までも歓喜に痙攣《けいれん》させることこそ、本当に求めていることとではないのか。

椿と櫻が、ビニール紐を動かすのをやめた。相変わらず絶妙なタイミングだった。いまのいままで「いやっ！」「やめてっ！」と叫びながら、刺激から逃れるように身をよじっていた紗奈子の体の動きが、今度は逆に、刺激を求めるものに変わった。肉づきのいい太腿をぶるぶると震わせつつ、みずから股間をビニール紐にこすりつけはじめた。

「いやあああーっ！」

涙を流しながら叫んでみても、腰の動きはいやらしくなっていくばかりだった。クイッ、

クイッ、と股間をしゃくるような滑稽なエクササイズに、椿と櫻が失笑をもらす。アハハ、アハハ、と指を差して笑われ、紗奈子の顔はもう真っ赤だ。これほどの恥をかかされるのは、おそらく生まれて初めてだろう。

しかし、地獄の扉はまだ開いたばかりだった。

椿と櫻は阿吽《あうん》の呼吸で、ビニール紐を股間に食いこませたり、焦《じ》らすために離したりした。もどかしさに汗まみれの肢体をよじる紗奈子の様子をうかがいながら、リズミカルに股間をこすりたてた。

そうしつつ、紗奈子の腋に顔を近づけていく。両手をバンザイした格好で吊られている彼女は、左右の腋窩を無防備にさらしている。汗の溜まったその部分に、ロリータたちの舌が襲いかかっていく。くすぐりまわすように、ねろねろ、ねろねろ、と舐めたてる。股間に食いこんでいるビニール紐は、その間も絶え間なく動いている。

「ああっ、いやっ！　いやようっ！　舐めないでっ！　腋を舐めないでちょうだいっ！」

紗奈子は紅潮した頬をピクピクと痙攣させて、叫んだ。叫びながらも、腰を動かしてビニール紐にみずから股間をこすりつけている。

いまにもイッてしまいそうだった。もちろん、そう簡単にイカせるわけにはいかなかったし、そう簡単にイケない仕掛けも施されている。

「いい格好ですよ。自分でも見てみますか？」

貴島は紗奈子の正面にあるカーテンを開けた。壁一面が、ダンススタジオのような鏡になっていた。

紗奈子の顔が、絶望に歪みきった。ビニール紐の端を持つ椿と櫻の手は、動いていなかった。紗奈子はみずから股間にビニール紐をこすりつけていた。クイッ、クイッ、と腰を振りたてて……。

「ゆっ、許してっ……もう許してっ……」

大粒の涙をボロボロとこぼしながら言った。それでも腰は動きつづけているので、悲愴感《ひそうかん》はない。ただいやらしいだけだ。

「もっ、もうダメッ……わたし、もうダメですっ……」

「なにがダメなんだい？」

貴島が顔をのぞきこむと、紗奈子は眼をそむけて唇を嚙みしめた。

「はっきりおねだりしないと、このままずーっと生殺しよ」

椿が笑いを嚙み殺しながら言った。

「そうそう。頭がおかしくなっちゃっても知らないんだから」

櫻も笑っている。ふたりはビニール紐に細工をしはじめた。結び目を三つばかりつくり、それを紗奈子の股間に近づけていく。

「はっ、はぁううう ーっ!」

結び目で股間をこすりあげられた紗奈子は、稲妻に打たれたようにビクンビクンと体を跳ねさせた。しかし、意地悪な椿と櫻は、そのままビニール紐を紗奈子の股間から抜いてしまった。痛烈な刺激がもたらしたものは、痛烈なもどかしさだけだったろう。

「たっ、助けてっ……」

紗奈子は太腿をこすりあわせながら言った。その股間にはまだ、ラップフィルムが貼りついていた。透明極薄のそれが、紗奈子がなかなかイケない秘密だった。生身の女性器にビニール紐を食いこまされていたら、とっくにイッていただろう。だが、最後の最後のところで、ラップの保護が邪魔をする。イキたくても、イケない。狂いたくても、狂えない。

「望みを口にしてください」

貴島は紗奈子の頬を手のひらで包んだ。涙で盛大に濡れているにもかかわらず、火傷《やけど》しそうなほど熱かった。

「ここは夢のステージだから、望めばなんでも叶います。でも、それを口にしなくちゃいけない。口にすることで、あなたはひと皮剝けるでしょう。より深い快感を、女に生まれてきた悦びを、嚙みしめることができる……」

「くううっ……くぅううう──っ！」

紗奈子は涙眼で睨んできた。悔しげに唇まで嚙みしめていた。いったいどこまでプライドが高い女なのだと、貴島は戦慄《せんりつ》を覚えずにはいられなかった。

第二章　縄狂い

1

なにが女としての潤いよ……。

テレビ局の楽屋で鏡を見つめながら、紗奈子はぎりりと歯噛みした。

鏡に映った自分の顔は、無残に眼が腫れていた。メイクでなんとか誤魔化したものの、見れば見るほど厚化粧が痛々しいひどい顔だった。

昨日〈エクスタシス〉で、自分でもびっくりするほどの大量の涙を流し、自宅に帰ってからも泣きつづけた。〈モーニン！　モーニン！〉は午前六時から始まるので、毎日午前四時には局に入っている。起床するのは午前二時だが、ゆうべはまったく眠れなかった。あれだけ涙を流したうえに徹夜では、ひどい顔でも当然だった。

またネットの住人に劣化と言われると思うと、これから生放送に臨む気力が潰《つい》えそうだった。しかし、いまはそんなことよりも、心を千々に乱しているものがある。

あの貴島という男は……。

昨日のことを思い返すと、はらわたが煮えくりかえってしかたがない。三十年間生きてきて、あれほどの屈辱を味わわされたのは初めてだ。

革の手錠をはめられ、天井から吊るされた紗奈子は、いままで想像もしていなかったようなやり方で、性感帯を刺激されつづけた。とくに、股間にビニール紐を食いこまされながら腋の下を舐められるのはきつかった。

二次元ロリータコンビの呼吸はぴったりで、股間をこすりたてられる刺激にいても立ってもいられなくなった。腋窩を這いまわる生温かい舌の感触が、ラップフィルム抜きのクンニリングスを生々しく思い起こさせ、身をよじるのをやめられなかった。

さらには、ふたりがビニール紐を動かすのをやめたときだ。みずから股間をこすりつけてしまったことに、絶望的な自己嫌悪を覚えた。

その姿を、大きな鏡で見せつけられた。

死にたくなるほどの羞恥に、魂が震えていた。

だが、それ以上に欲情していた。むらむらとこみあげてくる衝動を、どうすることもできなかった。

股間に貼りついていたラップフィルムを剝がされると、気が遠くなりそうなほどの解放感が訪れた。ロリータコンビが片脚ずつ持ちあげ、両脚をひろげられた。無防備になった女の花を、貴島にまじまじと観察された。

「ククク ッ、まだ直接刺激されてないのに、すごい涎の量だ。白濁した本気汁まで漏らして、ドロドロになってますよ」

花が愛液まみれになっていることを指摘されることも死にたくなるほど恥ずかしかったが、やはりそれ以上に、紗奈子は欲情していたのだった。

いくら屈辱に震えていようとも、そのままの格好で貴島の男根に貫かれるなら、それはそれでよかった。複数プレイの経験などないし、激しくゆき果てていく紗奈子の姿を見て、ロリータコンビが高笑いをあげるに違いなかったが、そんなことはもう、どうだってよかった。

しかし、貴島は貫いてこなかった。

男根を取りだしもしなかった。

こちらは丸裸で、女の恥部という恥部をさらけだしているのに、自分は濃紺のスーツに身を包んだまま、ただひとつのことを求めてきた。

「望みを口にしてください」

貴島がなにを言わせたいのかくらい、さすがに察しがついていた。泣きながら絶頂をねだれば——それも、ロリータコンビが恥知らずにも口にしていたような卑語をちりばめて、みじめに哀願すれば、おそらく望みは叶えられただろう。

そこまで意地を張る必要はない！　と、もうひとりの自分が叫びつづけていた。女性相手の風俗店にやってきて、絶頂をねだることのどこが悪いのだと、紗奈子だって頭ではわかっていた。

それでも、どうしても最後のプライドだけは捨て切れないでいると、貴島は女の花をいじりはじめた。ちょっと触れられただけで猫がミルクを舐めるような音がたった。いったいどれほど濡れているのか、考えたくもなかった。

指が、入ってきた。

ヌルヌルになった肉穴にすうっと入ってきて、すうっと引いていった。

喜悦にぶるっと震えた紗奈子を嘲笑《あざわら》うように、指はそのまま抜かれた。スポン、という音が聞こえたような気がした。肉穴が空洞になってしまった、寒々しい音だった。

たったの一往復されただけで、紗奈子の体は怖いくらいに震えだし、ロリータコンビに脚をおろされると、膝がガクガクして、手錠に体重を預けなければ、立っていることもできなかった。

すぐに抜かれたにもかかわらず、いや、だからこそなのかもしれないが、肉穴には指の存在感がありありと残っていた。一往復でなく、何度も抜き差しされたらどうなるのか、想像するとハアハアと息がはずみだした。ただの抜き差しではなく、気持ちのいいところを押しあげられたりしたら……いや、指より存在感のある男根で貫かれたとしたら、いったいどうなってしまうのか。

熱い涙があふれだし、「ひっ、ひっ」と嗚咽がもれた。恥辱で泣いているのではなかった。それは欲情の涙であり、欲情を解消できない痛恨の涙だった。

「そこまで意地を張るなら、しばらく放置プレイだな」

貴島とロリータコンビが部屋から出ていきそうになったので、紗奈子は激しく取り乱した。このまま放置されることは、砂漠でひとり置いてけぼりにされるようなものだった。羞恥とか欲情とかを超えて、本能的な恐怖を覚えた。

「ひっ、ひとりにしないでっ！」

貴島の背中に向かって叫んだ。

「オッ、オマンコッ！　オマンコしてくださいっ！」

汚らしい卑語を口にした瞬間、けれどもたしかに、紗奈子はひと皮剝けた気がした。魂を鎧《よろ》っていた清らかな皮がペロリとめくれ、その奥に隠れていたドロドロした欲望が剝きだしになった。

不思議なことに、決して悪い気分ではなかった。顔は火を噴きそうなほど熱くなり、みっともないほど汗にまみれて歪みきっていたが、どこか清々しい思いだった。自分はここに、セックスを買いにきたのだ。女を悦ばせるプロによって、紙をくしゃくしゃに丸められるように犯し抜かれにきたのである。

その望みと、紗奈子は初めて正面から向き合えたのだった。女の輝きや潤いを取り戻すということさえ、自分に対する言い訳だったのかもしれないと思った。

貴島が近づいてきた。涙で濡れた双頰を両手でつかまれ、まじまじと顔をのぞきこまれた。

「なにをしてほしいって？」

「オッ、オマンコッ……オマンコしてほしいですっ……」

いままで出したことのない、鼻にかかった声で言った。男に媚びた声だった。

「オッ、オマンコしてくださいっ……オマンコ犯してほしいですっ……」

卑語を口にすればするほど、紗奈子の股間は熱く濡れそぼった。失禁したように愛液を漏らし、内腿に垂れていく。

自分の顔をのぞきこんでいる貴島が、途轍もなくいい男に見えた。おそらく、紗奈子はそのとき、貴島というひとりの男ではなく、獣の牡を見ていたのだ。自分がただ一匹の獣の牝になりたいという、願望の表れだったのかもしれない。

しかし貴島は、女が媚びた声を出したくらいで、甘い顔をするような男ではなかった。泣きじゃくりながら胸に飛びこんだあと、自分がどんな目に遭わされたのか、よく考えてみるべきだった。

「ああっ、オマンコッ……オマンコしたいですっ……素直になりますっ……なんでも言うことをききますから、オマンコ犯し抜いてくださいっ……」

「ダメだな」

貴島が非情に言い放ったので、紗奈子は自分の耳を疑った。ここまでへりくだっているのに、まさか拒まれるとは思っていなかった。

「素直になったことは評価してもいいが、セックスはまだ早い。セックスを楽しむためには、もっと素直になる必要がある」

手錠がはずされた。片方だけだ。自由になった右手が、ダラリと下に落ちた。意味がわからなかった。

貴島は口許だけで薄く笑っている。椿と櫻のロリータコンビも近づいてきて、ひどく楽しげにニヤニヤ笑う。

「なっ、なんなんですか？　どうしろっていうんですか？」

紗奈子は自由になった右手を振りまわした。片手吊りになったせいで、先ほどより体を激しく動かすことができた。汗まみれの乳房が揺れていた。その先端で物欲しげに尖りきっている乳首に、振りまわしている右手が、ほんの少し、かすった。

「くっ……」

その瞬間、紗奈子は凍りついたように固まった。汗まみれの乳房を揉みくちゃにし、痛いくらいに乳首をつまみあげたいという耐えがたい衝動が、体の奥底からこみあげてきたからだった。乳首はただ硬く尖っているだけではなく、刺激を求めて疼いていた。先ほど、貴島に舐められたり吸われたりされた感覚が、まざまざと蘇ってきた。いま同じことをされたら、それだけでイッてしまうかもしれないと思った。

しかし、貴島は紗奈子の体に触る気配はない。それどころか、椿に椅子を持ってこさせ、脚を組んで座ってしまった。

「ああっ……あああっ……」

紗奈子はいまにも泣きだしそうな顔で貴島を見つめながら、右手を宙で泳がせた。右手はもう、意志の力では制御できそうになかった。右の乳房をつかみ、揉みくちゃにした。口からあえぎ声があふれた。乳首をつまみあげると痛烈すぎる刺激が襲いかかってきて、喉を突きだしてのけぞっていたかと思うと、ガクッと腰が砕けた。左手が吊られていなければ、その場にへたりこんでいたに違いない。

「ああっ、いやっ……いやあああっ……」

自分で自分の乳房を揉みくちゃにしながら、紗奈子は身をよじった。乳首をつまみあげるたびに気が遠くなりそうなほどの快感がこみあげてきたが、すぐに別のところに意識は向かっていった。

もちろん、失禁したように濡れている股間である。乳房を揉み、乳首をつまむほどに、触れていないその部分のほうが熱くなっていき、ますます新鮮な蜜をあふれさせた。実際にはあり得ないが、いま指で挟んでいる乳首くらい、クリトリスが膨張しているような錯覚さえ覚えた。いじりまわしたくてしかたがなかった。

しかし、そこまですれば……。

自分は女として、大切なものを失ってしまう気がした。ひと皮剝けるなどというレベルではなく、人間を人間たらしめているものを失って、発情期の獣に堕ちてしまう。

性技に長《た》けたプロに抱かれ、イッてしまうのならまだ自分に言い訳できる。だが貴島もロリータコンビも、いまはただ黙って見守っているだけなのだ。こんな人たちの前で、自分の股間をいじりまわし、ひとり淋しくゆき果てていく姿をさらすなんて、これ以上の屈辱があるだろうか。

それでも、紗奈子の右手は下半身に這っていってしまう。意志による制御を失い、ただ本能のままに、疼きを鎮めるための行動に出る。

「はあううっ！」

ぬかるんだ柔肉に指先が触れた瞬間、紗奈子は喉を突きだして悲鳴をあげた。クリトリスは怖いくらいに硬く尖って、ぬかるみの中でねちねちと撫で転がすと、電流じみた快感が体の中で火花を散らした。

ぎゅっと眼を閉じると、瞼《まぶた》の裏に喜悦の熱い涙があふれた。腰と膝をガクガクと震わせながら、ようやく望みのものが手に入ったと思った。これこそが、喉から手が出るほど欲しかったものだった。もはや、醜態をさらしているみじめさすら、快感を際立てるスパイスのようなものだった。このままイキたかった。このまま……。

しかし。

次の瞬間、右手が股間から剝がされた。椿が手首をつかんでいた。小柄なロリータのくせに、びっくりするほど力が強く、振り払えない。

「恥ずかしくないんですかぁ？　人前でオナニーなんかして」

紗奈子は眼を見開き、唇を震わせた。恥ずかしいに決まっている。だが、そう仕向けたのは、いったいどこの誰なのだ？

「オナニーするくらいなら、あたしたちが気持ちよくしてあげますよ」

いつの間にか、櫻も側に立っていた。

「ほら、オマンコ舐めてって言ってごらん」

「いやっ！　いやよっ！」

紗奈子はちぎれんばかりに首を振り、地団駄を踏んだ。ロリータコンビに辱められながら絶頂に達するのは、それだけはどうしても嫌だった。

「なによう、先生にはオマンコ、オマンコ言ってたくせに、あたしたちにはずいぶん冷たいじゃないですか」

「ほらほら、さっきみたいにオマンコ、オマンコ言ってごらん」

「やっ、やめてっ！　手を離してっ！」

紗奈子は泣きじゃくりながら身をよじった。

「わっ、わたしはオナニーがしたいんですっ！　オッ、オナニーがっ……オナニーッ……オナニーッ……」

泣きじゃくりながら自慰をねだっている自分が、たとえようもないくらい哀しい存在に思えた。

紗奈子は自分の声が好きだった。やや低めなのに、透き通っている。高一のとき、放送部の先生に褒められたことが、アナウンサーを目指すきっかけになった。容姿を褒められることには慣れていたが、声は密かな自慢だった。人に言ったことはなかったけれど、いちばん気に入っているところでもあった。

その声を甲高く跳ねあげて、なにを叫んでいるかといえば、自慰の哀願――絶望せずにはいられなかった。「オマンコ」と口にしたときには解放感があったが、「オナニー」はただ自分を痛めつけただけだった。

そんなやりとりが、十分ほども続いただろうか。時計で計ればその程度の短い時間だったかもしれないが、紗奈子にとっては一時間にも二時間にも感じられた。ようやく自慰を許されると、ベッドに移動してそれを行なった。一度イッたくらいでは満足できず、ロリータコンビに笑われながら、三度も四度もゆき果てた。両脚をM字に開いた恥ずかしい格好で……あるいは、獣のような四つん這いになって……。

みじめだった。

脚を組んで椅子に座っている貴島の眼つきがどこまでも冷たかったことが、みじめさに拍車をかけた。いままで紗奈子の裸を見た男の中に、そんな者はいなかった。どの男も眼を爛々《らんらん》と輝かせて、紗奈子の素肌の白さや均整のとれたプロポーションに惜しみなく称賛の言葉を贈ってくれた。

ましてや自慰まで披露しているのに、どこか蔑《さげす》んだようなしらけた視線を浴びせられるのは、我慢ならなかった。淫らな声をあげて絶頂をむさぼりながらも、紗奈子は貴島を呪っていた。できることなら、呪い殺してやりたかった。

2

やはり来たな……。

貴島は事務所でスマホを眺めながら勝ち誇った笑みを浮かべた。

紗奈子から、二度目の予約をするＬＩＮＥが入ったのだ。

〈エクスタシス〉は会員制だが、最初の三回まではビジター料金で利用できる。先に入会金や年会費を払ってしまったから逃れられない、というシステムにはなっていない。そういう例はごくわずかだが、ビジターで利用したものの会員にはならなかった、ということだってないわけではない。

紗奈子の場合、セックスを求めてやってきたのに、自慰をさせただけだった。これはかなり異例の扱いだし、納得してもらえない可能性もあった。

プレイのあとには、

「あそこまでする必要があったんですか？　しかも抱かないまま帰しちゃって」

と椿や櫻にまで眉をひそめられた。最悪の場合、二度と連絡がないかもしれないと覚悟していた。

しかし、その一方で、絶対にまたやってくる、という確信めいた予感もあった。理由はうまく説明できないが、プライドが高すぎる女だからこそ、あんなふうに屈辱だけを与えられたままではいられないだろうと思った。勝ち気な彼女は、かならずや再び訪れて、自分の納得がいくセックスをしたがるはずなのだ。あの女は絶対、へこまされたままで黙っていられるタマじゃない。

こんなに熱くなってるのは、初めてかもしれないな……。

貴島は自嘲の笑みをもらした。

彼女が有名な女子アナだとか美人であることは、この際、脇に置いておいていい。熱くなっている理由は別にある。あの気の強さがたまらないのだ。

紗奈子が〈エクスタシス〉に来た翌日、〈モーニン！　モーニン！〉のオンエアを観てみた。瞼がやや腫れていたが、カメラ目線でニュース原稿を読む姿は清楚にして凜々しく、なるほどたいしたものだと感心した。

しかし、年配の女性論客を交えての討論会はいただけなかった。最近、元キャバクラ嬢の連続結婚詐欺事件が世間を賑《にぎ》わせており、それについて紗奈子がこんな見解を披露したのである。

「男性は女性に幻想をもちすぎなんだと思います。騙されているというより、みずから進んで女性を天使や女神として崇めたがる。崇めることで逆に優位に立とうとする。もちろん、女性は天使でも女神でもありません。男性がもっとフェアに、生身の女性を愛せるようにならなければ、こういう事件は跡を絶たないんじゃないでしょうか……」

女子アナウンサーこそ美貌を武器に幻想を振りまいている詐欺師のようなものではないか、と思った。

しかし、そんな彼女であればこそ、とことん追いこんでみたくなってしまったのだ。

紗奈子が泣きじゃくりながら胸に飛びこんできたとき、あるいは卑語さえ口にして絶頂をねだってきたとき、お望み通りの激しいセックスをしてやれば、従順かつ太い客になってくれたに違いない。すっかり満足して帰っていき、すぐに正会員への申し込みが届くという展開が眼に浮かぶ。

商売でやっている以上、それを目指すのは当然のことだ。セオリーに反する振る舞いをしてしまったのだから、椿や櫻に眉をひそめられてもしかたがない。

だが、紗奈子はおそらく、辱めれば辱めるほど、プライドの高さを発揮するタイプだった。

どうしても、その頂点を見てみたかった。気の強さの底を知りたかった。

商売のことを考えるのは、それからでも遅くない。


数日後のことだ。

その日は予約が入っていた。週に一度の定期便。いまとなっては常連客の中でも珍しい部類に入る、貴島を指名する客である。

篠崎佳乃――紗奈子を〈エクスタシス〉に紹介した占い師だ。

「今日はこういうものを用意いたしました」

貴島は応接室のテーブルに、麻縄の束を置いた。

「いままでは綿のロープを使ってましたけど、一度は本格的な麻縄での緊縛を体験したいとおっしゃってましたよね？」

「ふふっ、覚えていてくれたのね……」

麻縄に視線を落とした佳乃は、黒い瞳を妖しく輝かせた。

彼女は純粋なマゾヒストではない。しかし、性欲が過剰で好奇心が強いから、とにかくいろいろなプレイを試してみたがる。

最初こそ貴島とのノーマルなセックスで満足していたが、なにしろ五年も常連客を続けているから、実に様々なプレイにチャレンジした。

この三カ月くらいは「縄狂い」と言ってもいい状態で、縛らなければプレイが始まらない。サディストとマゾヒストの主従関係や、鞭打ちや蠟燭《ろうそく》責めといったお決まりのＳＭプレイにはあまり食指は動かないらしいが、縛られるとすさまじく興奮する。手脚を拘束されていると、快感が体の内側に閉じこめられるような気がするらしい。

「触ってみてもいいかしら？」

「ええ、もちろん」

「それじゃあ……失礼して……」

佳乃が手にした麻縄は、ただの麻縄ではなかった。チクチクしないようにあらかじめ毛羽《けば》を焼き、馬油《マーユ》を染みこませてある。それだけで、扱いやすさが格段によくなるし、熟女の素肌にみっちりと食いこんでくれる。

「綿のロープより細いのね」

「よく食いこみそうでしょう」

「それに硬いけど、やっぱり見るからに妖艶。雰囲気あるわあ」

「ハハッ、そうですか」

貴島は苦笑して立ちあがった。

「それじゃあ早速、上に行きましょう」

「ええ」

ふたりで階上にあがった。分厚い防音扉を開くと、ピンクの施術服を着た椿と櫻が待っていた。

「いらっしゃいませー」

揃って頭をさげたふたりに微笑で応えた佳乃は、鏡の前に立った。濃い紫色のスーツを着ていた。アクセサリーは金が多い。顔立ちは彫りが深く、どことなくエキゾチック。スタイルは着衣の上からでもはっきりとわかるグラマーなのだが、そのせいだけではなく、とにかく色気がすごい。

自分に正直に生きているからだろう。占い師を生業《なりわい》にしているくせに、彼女自身は占いなんて小指の先ほども信じていないのではないか、と貴島は疑っている。どんな運命にさらされようとも、彼女は自分の欲しいものを見失わないタイプの人間だ。贅沢を愛し、そのためなら手段を選ばない。驕奢《きょうしゃ》で好色な自分を徹底的に肯定して、日々新しい刺激を求めている。ある意味、羨ましい生き方だ。

鏡の前で、佳乃は服を脱いでいった。紫色のスーツ、光沢のある白いブラウス、ストッキング。下着はセックスの小道具としか思えないほど小さなバタフライとハーフカップのブラジャーで、どちらも黒いレース製だった。それを脱いでアクセサリーもすべてはずすと、圧巻の光景が現れた。

Gカップの乳房に、蜜蜂のようなくびれた腰。ヒップもまたボリューミーで、巨尻と言って差し支えないだろう。見れば見るほどゴージャスな裸身だ。乳暈《にゅううん》が大きめなのと、パイパンに処理された股間が、そこに卑猥さのアクセントを加えている。

「失礼します」

貴島は麻縄を手に、佳乃に近づいていった。まずは麻縄を首にまわし、体の前でいくつも輪をつくっていく。プロの縄師にレクチャーを受けて数種の縛り方をマスターしているが、佳乃はオーソドックスな亀甲縛りを好む。大きな乳房を麻縄でくびりだすように縛り、両手は後ろ手に拘束。パイパンの股間には二本の縄を通す。

「どんな気分ですか?」

耳元でささやくと、

「いい気分よ」

佳乃は大きく息を吐きだした。吐息がピンク色に染まっているようだった。眼つきはうっとりし、その視線は鏡に向かっている。縄化粧をされた自分を見て恍惚《こうこつ》としている。実際、グラマーなスタイルなので、緊縛がよく似合う。そして、ロープよりも麻縄のほうが、やはり妖艶だ。どんな高級ランジェリーでも敵《かな》わない、背徳と禁断の雰囲気がある。

「なんだか、縛られただけでイッちゃいそうな感じ。脚が震えているもの。興奮して震えているの。こんなの久しぶり……」

「立ってられない感じが、たまらないんじゃないですか？」

「ふふっ、そうね」

そのとき、ピンポーンと呼び鈴が鳴った。うっとりしていた佳乃の顔が、緊張にこわばった。

「ゲストが来たみたいですね」

「ゲストですって……」

「ええ。特別に招待したんですよ」

貴島は佳乃に微笑みかけた。

「もちろん、必要ないなら断ってきますが」

「まさか」

亀甲縛りにされているにもかかわらず、佳乃は不敵に笑った。彼女にハプニングを用意するのは、珍しいことではなかった。長年の常連客ともなれば、どうしたってプレイがマンネリ化しやすい。そうならないように、あの手この手を尽くしている。

貴島は、美人ほど自分のセックスを人に見られて興奮しやすいという持論をもっているが、佳乃はその典型だった。ギャラリーがいるといつも以上に燃える。一度、若い男十人の前で犯してやったら、失神するまで絶頂に達しつづけた。

「それじゃあ、ちょっとお待ちください」

貴島は階下におりていった。自分でも驚いてしまったが、鼓動がひどく乱れていた。緊張のせいではなく、期待に胸が高鳴っている。ひとりの女との再会にこれほど高揚してしまうのは、いったいいつ以来だろう？

玄関扉を開けると、紗奈子が立っていた。いまにも噛みついてきそうな形相で、うーうーとうなり声さえあげそうだった。

今日の彼女は紺のギンガムチェックのシャツに、ぴったりしたベージュのパンツという装いだった。赤いニットを肩にかけている。ずいぶんとカジュアルだが、週末なので仕事がオフなのかもしれない。女子アナというより、修学旅行を引率する女教師のようだった。

3

予約したのに先客がいるって、どういうことなの……。

紗奈子は釈然としないまま、貴島に続いて二階にあがっていった。玄関で貴島と顔を合わせるなり、紗奈子は切りだした。

「今日はその……プレイ的なものの前に少しディスカッションできませんか？　エステはけっこうですから」

性的なサービスさえ受けなくてもいいので、とにかく貴島と話がしたかった。この前された仕打ちが、どうしても納得できなかった。欲求不満の解消とか、女としての潤いを取り戻すとか、そんなことよりも前に、どうしてあんなことをされたのかわかるように説明してもらわなければ、些細なことでも苛々《いらいら》して、日常生活もままならない。

あれは紗奈子の知っているセックスとは、似ても似つかないものだった。紗奈子はたしかに、強引に犯してほしいというリクエストを出した。それを差し引いても、あんなものはセックスではない。

貴島に嫌われているような気がした。人間には相性があるからしかたがないけれど、そうであるなら〈エクスタシス〉にはなにも期待しないほうがいいと思った。こちらは金を払ってセックスを買いたいだけなのに、相手のご機嫌までとらなければならないなんて、面倒くさすぎる。

だが、単純にそうとも決めつけられないでいた。有名人がのこのこやってきたから赤っ恥をかかせてやれ、という悪戯心《いたずらごころ》であんなことをするようなら、女性相手の買春ビジネスなんて成立しないはずだ。

〈エクスタシス〉の客層のよさは、紹介してくれた人に聞かされている。経営者をはじめ、社会的地位の高い女性ばかりが会員で、だからこそ港区白金のような高級住宅街で、優雅に商売をしているのである。

なにか深い思惑なり、理由があるはずだった。

しかし、紗奈子にはいくら考えても見当がつかなかった。

あれだけ泣かされたのだから〈エクスタシス〉のことも貴島のこともきっぱり忘れてしまい、連絡先をスマホから削除してしまうということもできた。だが、その疑問を残したままでは、忘れることさえできそうになかった。

ところが貴島は、

「話はあとでもよろしいですか？」

と返してきた。

「実は今日、ある席をセッティングしてあるんですよ。上に先客の方がいらっしゃるんですが、どうしても紗奈子さんに会っていただきたくて」

想像もしていなかった言葉だったので、不意打ちに出鼻を挫《くじ》かれた。気を強くもっていようと何度も自分に言い聞かせながらやってきたとはいえ、紗奈子は貴島の前では、蛇に見込まれた蛙だった。

一糸纏《まと》わぬ格好で女の恥部という恥部をすべて見られているし、醜態という醜態をさらしきったのである。貴島の脳裏にはまだ、泣きながら自慰をねだっていた紗奈子の姿や、自分の指で自分を慰めている一部始終が残っているはずであり、それを思うと、視線を合わせるだけでも大変な勇気が必要だった。

「いいですよね、話はあとからでも」

紗奈子は従うしかなかった。話をすること自体を断られたわけではないし、時間に余裕がないわけでもない。とりあえず貴島の言うことに従っておき、あとからじっくり話をさせてもらおう。

応接室のソファも勧められないまま、二階のプレイルームへとうながされた。絨毯敷きの階段を一段一段あがるたびに、心臓の音が大きくなっていった。もちろん、前回の記憶が蘇ってきたからだった。

分厚い防音扉を開けた先に、真っ白い空間がひろがっていた。ここは夢のステージだと貴島は言っていたが、紗奈子には悪夢のステージにしか思えなかった。その証拠に、今日もまた、小悪魔たちがそこで待っていた。

ピンク色の施術服を着たツインテールのロリータコンビ。このふたりは苦手だった。貴島はまだ話が通じそうな気がするが、彼女たちには通じない。おまけに、信じられないくらい意地悪だ。椿も櫻も、紗奈子の顔を見るなり意味ありげに笑ったので、にわかに顔が熱くなった。彼女たちに嘲笑を浴びせられる理由なら、片手で数えきれないほどある。

部屋にはもうひとりいた。マッサージチェアに座っていた。

最初、顔を伏せていたのでわからなかったが、篠崎佳乃だった。紗奈子にこの店を紹介してくれた占い師だ。先約というのは彼女のことなのだろうか。様子がおかしかった。見るからにオーバーサイズであるベージュのコートに身を包み、それも強引に羽織ってボタンを留めた感じで、袖に腕が通っていない。

顔をあげ、紗奈子のことを確認すると、ハッと息を呑んだ。彫りの深いエキゾチックな顔から、みるみる血の気が引いていくのがわかった。

「どういうことなの、貴島さん……」

佳乃の声は、聞いたこともないほどか細く震えていた。彼女はいつだって自信に満ちて、堂々と話をする。

「今日のプレイ、彼女に見学してもらおうと思いまして」

「なっ、なんですって……」

佳乃は焦った声をあげたが、貴島は無視して紗奈子を見た。

「私の見立てによれば、あなたは年齢のわりにずいぶんと経験が浅そうです。だからどうでしょう、人のプレイを見学してみるというのは。きっと新しい発見がありますよ。人生を謳歌するっていうのは、こういうものなんだってね」

紗奈子は言葉を返せなかった。この人はいったいなにを言っているのだろうと思った。プレイを見学、つまり、佳乃がセックスしているのを見ろということだろうか。佳乃と貴島のセックスを……。

「やっ、やめましょうよ、貴島さん……」

佳乃が眼尻を垂らし、震える声で訴える。

「わたしと紗奈子ちゃんは親友なの。ううん、妹みたいなものだって言ってもいい。そんな人の前で……」

「おやおや……」

貴島の眼つきが変わった。冷酷で残忍なものになったのが、横から見ている紗奈子にもはっきりわかった。

「佳乃さんともあろう方が、尻込みするんですか？　私はてっきり、親友で妹みたいな人に見られるからこそ興奮する、という答えが返ってくると思ってましたよ」

言葉遣いこそ丁寧だが、貴島は凄んでいた。凄まれている佳乃は、顔面蒼白だ。

「彼女にあなたの本性を知ってもらう、いい機会じゃないですか。本音でしゃべらせていただきますけど、私は佳乃さんの本性が好きですよ。ドスケベな本性がね。占い師の顔をしているときより、ずっと……」

侮辱されているにもかかわらず、佳乃が唇を嚙みしめているばかりなので、紗奈子は驚いた。貴島の前では、佳乃もまた、蛇に見込まれた蛙なのかもしれなかった。自分もそうなのでよくわかるが、男の前で醜態をさらした女の顔をしていた。

「どうしますか？」

貴島の問いかけに、佳乃は無言のままうなずいた。眼を伏せて、唇を嚙みしめていた。貴島に心臓を鷲づかみにされている感じだった。ただ、貴島を恐れているのとは少し違う。佳乃はおそらく、貴島に失望されることを恐れている。

「こっちの了解はとれました」

貴島が紗奈子を見て、相好《そうごう》を崩した。

「あなたもいいですね？　後学のために、今日はしっかり勉強していってください」

冗談ではないと思った。紗奈子にしても、姉のように慕っている佳乃が醜態をさらすところなど、見たくはなかった。見ればただではすまないだろう。下手をすれば、人間関係が壊れてしまう。

紗奈子はいま、所属事務所の人間も、現場スタッフも、誰ひとり信用していない。友達なんてとっくに失くした。地方にいる親にだって、スキャンダルを起こしてからはほとんど連絡していない。そんな中、唯一心を開ける相手である佳乃との関係に亀裂が入ってしまうのは、由々しき事態だ。

「大丈夫ですよ」

貴島が近づいてきて、そっとささやいた。

「あなたが心配しているようなことにはなりません。佳乃さんは、そんなに心の狭い女じゃない」

「でも……」

「それに」

貴島は紗奈子の言葉を遮って続けた。

「見学すれば、答えが見つかるかもしれないですよ。あなたは今日、この前あんなことをされた理由を私に訊ねにきたんでしょう？　それを知りたいなら、私と話をするより、見学したほうが手っ取り早い」

紗奈子は背中に冷たい汗が流れていくのを感じた。見透かされている、と思った。この男は、こちらの心をすっかり読んでいる。

貴島が、椿と櫻に目配せした。ふたりは佳乃を両側から支えるようにしてマッサージチェアから立ちあがらせると、コートのボタンをはずしはじめた。

肌色が見えた瞬間、紗奈子は眼をそらした。なんとなく、コートの下は裸ではないかと、察しはついていた。しかし、想像を超えた光景がそこに出現し、眼をそらしたつもりなのに、視線を強引に引き戻された。

佳乃のグラマーな体は、焦げ茶色の麻縄で縛りあげられていた。ただ拘束されているだけではなく、麻縄は蜘蛛の巣のような形状で素肌に食いこみ、見るもおぞましい姿にされている。豊かな乳房がくびりだされ、股間にまで縄が……。

何度も一緒に旅行に行ったことがあるので、佳乃の裸を見るのは初めてではなかった。自分にはない豊満さを羨ましく思ったこともあるし、手入れの行き届いた素肌にはとてもアラフォーとは思えない張りがある。

その体が、これ以上なく無残な姿にされていた。女の体から優美さやまろやかさを奪い、卑猥さだけにまみれさせる——見た瞬間に、耐えがたい不快感がこみあげてきた。こんなことが許されるのかと思った。

どこからか、マッサージチェアがもう一台、運ばれてきた。

運んできたのは椿と櫻だ。

「どうぞ、おかけください」

「けっこうです」

紗奈子はきっぱりと首を横に振った。

「立ったままで大丈夫ですから」

嘘だった。眩暈《めまい》がして、両膝の震えはとまらず、いまにも腰が砕けてへたりこんでしまいそうだったが、椿と櫻に施しを受けるのは嫌だった。

「相変わらずの意地っ張りね」

「椅子に座るくらい遠慮することないのに」

椿と櫻に腕を取られ、強引に座らされた。紗奈子は脚に力が入っていなかったので、抵抗できなかった。

「なっ、なにをするの？」

椿と櫻が、マッサージチェアに付属しているベルトで手脚を拘束してきた。そういう手際だけは抜群にいいのが、このふたりだった。

「言い訳のプレゼントですよ」

「こうしておけば、逃げださなかった言い訳ができるでしょう？　佳乃さんにも、自分自身にも」

身動きがとれなくなった紗奈子がキッと睨みつけると、

「おお、こわ」

ツインテールのロリータコンビは肩をすくめ、ケラケラ笑いながら離れていった。本当にこのふたりだけは苦手だと、紗奈子は歯嚙みした。

とにかく、まずは気を落ち着けることだ。パンツスタイルでやってきてよかったと思った。両手を拘束されていては、悪戯好きのロリータコンビにスカートをめくられても、押さえることができない。だが、パンツであればそういう心配もない。

実のところ、紗奈子はパンツスタイルよりフェミニンなスカート姿のほうがずっと好きだし、似合うとも思っているが、今日ばかりはクローゼットの奥からベージュのパンツを引っぱりだした。両脚を包む少し硬い綿の感触が、いまだけはとても頼もしい。

それにしても……。

佳乃にSM趣味があったとは知らなかった。すぐ近く——ほんの二メートルほど離れたところにいる佳乃もまた、マッサージチェアに座っている。グラマーなボディを、おぞましいばかりの縄化粧で飾られて……。

紗奈子にはSMに関する知識がほとんどないが、高校生のときに気まぐれで買ったレディースコミックの中に、ＳＭものの短編が収録されていた。細かいストーリーは忘れてしまったけれど、老いてなお精力絶倫の男が、人妻を地下室に監禁して延々と責めつづけるという内容だった。

怖い、と思った。

荒縄で縛りあげられた人妻の憐れな姿や、それを愛でている老人の鬼気迫る形相や、陽のあたらない地下室の陰々滅々とした雰囲気も怖かったけれど、それ以上に、老人の人妻に対する執着心におののいた。

どうしたらひとりの女にここまで入れ込めるのか、まだ処女だった紗奈子にはまったく理解できなかったし、将来こんなふうに執着されたらどうしようと思うと怖くて怖くて夜も眠れず、けれども、布団を被ってしっかりと閉じた瞼の奥には荒縄を持った老人が現れて、紗奈子のことを見るもいやらしい姿に縛りあげるのだった。

恐怖に震えながら自慰をした。なぜそんなことをしてしまったのかわからないが、自分で自分の股間に指を這わせずにはいられなかった。ショーツの中は、それまで経験したことがないほど大量の蜜にまみれていた。

大人になり、マゾヒズムとかマゾヒストの存在を知るようになると、あの漫画の人妻も、老人に辱められて興奮していたのではないかと思うようになった。それもまた、恐怖だった。

恥をかかされて興奮するという倒錯が怖くてしかたがなく、けれども紗奈子はやはり、恐怖に震えながら自分で自分を慰めずにはいられなかった。

4

こんなに興奮してるのは久しぶりじゃないか……。

貴島は佳乃のこわばった横顔を眺めながら、胸底でつぶやいた。眉根を寄せ、唇を噛みしめているその表情はこの世の終わりを前にしているようであるが、きっちりと食いこんだ股縄の奥からは鼻腔を刺すような発情の匂いが漂ってきている。

つらそうな顔をしているのは演技、というわけではない。佳乃は本当に、紗奈子にだけは淫蕩な本性を知られたくないはずだ。

普段の佳乃はおそらく、気の強い紗奈子でさえも頼りにしたくなるような、しっかり者の姉御肌に違いない。スキャンダルを起こして孤立無援になった紗奈子が佳乃にだけは泣き言を言い、それを佳乃が豪快に笑い飛ばしたり、肩を抱いて一緒に泣いてやったりする、という光景が眼に浮かんでくるようだ。

しかし、だからこそ興奮するのである。もっともしてはいけないタブー中のタブーであるからこそ、想像を絶する快感を味わえるという性のメカニズムを、佳乃はよく知っている。紗奈子に見学させるという貴島の提案を佳乃が受け入れたのは、ふたりの力関係によるものではない。貴島がいくら凄んだところで、客の佳乃が本気でNGを出せばそこまでだ。貴島が佳乃を脅したのではなく、ふたりは暗黙のうちに手を組んだのだ。阿吽の呼吸で、紗奈子をこのプレイに引きずりこんだのである。

「それじゃあ始めましょう」

椿と櫻に目配せすると、まず遮光カーテンが閉められた。薄暗くなったプレイルームの中、マッサージチェアに座っている佳乃だけにスポットライトがあたる。佳乃はこの演出を好んでいる。まぶしいスポットライトの灯りが陶酔を運んでくるらしいが、さすがにいまばかりは、紗奈子の視線を気にしてそわそわと落ち着かない。

椿と櫻が、マッサージチェアを調整する。手脚の部分がアーム式で自由に動かせる。佳乃の両脚はM字に開かれ、膝の下のところをベルトで固定された。産婦人科で内診台に乗ったようなものだ。病院で縄化粧などするわけはないが……。

「いい格好ですよ」

貴島は佳乃の後ろに立った。正面は鏡だ。

「自分でもうっとりするでしょう？」

　佳乃は顔をそむけたが、漂ってくる発情の匂いは強くなっていくばかりだ。

「くううっ！」

　股縄を引っぱってやると、佳乃は喉を突きだしてのけぞった。細めの麻縄なので、股縄は二本。それが、パイパンの割れ目に食いこみ、アヌスを隠している。

「どうですか？　麻縄の感触は？　綿のロープとはずいぶん違うでしょう？」

　クイッ、クイッ、とリズムをつけて引っぱってやる。佳乃はうめくばかりで言葉を返せない。麻縄は丁寧に下処理をしたので、痛みはないはずだった。しかし、綿のロープよりは硬いから、刺激は痛烈に違いない。

　しばらく股縄を食いこませてから、佳乃の両脚の間に移動した。しゃがみこんで、二本の股縄を割っていく。みっちりと食いこんでいる股縄に引っぱられてアーモンドピンクの花びらも割れ、つやつやと濡れ光る薄桃色の粘膜が顔を出す。

　貴島は舌を這わせた。麻縄の硬い感触のあとだけに、生温かい舌の刺激が染みるはずだった。実際、佳乃はあられもない声をあげてのけぞり、宙に浮いている両脚をバタバタさせた。足指をぎゅっと丸めて、喜悦を嚙みしめた。

　ねちり、ねちり、と薄桃色の粘膜を舐めまわす。ツンと尖ってきたクリトリスを舌先で転がせば、甲高い悲鳴があがる。佳乃はしっかりと眼をつぶっていた。とりあえず、紗奈子の存在は意識の外に追いやることにしたらしい。

椿と櫻が、佳乃を挟むようにして立った。ふたり揃って、佳乃の横顔に唇を寄せていく。チュッ、チュッ、と音をたてて頬や耳や首筋にキスの雨を降らせる。

そうしつつ、手にしたフェイスブラシで乳首をくすぐりはじめた。フェイスブラシはシャネルのものだ。もちろん、佳乃専用である。他のブランドより、毛先が柔らかくて気持ちがいいらしい。

「ああっ……くううっ……」

三人がかりの愛撫に佳乃は身をこわばらせ、眉間の縦皺をどこまでも深くしていく。その表情は苦悶にうめいているようだが、もちろん感じている。ねちねち、ねちねち、とクリトリスを舐め転がすほどに、薄桃色の粘膜からはこんこんと蜜があふれてくる。

この様子を紗奈子がどう見ているのか、貴島は気になった。クンニを中断して視線を向けるようなことはしなかったが、気持ちはほとんど紗奈子にとらわれていた。

パッと見には、佳乃は辱められているように思えるかもしれない。

なにしろ麻縄による亀甲縛りで両脚をM字に拘束され、寄ってたかって性感帯を刺激されているのである。

しかし、よく見て考えれば、奉仕しているのはこちらのほうだとわかるはずだ。

まさに女帝のセックス。

これは佳乃が金の力で手に入れた至福の快感に他ならない。

その逆説が、紗奈子に理解できるだろうか。この前、自分がどれだけ奉仕してもらったのか、その有難味をわかってくれるか。

「あううっ！」

佳乃が喜悦に歪んだ悲鳴をあげた。

「ダッ、ダメッ……もうイキそうっ……イッちゃいそうっ……」

「どうしますか？　イキますか？」

「あああっ……イッ、イキたいっ……イカせてっ……」

貴島は椿と櫻と眼を見合わせた。佳乃がこんなに早くイキたがるのは珍しいことだった。紗奈子がすぐ側にいるせいだろうか。とにかく一度イッてしまい、気持ちを吹っ切ってしまいたいのか。

貴島は舌を動かした。舌先を限界まで尖らせて、ねちっこく肉芽を刺激していく。左右の乳首は、絶え間なくシャネルのフェイスブラシでくすぐられている。

佳乃はたまらないようだった。こみあげてくるオルガスムスの前兆に身をよじれば、グラマーなボディに麻縄がぎゅっと食いこむ。亀甲縛りで動きを封じこまれた体の中で、快楽がうねっているのが手に取るようにわかる。

「……イッ、イクッ！」

ビクンッと腰を跳ねさせ、内腿をぶるぶると震わせた。麻縄を体中に食いこませてのけぞり、喜悦に歪んだ悲鳴を振りまく。絶頂への階段を一足飛びに駆けあがっては、さらなる高みに飛翔しようとする。

貴島はクリトリスに唇を押しつけ、したたかに吸いたてた。一度イッたくらいで満足するような女ではなかった。椿と櫻も、それはわかっている。フェイスブラシではなく、舌先で乳首を転がしだす。チュウッと音をたてて吸いたてては、甘嚙みまでする。

「はぁあぁーっ！　はぁああああーっ！」

佳乃が連続絶頂モードに入った。髪を振り乱し、半狂乱であえぎにあえぐ。

「イッ、イッちゃうっ！　またイッちゃううううーっ！」

5

いったいなんなの……。

紗奈子には、目の前の光景がとても現実のものとは思えなかった。

遮光カーテンで暗くなった室内で、まぶしいスポットライトを浴びながら、佳乃がオルガスムスを嚙みしめている。麻縄に縛られた体を激しくのけぞらせながら、広い部屋中に響き渡るいやらしい声をあげて、他人に見せてはいけない姿を見せつけてくる。

佳乃と知りあったのは、スキャンダルを起こして謹慎生活を余儀なくされていたときだった。

ようやく借金を肩代わりしてくれるスポンサーが見つかり、新しい所属事務所も決まったものの、仕事のオファーがひとつもなく、まだどん底にあえいでいた。仕事がなければ肩代わりしてもらった借金を返すこともできないわけで、暗闇の中にようやくほのかな明かりが見えたものの、将来への不安は募っていく一方だった。

そんなとき、新事務所の社長が紹介してくれたのが佳乃だった。最初は、占い師なんて胡散くさくて嫌だな、と思った。紗奈子は中高生時代から、占いに夢中になっているまわりの女子たちを、冷ややかな眼で見ていた。

人生は運命で決まるものではなく、みずから切り拓いていくものだという信念があったからである。

ただ、佳乃は嘘のない笑顔の持ち主だった。相手に調子を合わせるためではなく、笑いたいときに笑いたいだけ笑う人だった。一緒にいると明るい気分になれたし、なによりとびきりの聞き上手だった。占い師という職業柄なのかもしれないが、紗奈子はそのとき、人間関係の一切合切を失って、話を聞いてもらうことに飢えていた。占いをしてもらったのは最初の一回だけだったが、飲み友達のような関係になるのに時間はかからなかった。

ふたりの距離が一気に縮んだのは、吉方取りに行ったときだった。吉方取りとは、運気をあげる方向に足を運ぶことなのだが、

「あんまり深く考えないで、一緒に旅行に行くつもりでいいじゃない」

と佳乃の誘い方は軽やかだったし、

「吉方取りなんて、まるで占い師みたいなこと言うんですね」

紗奈子も軽口で返したりした。行き先が沖縄だったこともあり、霊験あらたかというより、ほとんどバカンスで羽を伸ばす気分だった。

沖縄本島からフェリーに乗り、慶良間《けらま》諸島の離島巡りをした。天候に恵まれ、毎日呆れるくらいの快晴だった。ただ、南国とはいえ二月だったので、泳ぐには寒かったのが残念だった。なんとなく、ツイていない気がした。エメラルドグリーンの海を前にしても、泳ぐのはおあずけ——それがツキに見放された自分の人生の象徴のような気がして、心に分厚い雲がかかった。謹慎中なのにバカンスだなんて調子に乗りすぎていたかもしれないと、旅行に来

たこと自体を後悔しそうになった。

そんな気分を察していたのだろう。

「こんなに綺麗な海で泳がないなんて、やっぱり罪よねえ」

誰もいない真っ白い砂浜をふたりで歩いているとき、佳乃は突然、服を脱いで海に駆けだしていったのだった。全裸でざぶざぶと海に入っていった。十も年上の友人の暴挙に、紗奈子は絶句した。

「紗奈子ちゃんも来なさいよ。気持ちいいわよ」

佳乃は両手で水を跳ねあげて叫んだ。空はどこまでも青く、降り注ぐ太陽の光は真夏のようだったし、誰もいないビーチでひとりはしゃいでいる佳乃は、本当に楽しそうだった。言い方は悪いが、馬鹿みたいに笑っていたので、自分も馬鹿になりたくなった。服を脱ぎ捨て、裸になって佳乃を追った。思った以上に水は冷たく、悲鳴をあげて身震いしてしまったが、たしかに気持ちよかった。

誰かが来たらどうしよう、とは思わなかった。紗奈子は心配したり不安になることに、うんざりしていた。裸になって海に飛びこんだ瞬間、そういうネガティブな気分を全部捨ててしまえた気がした。

宿に戻って喉に流しこんだビールのおいしさは、いまでも忘れることができない。ふたり揃って、おじさんみたいに「くうっ！」となってしまった。

「やっぱりあれよね、人生っておいしいビールが飲めるかどうかよね」

満面の笑みで言い放った佳乃に、紗奈子は大きくうなずいた。それはいまでも、紗奈子の人生の教訓だ。たとえ仕事がなかろうが、借金を背負っていようが、おいしいビールを飲むことを目標にして、毎日頑張って生きていこうと胸に誓った。

〈モーニン！　モーニン！〉からメインキャスターのオファーが来たのは、東京に帰ってすぐのことだった。吉方取りが効いたのかどうかはわからないけれど、さすがにびっくりした。とはいえ、タイミングは最高だった。紗奈子はネガティブなことはいっさい頭の中から追いだして、目の前の仕事に集中することができた。

あのとき……。

浜辺で突然裸になった佳乃の股間を見てドキリとしたことを、いまでもよく覚えている。真っ白いパイパンだった。意識が高い人なんだな、と思った。紗奈子もＶＩＯの脱毛には興味があったけれど、実行に移す勇気はなかった。

その白い股間にいま、焦げ茶色の麻縄が二本、食いこんでいる。貴島に引っぱられると佳乃はあえぎ、縄の奥の部分を舐めまわされれば、のけぞって絶頂に達した。一度だけではなかった。二度、三度、四度と、続けざまにイッた。イクたびに彼女の悲鳴は室内にこだまするほど甲高くなり、耳を塞ぎたくなるほどいやらしくなっていった。

蜘蛛の巣のように全身に張り巡らされた麻縄と相俟《あいま》って、もはや人間じゃないような気がした。身動きできない状態で一方的に愛撫を受け、それも三人がかりで性感帯を刺激されて絶頂を嚙みしめる女の姿に、人間性など感じられるわけがない。おいしいビールからはもっとも遠い境地で、佳乃はいま、体中の肉という肉をいやらしく痙攣させている。浅ましいほど貪欲に、肉の悦びをむさぼっている。

佳乃の声が途絶え、荒々しくはずむ呼吸音だけが聞こえてくるようになった。

愛撫が中断されたのだ。

脚を拘束しているベルトがはずされると、佳乃はよろよろと立ちあがった。その体から、麻縄がはずされていく。椿と櫻の手際はいい。あっという間に麻縄ははずされたが、佳乃のグラマーなボディには縄の赤い痕がしっかりと残っていた。佳乃は喜悦の涙に潤んだ眼をうっとりと細めながら、それをやさしく指でなぞった。

やだ……。

貴島が裸の佳乃を抱きしめたので、紗奈子は眼をそむけた。しかし、横眼で見てしまう。

唾液が糸を引くような熱いキスを交わしている。

麻縄を持った椿と櫻が近づいてきたので、紗奈子は身構えた。

「佳乃さんが緊縛プレイを大好きな理由はね……」

椿が声をひそめて耳打ちしてきた。

「縄をとかれたときの解放感がたまらないからなんですって。なんかわかるわよね。和服もすごく窮屈だけど、家に帰って脱いだとき、すごく気持ちいいものね」

椿の言葉は、紗奈子にほとんど届いていなかった。彼女が手にしている麻縄が気になってしかたがなかった。まさかそれで、これから自分を縛るつもりでは……。

「また怖い顔してる」

櫻がケラケラと笑った。

「心配しなくても、あなたは今日、見学だけよ」

本当だろうか？　と胸底でつぶやいた瞬間、紗奈子は自分が怖くなった。無意識にしろ、自分はどこかで縛られることを求めているのではないかと思ったからだ。

そんなことはない、といくら頭で否定しても、両脚の間が疼いてしかたがなかった。佳乃が続けざまにイカされるのを見ながら、次は自分の番かもしれないと思っていた。怖くてしかたがなかったが、恐怖すればするほど、体は熱く疼いてしまう。素肌に麻縄がみっちりと食いこんでくる感触を、想像してしまう。マッサージチェアで強制的に両脚をひろげられ、泣きながら絶頂に導かれるところも……。

ハッと息を呑んだ。

佳乃が貴島の服を脱がしはじめたからだった。スーツにワイシャツ、そして靴下……ブリーフ一枚になった貴島は、意外なほど筋肉質だった。服を着ていてもシェイプアップしていることはわかったが、腹筋がきれいに割れている。

紗奈子はまばたきも呼吸も忘れて、その姿を見つめていた。本当なら、前回ここに訪れたとき、抱かれていたはずの体だった。グレイのブリーフの前が、もっこりとふくらんでいた。自分の指で慰めるのではなく、それで貫いてもらえるはずだった。

佳乃が貴島の足元にしゃがみこみ、ブリーフの前を撫でた。陶然とした眼つきで貴島を見上げながら、指で舐めるようないやらしすぎる手つきで隆起をまさぐる。

ブリーフがめくりおろされると、隆々と勃起した男根が勢いよく反り返った。紗奈子は顔をそむけたが、横眼でしっかりと見ていた。まがまがしいほどの黒光りを放つ、見たこともないほど長大な男根を……。

佳乃はますます陶然とした眼つきになり、黒い男根に指をからめた。すりっ、すりっ、としごきたてながら、先端に唇を寄せていった。赤い舌が差しだされた。遠目にも、唾液がしたたっているのがはっきりわかった。

やめてっ！

佳乃が亀頭に舌を這わせた瞬間、もうひとりの自分が叫ぶ声を紗奈子は聞いてしまった。どういうことなのか、自分でもわからなかった。佳乃が男のものを舐めまわすところなど見たくはなかった。しかし、もうひとりの自分が叫んだ理由は、それとは少し違った。

紗奈子は嫉妬していた。

さもおいしそうにいきり勃つ男根を舐めまわし、口唇に含んでしゃぶりあげはじめた佳乃に対し、驚くほどのジェラシーを感じていた。

おかしな話だった。紗奈子は貴島のことを好きでもなんでもない。だいいち貴島は、金で女と寝るような男だし、紗奈子に対しての気遣いだって足りない。そんな男に特別な感情など抱くはずがないのに、男根を舐めまわしている佳乃が憎たらしくてしかたがない。

「匂うわよ」

椿に耳打ちされ、ビクッとした。

「本当。いやらしい匂いがする」

櫻がからかうように、くんくんと鼻を鳴らす。

「オマンコびっしょり濡らしてるみたいね」

「そんなわけないでしょっ！」

貴島や佳乃に声が届かないようにしたが、紗奈子の舌鋒は鋭くなった。

「見てるだけで濡らしたりするわけないっ！」

「あらそう」

椿と櫻が眼を見合わせて笑う。

「そういう生意気な態度をとられると、意地悪したくなっちゃうけど」

「すればいいじゃない」

紗奈子は自分を抑えられなかった。佳乃に対する嫉妬で昂《たか》ぶった感情を、そのまま八つ当たり気味に椿と櫻に投げつけてしまった。

「意地悪でもなんでも、すればいい。赤っ恥ならこの前さんざんかかされたし、もう怖いものなんてないんだから」

「ふうん」

椿は口の端だけで薄く笑うと、マッサージチェアの背中を探った。なにかスイッチのようなものを入れたようだが、紗奈子からは見えなかった。

次の瞬間、ぶるぶるっ、ぶるぶるっ、と振動が起こった。震源地は、ヒップの下だった。訳がわからなかった。あとから考えれば、そのマッサージチェアには電気マッサージ器、通称「電マ」のようなものが埋めこまれていたのだ。筋肉をほぐすためではなく、性感帯を刺激することを目的とした位置に……。

「なっ、なんなのっ……」

紗奈子は椿と櫻を睨んだが、ふたりは薄笑いを浮かべて去っていった。かわりに近づいてきたのが、貴島と佳乃だった。

貴島はひどく険しい表情をしていた。怒っているのではなく、欲情のせいだろう。唾液の光沢をまとった彼の男根は、反り返りすぎて臍《へそ》にぴったりと密着していた。こんな勢いでそそり勃っている男根を、紗奈子は初めて見た。

その貴島に肩を抱かれている佳乃は、紗奈子と眼を合わせようとしなかった。縄の赤い痕が残ったグラマーな体を心細そうにすくめ、半開きになった唇からはずむ吐息をもらしていた。

貴島が佳乃の両手を、紗奈子の太腿につかせた。体に触れられたことは、べつにどうでもよかった。そんなことより、なぜ両手をつかせたかのほうが問題だった。貴島は佳乃の腰を直角に折り、自分のほうに尻を突きださせた。

「いくぞ……」

男根を握りしめ、角度を調整している。立ちバックで挿入しようとしていることは、あきらかだった。なぜこんなところで、と紗奈子は泣きそうな顔になったが、それに気づいてくれる者はいなかった。

「んんんっ……」

佳乃の顔が歪んだ。紗奈子から結合部は見えなかったが、男根を挿入されたことは間違いなかった。佳乃の反応がいやらしすぎた。つらそうに眉根を寄せているのに、じわじわと鼻の下が伸びていく。二〇センチと離れていない至近距離で見られているにもかかわらず、結合の歓喜で表情が蕩けていく。

「あううっ！」

佳乃の放った声の大きさに、紗奈子はビクッとした。当たり前だが、他人のセックスなど見たことがなかった。ネットでその手の動画を見たことがないとは言わないが、五分も見れば嫌な気持ちになってしまうし、ましてや生で他人のセックスを目の当たりにする日が訪れるなんて、想像したこともなかった。

パンパンッ、パンパンッ、と貴島が音を鳴らして突きあげはじめた。佳乃のあえぎ声は尻上がりで甲高くなっていき、耳にわんわんと響く。紗奈子は凍りついたように固まって、息をすることもできない。いやらしい、という感じはあまりしなかった。むしろ、必死さが滑稽に思えた。いやらしさだけなら、麻縄で縛られていたときのほうがよほどそうで、見ているだけで淫らな気分に誘われた。

しかし、そのとき紗奈子の尻の下では、電マが振動していた。ぶるぶるっ、ぶるぶるっ、という震えがヒップの盛りあがったところから桃割れを伝い、股間にまで伝わってきていた。両手両脚を動かせない状態で、甘んじて性感帯を刺激されていた。身をよじっても、逃れられなかった。尻の位置をずらすと、椿が気配もなく近づいてきて、マッサージチェアの背後にあるらしきボタンを操作し、振動を強めた。最終的には、股間はおろか、子宮まで揺さぶるような震えが下から突きあげてきた。

たっ、助けてっ……。

胸底で悲鳴をあげてみたところで、助けてもらえそうになかった。目の前の佳乃は絶え間なくあえぎ、全身に汗をかいていた。普通の汗とは違う甘ったるい匂いがして、発情の汗だと直感で理解できた。

パンパンッ、パンパンッ、と佳乃の尻を突きあげている貴島は、鬼の形相だった。顔が真っ赤に上気していたから、赤鬼だ。はっきり言って怖かった。しかし、貴島の表情が険しくなればなるほど、佳乃は激しくあえぐ。悲鳴の声音は痛切なのに、あふれる歓喜が伝わってくる。下を向いている豊満な乳房が、貴島の送りこむリズムに合わせて激しく揺れている。先端では、あずき色の乳首がいやらしいくらいに尖りきっている。

本当なら……。

紗奈子にしても、前回ここにやってきたとき、こんなふうに犯されていたかもしれないのだった。紗奈子の性に対する感覚は保守的で、正常位以外は苦手だった。バックスタイルや騎乗位を求められても滅多に応じたことがないが、貴島には強引に犯し抜いてほしいとリクエストしたのだから、立ちバックでされた可能性もあるような気がした。立ちバックなんて経験したことがないので、紗奈子は恥ずかしがって拒んだだろうが、無理やり後ろから入れられて、パンパンッ、パンパンッ……。

不意に、電マの振動が変化した気がした。強くなったのではなく、いやらしくなった。振動に男根めいた物理的な形状が与えられ、女の割れ目にむりむりと入ってきた。ずんずんと子宮を突きあげられた。背後に椿や櫻はいなかった。変化したのは振動ではなく、自分の体だと思うと、背筋に戦慄が這いあがっていった。

パンパンッ、パンパンッ、と貴島が尻を打ち鳴らす。「ああっ、いやっ！　ああっ、いやっ！」と佳乃が半狂乱であえいでいる。そのリズムが振動の男根に乗りうつり、紗奈子を下から犯してくる。もはや気のせいとは思えない生々しさを伴って、ぐっしょり濡れているに違いない肉穴から出し入れされる。

ぎゅっと太腿を握られ、紗奈子は息を呑んだ。

「ダッ、ダメッ！　ダメようっ！」

長い髪を揺らして佳乃が叫ぶ。

「もうイクッ！　イッちゃうっ！」

貴島が腰使いをシフトチェンジした。直線的に突きあげるやり方から、腰を回転させるグラインドに変化させた。さらに、左右の乳房を後ろからすくいあげて、佳乃の上体を起こしていく。

「イキたいなら、紗奈子さんに許可をとってください」

「えっ？　ええっ？」

佳乃が訳がわからないという様子で振り返る。貴島の顔は赤鬼のように上気していたが、佳乃を見つめる眼つきだけは、ゾッとするほど冷たかった。

「紗奈子さんに許可をとってください」

「どっ、どうして紗奈子ちゃんに……」

「理由なんてどうだっていいんですっ！」

貴島の声に怒気が含まれ、

「いやっ！」

佳乃は貴島にすがるような眼を向けた。眼尻を限界まで垂らした、いまにも泣きだしそうな顔をしていた。

「ぬっ、抜かないでっ……オチンチン抜かないでくださいっ……」

「じゃあ、紗奈子さんに許可を」

「ううう……あああっ……」

喜悦の涙でうるうるになった佳乃の眼が、こちらを向いた。その日初めて、眼が合った。佳乃の顔は生々しいピンク色に染まったうえにくしゃくしゃに歪んで、紗奈子の顔はこわばりきっていた。糊で塗り固められたみたいだった。

佳乃が唇を震わせるばかりで言葉を出せずにいると、貴島は彼女の双乳を揉みくちゃにした。左右の乳首をつまみあげ、こよりをつくるようにひねりあげた。

「あああっ！」

叫んだのは佳乃だったが、紗奈子も声をあげそうだった。乳首が痛かったからだ。訳がわからなかった。紗奈子の乳首はブラジャーのカップの下にある。誰にも触られていないのに、たしかに痛む。痛烈な痛みはすぐに気が遠くなりそうな快感に変わり、ハアハアと息がはずみだした。佳乃と感覚がシンクロしてしまったような感じだった。

「ほら、早く許可をとって」

貴島が急かすように言うと、

「あああっ……あああっ……」

佳乃は唾液まみれの唇から情けない声をもらし、

「イッ、イッてもいい？」

蚊の鳴くような声で紗奈子にささやいた。

「わっ、わたしイキたいの……もう我慢できないの……いやらしい女だって幻滅したよね？　でも、これがわたしなの……紗奈子ちゃんの前では年上ぶって偉そうにしてるけど、本当はオマンコが大好きなどうしようもないドスケベ女なの……いつもいつも、オマンコのことばっかり考えてるの……あああっ！」

貴島は佳乃の双乳から手を離した。腰使いが、元に戻った。パンパンッ、パンパンッ、と後ろから突きあげられ、佳乃も手放しでよがりはじめる。

佳乃の両手は、紗奈子の太腿をつかんでいた。痣《あざ》ができてしまいそうなほどの強い力だった。綿のパンツを穿《は》いていなければ、ターコイズブルーのネイルが施された爪が素肌に食いこんでいたに違いない。

それは許してもいい。紗奈子も女なので、感じているときになにかをつかみたくなる気持ちはわかる。

だが、眼を開けてこちらを見ていることは、理解できなかった。なぜ眼をつぶらないのだろうか。もはや恥の感覚を失い、視線を合わせながらイクつもりなのか――そう思うと、顔が燃えるように熱くなっていった。

しかし、紗奈子も紗奈子で、眼を閉じることができないでいるのだった。もちろん、そうしようと思ってしているわけではない。

お互い、見えない手で強引に眼を開けられているような形相で、視線と視線をぶつけあっていた。佳乃は見開いた眼から大粒の涙を流しつつ、歓喜の悲鳴の合間に、「オマンコいいの、オマンコいいの」と呪文のように唱えている。

「オマンコいいの……オマンコたまらないの……ああっ、もうおかしくなりそう……オマンコおかしくなりそう……」

紗奈子からは、佳乃だけではなく、貴島の顔も見えていた。貴島の視線は、まっすぐにこちらを向いていた。冷たい視線だった。蔑まれている、とはっきり感じた。この前、自慰を見られたときと同じ眼だった。紗奈子は泣きたくなった。いまは服を着ているし、自慰に耽っているわけでもない。

なのに貴島は、自分を軽蔑している。見透かされているからに違いない。紗奈子はイキそうだった。下から突きあげてくる振動によって、女の花を犯し抜かれていた。本物の男根を抜き差しされているのと同じ感覚が、たしかにあった。パンパンッ、パンパンッ、と貴島が鳴らす音に合わせて、腰が動いていた。もじもじと尻を動かし、時折小さく跳ねさせて、振動の男根をしゃぶりあげていた。

「ああっ、ダメッ！　もうダメッ！」

佳乃が叫んだ。

「イッ、イッちゃうっ……わたしもうイッちゃうよ、紗奈子ちゃんっ……」

わたしに言われても、と紗奈子はたじろぐばかりだったが、佳乃から視線を離せない。そこにはもう、紗奈子の知っている佳乃ではなく、発情しきった獣の牝が本能を剝きだしにした顔があるばかりだった。

「イッ、イクッ……イッちゃうっ……もうイクッ！」

オルガスムスを迎え撃つように身構えた次の瞬間、佳乃の体は淫らな痙攣を開始した。グラマーなスタイルだけに、全身の肉の揺れ方が尋常ではなかった。ぶるぶるっ、ぶるぶるっ、と体中を揺らし、乳房をどこかに飛ばすような勢いではずませる。眉間に深い縦皺を寄せたつらそうな顔をしているが、それはもちろん喜悦を嚙みしめている表情だ。紗奈子の太腿をつかんでいる両手の指にも力がこもる。その力が、快楽の熱量を生々しく伝えてくる。佳乃はいま、頭の中を真っ白にして恍惚の境地にいる。

ダメよっ……絶対にダメッ……。

紗奈子は自分に言い聞かせながら、顎が砕けるくらい歯を食いしばった。自分まで、巻き添えでイキたくなかった。佳乃がイッたのはしかたがない。あれほど長大な男根で延々と突かれていれば、女なら誰だってイク。

だが紗奈子は、愛撫ひとつされていない。服を着たまま股間を振動でなぶり抜かれているとはいえ、こんな状況でイッてしまうのは、自慰でイクより恥ずかしい。

しかし、佳乃がイキきっても、貴島は腰を使うのをやめなかった。むしろいままでより熱を込めて、パンパンッ、パンパンッ、と佳乃の尻を打ち鳴らす。佳乃がひいひいとあえぐ。一度イッても休ませてもらえないことに苦悶しつつも、貴島の繰りだす怒濤の連打にあっという間に呑みこまれていく。

「ああっ、ダメッ！　またイクッ！　続けてイッちゃうっ……」

紗奈子は佳乃のことが羨ましくてならなかった。彼女はおそらく、このまま何度も何度もオルガスムスに追いこまれる。失神するほど翻弄されることは想像に難くないが、それに引き替え紗奈子は、たった一度の絶頂さえも許されない。

こっそりイケば、バレないんじゃ……。

もはや喜悦をこらえきれなくなり、意識さえ朦朧《もうろう》としてきた紗奈子の胸に、黒い思惑がひろがっていった。男の絶頂は、射精があるから見た目でわかる。それに対し、女の絶頂はわかりにくい。「イク」と叫べばそうだとわかるし、性器を繋げて抱かれていれば、体の反応が男にも伝わるだろうが、いまはそういう状況ではない。

「ああっ、イクッ！　イッちゃう、イッちゃう、イッちゃううう……」

半狂乱で絶叫している佳乃の悲鳴を隠れ蓑に、紗奈子は自分の体を解放した。身をこわばらせているのをやめ、下から突きあげてくる振動に身をまかせた。さらに、ヒップをバウンドさせてみる。途端に、脳天まで快感が響いてきた。体の芯に電流じみた衝撃が何度も何度も走り抜けていき、両手をぎゅっと握りしめた。

イッ、イクッ……。

声だけは、なんとしてでもこらえなければならなかった。それには成功した。しかし、訪れたオルガスムスの衝撃は想像を超えて、下半身で爆発が起こったのかと思った。白眼を剝きそうになり、いま自分がどんな顔をしているのか考えたくなかった。爆発は一度では終わらなかった。十連の花火のように、何発も何発も打ち上がっては恍惚の彼方へと運ばれていく。手脚を拘束されているからに違いなかった。こんなにも続けざまに恍惚の波が押し寄せてくるなんて、自由に動けないからに決まっている。

ようやく最後の花火に辿りついたかに思われた次の瞬間、下半身から力が抜けた。座っているのに腰が抜けたようになるなんて、初めての経験だった。

気がつけば、下半身が生温かくなっていた。失禁したのだと自覚するまで、数秒を要した。途中でとめる術《すべ》はなく、そのまま垂れ流した。恍惚の花火で天に舞いあがっていた体が、絶望の海に叩き落とされた気分だった。

目の前の佳乃はよがりによがり、いまはもう瞼をきつく閉じている。肉の悦びに溺れきっていて、紗奈子の異変に気づく様子はない。

しかし、ベージュの綿のパンツでは、失禁を隠しようもなかった。股間にできたシミがみるみるひろがっていき、内腿や膝まで濡れていく。尻の下のマッサージチェアは、悲惨なことになっているに違いない。

どっ、どうしようっ……。

紗奈子は青ざめ、現実と向きあうことができなかった。これから自分は、粗相をしたことを貴島に謝り、漏らしたものをきれいに清掃して、下半身を濡らしたまま家に帰らなければならないのだろうか……。

「生意気な口をきくから、こういうことになるんですよ」

耳元でささやかれ、ビクッとした。いつの間にか、椿と櫻がすぐ側に立っていた。紗奈子の下半身を見て、ニヤニヤ笑っている。失禁は完全にバレていた。どうして失禁したのかも、彼女たちなら容易に理由を察することができただろう。

第三章　四人がかり

1

なにやってるのよ、わたし……。

扉越しに聞こえてきた人の気配に怯えながらも、紗奈子は指を動かすのをやめることができなかった。

指にからみついてくるヌメヌメした肉ひだを掻き分け、ツンと尖った肉芽を探しだす。呆れるほど硬くなっていて、怖いくらいに敏感になっている。刺激すればするほど、体の奥底からむらむらしたものがこみあげてくる。

ここはテレビ局内のトイレだった。

〈モーニン！　モーニン！〉の生放送が終わった直後、紗奈子はトイレに駆けこんで自慰を開始した。ニュースを読んでいるときから、したくてしようがなかった。もちろん、普段なら考えられない暴挙である。生放送が終わったからといって仕事が終わったわけではなく、スタッフとのミーティングが残っている。彼らを待たして自慰をするなんて、正気を失っているとしか思えない。

「……くっ！」

声がもれそうになったので、あわててハンカチで口を塞いだ。左手はハンカチで、右手はクリトリスを刺激しつづけている。自分の指の動きが、かつてないほどいやらしくなっているのがわかる。肉芽が敏感になっていることに、呼応しているのだ。ねちっこく撫で転がせば撫で転がすほど快楽が増幅し、頭の中がピンク色に染まっていくようだ。

くちゃくちゃ、くちゃくちゃ、という音が聞こえた。耳からではなく、体の内側で反響していた。

叫び声をあげたいほど気持ちよかったが、同時に、苛立ちも募っていった。普段ならとっくに果てているはずなのになかなかイケず、快楽のピークがどこまでも上昇していくからだった。いつもは三十階くらいまでエレベーターで上昇していく感じなのに、いまは六十階を過ぎてもまだイケない。早くイキたくてしようがない。イッてさえしまえば、気持ちも落ち着いて、冷静な気分でミーティングに参加できるはずなのに……。

イッ、イクッ……。

ようやく訪れたその瞬間を、紗奈子はしっかりとつかまえた。便座に座って前屈みになっていた体がのけぞり、下半身が痙攣した。電流じみた快感が何度も何度も体の芯を走り抜けていき、たまらず身をよじった。便座が軋《きし》む音が聞こえたが、かまっていられなかった。

やがて、全身から力が抜けた。同時にオナニー・ブルーがやってくる。激しすぎる自慰のあとは、いつだって自己嫌悪が待っている。

虚しかった。

ハンカチをあてた舌で呼吸を整えながら、ここが職場のトイレであることに、しみじみと絶望感がこみあげてくる。

いったいなにをやっているのだろうか……。

なんとか呼吸を整えてハンカチを口から離したが、今度はそれで眼尻に滲《にじ》んだ涙を拭わなければならなかった。

自分は仕事中に自慰をこらえられなくなるような、そんな女ではなかったはずだ。まるで別人になってしまったようだった。別人になってしまったのかもしれない。

すべてはあの男のせいだった。

貴島という男の……。

三日前、紗奈子は〈エクスタシス〉で失禁した。パンツをすっかり濡らしてしまったのを椿と櫻に見つかり、泣くまでいじめられるのだろうと覚悟したが、意外なことにふたりはすぐに手脚の拘束をはずしてくれた。そういうところは、さすがにプロなのかもしれなかった。まだセックスの最中である貴島と佳乃から離され、バスルームにうながされた。

びしょ濡れのパンツやショーツを脱ぎ、シャワーで下半身を流すみじめさはなかなかのものだった。はっきり言って、煙のように消えてしまいたかった。

バスルームを出ると、洗面台の上にバスタオルとバスローブが用意されていた。汚した服はなくなっていた。それほど汚れていなかったはずのシャツやニットまで……。

「お洗濯しといてあげますよ」

椿に言われたので、

「捨てていただいてけっこうです」

紗奈子は横顔を向けたまま返した。内心で震えていた。あまり意地を張りすぎると、裸で帰らなければならなくなるかもしれない。このバスローブは借りていいのだろうか。しかし、バスローブ姿で白金からタクシーに乗るというのも……。

「こっちに来て」

椿に手を取られ、部屋を横切ってウォークイン・クローゼットに連れていかれた。貴島と佳乃はベッドに移動して、正常位で腰を振りあっていた。バックスタイルとはまた違う、衝撃的な光景だったが、無遠慮な視線を向けることなんて、もちろんできなかった。

六畳ほどのウォークイン・クローゼットには、セレクトショップのバックヤードさながらに大量の服が保管されていた。

「下着やストッキング、あとヴァイブなんかもたくさんあるのよ」

椿がケラケラ笑いながら言った。紗奈子は彼女の眼を見ることさえできなかった。好きなものを着ていいと言われたので、なるべく地味な紺のワンピースを選んだ。新品ではなかったが、きちんとクリーニングされていた。下着は新品だったけれど、椿が渡してきたのは娼婦が着けるような真っ赤なセクシーランジェリーだった。紗奈子にはもちろん、怒って投げ返す気力などなかった。

身繕いを整えて部屋に戻ると、貴島と佳乃のセックスは終わっていた。性器をさらしたままベッドでまどろんでいるふたりを正視することができず、紗奈子はうつむいてそそくさと帰ろうとした。

「話はしなくていいんですか？」

貴島が声をかけてきたので一瞬立ちどまったが、無言で会釈だけして、逃げるように階段をおりていった。外に出ると小走りに住宅街を駆け抜け、大通りでタクシーを停めた。家に帰るまで泣くのだけは我慢しようと思っていたが、無理だった。

失禁……。

おもらし……。

垂れ流し……。

自分のさらした醜態に胸を締めつけられ、とめどもなく涙があふれてくるのをどうすることもできなかった。

小学生のとき、教室でおしっこを漏らしたクラスの男子を笑ってしまったことがある。そのバチがあたったのだと、思いこもうとした。因果応報。天罰覿面《てきめん》。そうとでも考えなければ、あまりにも救われない状況だった。


テレビ局を出たのは午後一時だった。

朝が早い紗奈子にとっては定時である。

あとに予定がないので普段なら局のハイヤーで帰宅するところだが、あえてタクシーに乗った。気分転換が必要だった。貴島のせいもあるけれど、会議でも溜息がとまらなくなりそうなほど不愉快な目に遭った。

真木《まき》菜緒《なお》という〈モーニン！　モーニン！〉の番組アシスタントを務めている局アナが、

最近結婚した。紗奈子より三つ年下の二十七歳。元は地味な子だったのに、恥ずかしげもなく新妻キャラを前面に出し、生放送中に幸せオーラを振りまいている。紗奈子は頭を抱えていたのだが、視聴者の評判はすこぶるいいらしい。

結婚相手があまり売れていない声優というのがポイントだった。世間はそういう結婚に寛容だ。資産家やスポーツ選手やアイドルが相手だと目くじらを立ててネットに悪口を書きこむくせに、ほのかに漂ってくる貧乏くささに安堵する。

まったく馬鹿馬鹿しいとしか言い様がないが、問題は真木菜緒の評判がよくなればなるほど、紗奈子の立場が悪くなるということだった。これで代わりは見つかったとばかりに、またぞろ降板説が出てきそうで憂鬱になる。

タクシーで向かった先は等々力《とどろき》――十八歳のとき、初めてひとり暮らしをした場所――に近い多摩川の土手だった。

大学に合格して上京してきたあのころ、広い河川敷をよくひとりで散歩していた。紗奈子はなかなか大学に馴染めず、キャンパスは居心地が悪かった。お高くとまっている、と思われていたからだ。

たしかに、十八歳の紗奈子はいまよりずっと尖っていた。嘘にまみれた女同士の馴れあいは大嫌いだったし、不躾《ぶしつけ》に合コンに誘ってくる男たちには反吐《へど》が出そうだったので、孤独を満喫していた。もちろん、そんなものは強がりで、河川敷を歩く紗奈子の顔は、いつだっていまにも泣きだしそうでありながら、それを誤魔化すために怒りの形相をつくっているような、滑稽なものだったろう。

多摩川の河川敷は風が強く、いつも風に向かって歩いた。北も南もありはしない。逆風に向かって足を踏みだすのが、紗奈子の散歩の決まりだった。当時は髪が背中まであり、歩いていると髪が乱れてしようがなかった。頭にきていまよりもっと短い、ほとんど坊主のようなベリィショートにしてやった。顔見知り程度の同級生たちには痛い女だと思われたようだが、自分では気に入っていた。「その髪似合うね」と話しかけてきたバンギャの子が、東京で最初にできた友達だ。

あのころみたいに逆風に向かって歩いていれば、ちょっとは気分も晴れるかもしれないと期待した。河川敷の風は相変わらず強く、まともに眼を開けていられなかった。霞む視界の中で、空はどこまでも青かった。景色はあのころと同じなのに、紗奈子の足取りは自分でも哀しくなるほど弱々しいものだった。

あのころみたいに自分を曲げないで生きていきたかった。そうすれば、理解してくれる人だってきっと現れる。それはいまも揺るぎない信念のひとつなのに、このところの体《てい》たらくはどうしたものか。

女としての潤いを取り戻すために、セックスがしたい――それはいい。

男と同じように、性欲をお金で解決したい――それだって間違っていないはずだ。

紗奈子としては、買春エステを利用することに先見性さえ見いだしていた。いま現在、女がセックスを買うという行為には後ろめたさがつきまとうけれど、そう遠くない将来には普通のことになるだろう。男性社会が遊郭やソープランドを必要としたように、女性の社会進出に拍車がかかれば、そうならないほうがおかしい。

なのにその結果は……。

自慰や失禁で屈辱まみれにされ、心が折れそうになっている。セックスですっきりして仕事に邁進するつもりだったのに、全然すっきりしていない。それどころか、肝心のセックスさえおあずけにされたまま、ストレスが溜まっていく一方だ。

全部、貴島のせいだった。

性欲をお金で解決することを恥とは思っていないとはいえ、やはりそれなりに勇気を振りしぼらなければ買春エステの扉など開けられなかった。なのに、この仕打ちはひどすぎる。だいたいお金を払っているのはこちらであり、お客さまは神様のはずなのに、あまりにも扱いが悪すぎるのではないか。

もしかして、ナメられているのだろうか？

そうではなく、貴島には貴島なりの深慮があり、こういう状況をつくりだしていると思いたいところもある。

「大事にされてるってことじゃないかなあ」

佳乃も電話でそう言っていた。三日前、彼女のプレイを目の当たりにしてしまったわけだが、そのことによってふたりの関係が壊れることはなかった。もちろん、見た光景、聞いた言葉について露骨な意見交換などはできなかったが、以前よりずっと深くセックスについて話せるようになったのは、望外の僥倖《ぎようこう》だったかもしれない。

紗奈子は〈エクスタシス〉における自分の扱いについて相談してみた。自慰とか失禁とか、恥ずかしいところは伏せておいたが、お金を払っているのにまだセックスしてもらえなくて困惑していると……。

「それは絶対に特別扱いだと思う。貴島さんにしてみたら、さっさとセックスしたほうが楽だもの」

特別扱いが嫌いな女はいない。佳乃にそう言われた紗奈子も、自尊心をくすぐられたことは否めないが、だからといって、彼女の言葉だけですべてを納得することもできなかった。

やっぱり、ここは怒ってもいい場面じゃないのかしら……。

貴島に深慮があろうがなかろうが、お金を払っているのに求めるサービスを与えられていない――これがファクトである。それに対してクレームをつけるのは、客に与えられた正当な権利ではないか。多少、感情的になってしまってもかまわない。いや、ここはひとつ、ナメられていることに対して怒り心頭という体でヒステリックに声を荒らげてしまったほうが、向こうの見る眼も違ってくるかもしれない。

強風の中、立ちどまってバッグからスマホを取りだした。

〈エクスタシス〉の連絡先を画面に出すと、ＬＩＮＥではなく電話をかけた。いきなり電話をするなんて、ビジネスマナーとしてもいただけないが、こちらは怒っているのだ。カンカンに怒っているのだ。

2

結局、こういうことになっていくのか……。

スケジュール管理をしているパソコン画面を睨みながら、貴島は深い溜息をもらした。

〈エクスタシス〉の営業体制は、店と出張の二本立てだ。創業当初は店だけでサービスを提供していたのだが、客の強い要望を受け、すぐに出張も始めた。男娼のデリバリーだ。時間を決めてホテルや先方の自宅で落ちあうことになる。

在籍している男性スタッフは、いまや三十名を超える大所帯になった。そのうち十名前後が出勤扱いとなり、貴島はＬＩＮＥのやりとりで管理・派遣しているのだが、そちらの予約はいっぱいなのに、白金の予約はゼロだった。正確には一件入っていた予約がたったいまキャンセルされた。創業以来初めてのことである。

客の気持ちもわからないではない。店に来れば、エステとセックスで大変充実したサービスが受けられるのだが、そのぶん金もかかれば時間もかかる。出張なら自分のアクセスしやすい場所を指定し、いきなりセックスだから楽なのである。〈エクスタシス〉の売上はいまや八割方、出張によってまかなわれていると言っていい。

しかし、貴島はその傾向をよく思っていなかった。

男相手でもそうだが、風俗産業がコンビニエンス化していくことには、危機感しか覚えない。充実したセックスには時間も金もかかるものなのだ。いにしえの吉原遊郭では、最低三回は通わなければ花魁《おいらん》を抱けなかったらしい。三回通ってなにをするのかといえば、飲めや歌えやの大宴会だ。

ところが昨今の風俗では、三十分五千円のピンサロが人気を集めている。時代が違うとはいえ、ずいぶんとセックスを雑に扱うようになってしまった。

その点、〈エクスタシス〉は反時代的だ。フルコースで四時間はかかるし、オプションをつければ半日がかりになる。気分を盛りあげるため、あるいは余韻を嚙みしめたい向きに酒や料理を振る舞うこともあるから、そうなるともはや一日がかりだ。

「それでもホストクラブでリシャール入れるより安いんだからオッケーよ」

常連客の中には、そう言って豪快に笑う者も多い。実際、椿と櫻のエステで肌を磨き、男性スタッフを二、三人呼んで破廉恥かつ濃厚なセックスを楽しみ、事後にシャンパンで渇いた喉を潤しても、ホストクラブで高級酒を入れるより金はかからない。ホストは色恋営業で客の心を惑わせるが、ここではそういう心配もない。まさに、成功した淑女のために用意された、夢のステージなのである。

「……ふうっ」

たった一日予約がゼロになったくらいで、気を揉む必要はないのかもしれなかった。いくら仕事で忙しいからといって、セックスを雑に扱わない常連客はたくさんいる。そういう需要を掘り起こしていけばいいし、椿と櫻には熱狂的なファンもついている。

「まずい」

貴島はハッとしてスマホをつかんだ。予約がキャンセルになったことをふたりに伝えなくては、そろそろ出勤してきてしまう。このところ夜遅くまで頑張ってもらっているから、今日はもう休んでもらっていいだろう。

だが、ふたりにＬＩＮＥを送ることはできなかった。

電話の着信音が鳴りだしたからである。

発信元は――神谷紗奈子。

まさかいきなり電話がかかってくるとは思わなかったが、三日前ずいぶんと意気消沈して帰っていったので、気になっていた。

「もしもしっ！」

電話に出ると大声で叫ばれ、貴島はスマホを耳から離して顔をしかめた。

「もしもしっ！　もしもしっ！　貴島さんですかっ！」

「ええ……はい……」

音量をさげてから応じた。

「ちょっとおうかがいしたいことがあるんですがっ！」

「なんでしょう？」

「どうしてお金を払っているのにセックスをしていただけないんでしょうかっ！」

貴島は眉をひそめた。声も大きいが、ノイズもひどい。風の音だろうか。外にいるとすれば、その大声はいただけない。彼女は人気女子アナで、「朝の顔」なのに……。

「セックスしてくださいっ！」

「いや、あの……」

「わたしはですね、セックスがしたくて、そちらのお店にうかがったんですっ！　なのに全然してもらえなくて怒ってるんですっ！　間違ってますかっ！」

「では、ご希望の日時をＬＩＮＥで……」

「いつだっていいですっ！」

紗奈子の絶叫が遮る。

「わたし、午後から夕方までならたいてい空いてますから。週末のスケジュールもガラガラですから。なる早でお願いしますっ！」

「調整いたします」

「なんなら、いまからだっていいくらいですからっ！　いまからじゃダメですかっ！」

「あっ、いや……」

貴島は口ごもった。三日前のプレイがよほど刺激的だったのか、相当切羽つまっているようだった。時刻はそろそろ午後二時になろうとしている。スケジュール的にはいまからでも可能だが……。

「わかりました。対応させていただきます」

「いまからですかっ！」

「はい」

「セックスしていただけるんですねっ！」

「ええ」

「今度していただけなかったら、わたし本気で怒りますからねっ！　いまも怒ってますけど、もっと怒って、怒鳴りこみにいきますからねっ！」

「わかりました。では後ほど……」

早口で言って電話を切ると、

「ふうっ……」

貴島は太い息を吐きだした。すごい剣幕だった。どうしたものか、しばし考える必要があった。

それほどセックスがしたいのなら、相手をする用意はあった。しかし、紗奈子の気の強そうな顔を思いだすと、どうにも意地悪がしたくなる。「セックスしてくださいっ！」と電話で叫んでくるような状態なら、なおさらだった。ここからさらに焦らしに焦らせば、彼女はいったい、どうなってしまうのか。生殺し地獄から逃れたい一心で自分を放棄し、たとえば椿や櫻の性器を舐めるような真似をしてしまうのか。それとも……。

妄想はふくらんでいくばかりだったが、ビジターの利用は三回までだ。今回もセックスせず、彼女を失望させれば、会員になってもらうことはまず望めない。となると、オーナーが黙っていないだろうし、紹介者である佳乃の顔も潰《つぶ》すことになる。

扉がノックされた。

「……はい」

貴島は舌打ちしたい気分で答えた。ＬＩＮＥを送る前に出勤してきてしまった。

「おはようございまーす」

椿と櫻が、揃って顔を出した。ウィッグは店で着けるから、ふたりとも黒髪のボブカットに薄化粧、デニムを穿いたラフなスタイルだ。

「申し訳ない。三時からの予約、キャンセルになった。今日はオフでもいいかと思ったんだけど……」

「ガーン」

「マジですか？」

椿と櫻は落胆を隠さなかった。心の底から、仕事が大好きなふたりなのだ。

「じゃあ、夕方まで適当に時間潰しますから、ごはん行きません？」

「あっ、それいい。久しぶりにおいしいごはん食べたい」

「ねえ、先生。オーナーにも声をかけてみたらどうかしら。仲間はずれにすると根にもつタイプだし。それに……」

「ちょっと待て」

貴島は遮って言った。

「飯に行くのはいいんだが……実は神谷紗奈子から連絡があったんだ」

「あっ、あの……」

「おもらしアナ！」

「またの名をオナニーアナ！」

椿と櫻がキャッキャとはしゃぎだしたので、

「こら」

貴島はすかさずたしなめた。

「おまえらいつから、お客さまの陰口を言うようになったんだ？」

「……ごめんなさい」

椿と櫻は揃って身をすくめ、

「でも、なんかあの人、馬鹿にしたくなるんですよね。馬鹿にし甲斐があるというか」

「すぐキーッてなるし」

「先生だってそうでしょ？　珍しく意地悪ばっかりして」

貴島は眼を泳がせたが、

「……まあな」

苦笑するしかなかった。

「でも、お客さまはお客さまだ。敬意をもって意地悪するんだ」

自分でもなにを言っているのかよくわからなかったが、

「はーい」

ふたりは声を揃え、楽しげに笑った。

3

なんなのよ、まったく……。

多摩川から白金に向かうタクシーの後部座席で、紗奈子はスマホを持つ手を震わせた。

貴島からＬＩＮＥが入ったのだ。

――午後三時、天王洲アイル、ホテル・ブルーレーベル、一二〇八号室。

なぜこの期に及んで場所を変更するのか、理解できなかった。しかもホテルとは、無神経にも程がある。そんなところで誰かにばったり出くわしたら、いや、姿を見られるだけでも、こちらは窮地に陥る可能性があるのだ。

〈モーニン！　モーニン！〉の視聴率が低迷しているいまのタイミングでおかしな噂が流れたりしたら、鬼の首を取ったように騒ぎだす連中がいる。事実かどうかなんて関係ない、噂になっただけで番組のイメージダウンだと……。

こっちだって今日の今日で予約したから、しかたがないのかもしれないけど……。

とりあえず行ってみることにし、運転手に行き先の変更を告げた。

貴島からＬＩＮＥが入るまで、紗奈子の機嫌はすこぶる良好だったのだ。

ついに言ってやった！

怒ったふりをして強気に出たら、あっさりいまから会えることになった！

セックスするという言質《げんち》もとれた！

生まれて初めて、クレーマーの気持ちがわかった気がした。人間、言うべきことは言ったほうがいいらしい。デリケートな案件だけに、いままで遠慮しすぎていた。客であるこちらが強く望めば、貴島だって応じるしかないのだ。落ち着き払った顔をしていても、あの男だって所詮は商売人であり、男娼なのである。

男娼……そう、男娼だ。

その言葉からイメージできるのが紅顔の美少年なので、貴島のごとき美しくもない中年男にあてはめて考えたことはなかったが、金でセックスの相手をするのだから男娼に決まっている。

　セックス……。

　自分はいまから、それをするのだ。指定された午後三時まで、あと一時間もない。一時間も経たないうちに、貴島に抱かれる……。

　にわかに心臓が早鐘を打ちだし、手のひらがじっとりと汗ばんできた。

　勢いで「いまから」なんて言ってしまったが、心の準備がまるでできていなかった。にもかかわらず、思ったほど緊張していないことが不思議だった。心臓が高鳴ったり、手に汗を握っているのは、緊張というより期待のせいだ。

　貴島には、すでに裸を見られているからだろう。両脚の間にある恥ずかしい部分までまじまじと観察されたし、ほんの少しだが指だって入れられたし、イクときにあげる声まで聞かれている。

　もはや緊張する必要などなく、支払う料金に見合ったサービスをリラックスして楽しめばいいだけなのである。

　いや……。

　にわかに顔が熱くなってきた。この期待感は、ただ久しぶりにセックスすることに対してだけではない。あまり認めたくはないが、認めないわけにはいかない。

貴島の前で自慰で果てたときの感覚を、体が覚えていた。衝撃的な気持ちよさだった。自慰にもかかわらず、いままで経験したセックスなど足元にも及ばないような快楽に紗奈子は溺れ、恍惚というのはこういう境地を言うのだなとさえ思った。

もちろん、ロリータコンビにいじめ抜かれ、恥という恥をかかされて泣きじゃくっていたけれど、絶頂の衝撃だけはしっかりと享受していた。それはそれ、これはこれ、という感じで経験したことがない快感にのたうちまわっていた。

失禁したときだって、そうだった。イッたときの快感が爆発的だったせいで、漏らしてしまったのである。漏らさずにいられないほどの快感なんて、いままで想像したこともなかったけれど、たしかにそれは実在した。この体に記憶としてしっかりと刻みこまれ、三日が経ったいまなお、用を足すときに思いだしてしまう。

自慰でさえ、あるいは着衣のままの振動の刺激だけで、あれほどの快感を与えてくれたのが、男娼・貴島の実力だった。となると、セックスになったらどうなるのか。彼の長大な男根は、この眼で見ていた。大きければいいというわけでもないだろうが、唾液や愛液に濡れて黒光りする姿も貫禄たっぷりなら、竿の反り具合やエラの張りだし方はまがまがしいほどで、思いだすだけで濡れてきそうになる。

あれは絶対に気持ちがいいやつだ。見ただけでそんな直感が走った男根は初めてだった。佳乃にどんな具合か訊くことはさすがに遠慮したが、彼女はイキまくっていた。バックで突かれていたときも手放しでよがり泣いていたが、チラッと一瞬だけ見た正常位のときは、両手両脚を貴島にからみつけて、力の限りしがみついていた。

相当感じていないと、女はああはならない。佳乃は若いときから発展家だったらしく、恋の場数もベッドの場数も紗奈子の何十倍もあるはずなのに、週に一度は〈エクスタシス〉に通っているという。貴島に抱かれるために……。

これから自分があのときの佳乃に成りかわり、貴島に抱かれると思うと、口の中に唾液があふれてきてしようがなかった。

そんなふしだらな自分が、今日ばかりはたまらなく愛おしい。多摩川の河川敷で風に吹かれながら「セックスしてくださいっ！」と叫んだときのことを思いだした。あばずれじみた赤裸々な台詞を、貴島に投げつけてやった。恥ずかしくなんてなかった。叫んだ瞬間、むしろ勇気や闘志がわいてきた。欲しいものを欲しいと口にすることができた自分が、誇らしくてしようがなかった。

ホテル・ブルーレーベルはオフィス街の中にひっそりと建っていた。

巨大なオフィスビルの間にある細い道を抜けた先にあり、一見してホテルとは思えないほど地味な建物だった。

タクシーに揺られながらネットで調べてみたところ、大宴会場はなく、レストランの入ったフロアもなく、バーやティールームはあるようだったが小規模で、つまり、西新宿あたりにあるホテルに比べて、人の出入りが極端に少ない。

紗奈子にとっては都合のいいことばかりだった。おそらく、訳ありのカップルが使うようなホテルなのだろう。女に性的サービスを提供する訳ありの業者だけに、この手のスポットには詳しいに違いない。天王洲アイルそのものが、「不倫の聖地」と呼ばれるほど人目を避けたがるカップルに重宝されているところだし……。

怖いくらいに静まり返ったホテルのロビーを抜け、エレベーターに乗りこんだ。十二階のボタンを押した。最上階だ。ゴンドラが上昇していく重力にさえビクッとしてしまうほど、神経が昂ぶっていた。

場所を変更するＬＩＮＥが届いたときはキレそうになったけれど、ホテルで密会というのも悪くないのかもしれなかった。あのロリータコンビはエステティシャンだから、店にいなければならない。ホテルまではたぶんついてこない。ついてこないでほしい。貴島と一対一で会いたい。

ゴンドラの後ろ側が鏡になっていたので、紗奈子は自分の姿をチェックした。ビリヤードグリーンの膝丈ワンピースに、グレイのロングカーディガン。パンプスはヌーディベージュ。悪くはないが、素敵とも言えない。なにより、顔が思いきりこわばっている。こんなに可愛くない自分の顔を見るのは久しぶりと言っていい。

深呼吸した。

強気でいこう、と自分を励ます。こちらは客だ。ちょっとくらい可愛くない顔をしていたからといって、それがいったいなんだというのだ。

チンと音が鳴り、扉が開いた。目指すのは一二〇八号室。

高鳴る心臓の音を聞きながら、ノックした。ややあって、扉が開いた。誰もいなかった。それに、部屋の中がひどく暗い。

「どうぞ」

貴島の声だった。まだ姿が見えず、暗い中から聞こえてきた。

紗奈子は恐るおそる部屋の中に向かって足を踏みだした。背後に人の気配がした。双肩をつかまれた。

「振り返らないでください」

言われなくても、金縛りに遭ったように動けなかった。両脚だけが小刻みに震えていた。

強気でなんてとてもいられそうもなく、不安ばかりがこみあげてくる。

背後で扉が閉まると、室内は本当に真っ暗になった。広ささえわからない。ベッドの位置も、ツインルームかダブルルームかさえも……。

「えっ……」

顔をなにかが覆った。アイマスクのようだった。

「こうしたほうが集中できますので」

「セッ……セッ……」

セックスに？　と問いたかったが、声が上ずって言葉にならなかった。曲がりなりにもアナウンサーなのに……。

「会話もできるだけ控えめにお願いします。快楽だけに集中してください」

双肩をつかんでいた両手が、ゆっくりと二の腕にすべってくる。服の上からなのにゾクッとし、にわかに体が火照りだした。貴島の手のひらから淫らな感情が伝わってきたからだ。いきなり始めるつもりらしい。

「あっ、あの……シャワー……」

「私は浴びましたが、紗奈子さんはそのままで大丈夫ですよ」

「えっ……でっ、でも……」

なにが大丈夫なのかよくわからなかった。最初に〈エクスタシス〉に行ったときは、まずバスルームに案内されたはずだ。昼下がりとはいえ、紗奈子はすでに一日分の仕事をこなしている。汗をかいているはずだし、その匂いを嗅がれることを恥ずかしがらない女はいない。紗奈子にしても人一倍体臭が気になるほうだったが、体臭どころの話ではなかった。考えてみれば、先ほど局のトイレで自慰までしているではないか。

しかし、貴島の両手は情熱的に体をまさぐり、後ろからふたつの胸のふくらみをすくいあげてきた。やわやわと揉まれただけで、紗奈子は手に持っていたトートバッグを落とした。腰まで抜けてしまいそうだった。ブラジャーの中で乳首が硬くなったのがはっきりわかり、シャワーなんてどうでもよくなった。

ようやく、求めていたものが与えられようとしているのだ。それを中断してしまうなんて愚か者の所業だ。少しくらい体の匂いが強くても、男娼ならば文句は言うまい。自慰をしたばかりの女の花だって、黙って舐めてくれるに決まっている。

手際よく、ロングカーディガンとワンピースを脱がされた。感情が昂ぶりすぎてどんな下着を着けてきたか思いだせなかったが、アイマスクをされていたので確認することもできない。そんなつまらないことなど忘れてしまえ、というメッセージだと受けとった。アイマスクは、粋な計らいなのかもしれなかった。目隠しをしていれば、貴島の顔だって見なくてすむ。愛してもいない男の顔を見ているより、見ないで行為に集中するほうがいい。

ブラジャーをはずされた。途端に胸のあたりが心細くなったが、すぐに貴島の両手がそれを覆った。ひどくやさしく、隆起に指が食いこんできた。乳首に触れられると声をもらしてしまい、激しい眩暈が襲いかかってきた。立っているのがつらかったが、眩暈というのは心地いいものなのだと、生まれて初めて思った。

キスをしてほしかったけれど、自分からねだる勇気はなかった。貴島とは一度、キスをしている。椿と櫻にいじめ抜かれて泣きだしてしまったとき、なだめるようにじっくりと舌を吸われた。やさしいキスだった。蕩けてしまいそうになった。

いま乳房を愛撫している手指の動きも、驚くほどやさしくて、繊細だった。強引に犯してほしいというリクエストを忘れてしまったのだろうか。たとえそうでも、咎《とが》める気にはなれなかった。貴島の愛撫の心地よさに、紗奈子のほうがリクエストしたことを忘れてしまいそうだ。

「あんっ！」

うなじに舌が這ってきた。ベリィショートにしているせいか、そこはとびきりの性感帯だった。荒々しくなってきた男の吐息が、耳にかかるのもいい。うっとりしていると、貴島の手指が下半身に這ってきた。

紗奈子はまだショーツとストッキングを着けていた。パンプスも履いたままだった。股間の小高い丘を撫でられると、パンプスの中で足指がぎゅっと丸まった。貴島は恥ずかしい丘を何度も何度も撫でながら、うなじの生え際にキスの雨を降らせた。熱い吐息を耳に吹きかけては、ピアスをしている耳たぶを舌先でくすぐってきた。

紗奈子はいよいよ立っていられなくなり、それを伝えようとしたとき、貴島に手を引かれた。歩かされた先にあるものが、紗奈子には見えなかった。腰を折るようにうながされ、両手を前に出すと、布団の感触がした。ベッドに手をつかされたらしい。

立ちバックの体勢だ――にわかに顔が熱くなったのは、同じ格好で佳乃がよがり泣いていたところを思いだしてしまったからである。

ドクンッ、ドクンッ、と高鳴る心臓の音に気をとられていると、ストッキングをめくりおろされた。続いてショーツも太腿までさげられ、股間に新鮮な空気が浴びせられた。さすがに恥ずかしくなった。この体勢で下着を脱がされれば、女の花だけではなく、お尻の穴まで見られてしまう。

大丈夫よ、部屋の中は真っ暗だったじゃない……。

懸命に自分を励ました。たとえ見られたところで、物怖じする必要はない。こちらは客なのだし、そもそも一度見られている。それでも恥ずかしくて身をよじってしまう。腰をくねらせ、尻を振ってしまう。まるで愛撫をねだるように……。

無意識に、ねだっていたのかもしれない。早く舐めて——もうひとりの自分の声が、頭の中でリフレインしている。

早く舐めて……。

オマンコ舐めて……。

的確なタイミングで、生温かい舌先が女の割れ目をなぞった。紗奈子は「ひっ！」と声をあげ、ピンと伸ばしている両脚を激しく震わせた。

貴島はタイミングを逃さない男だった。してほしいとき、してほしいところに愛撫が届く。ねろり、ねろり、と舌が這うほどに、花びらがゆっくりと開いていき、奥から熱い蜜があふれていくのがわかった。唾液と混じりあって、ヌルヌルした卑猥な感触がひろがっていく。花びらを口に含まれ、丁寧にしゃぶりあげられると、紗奈子はアイマスクの下で眉根を寄せた。

ダッ、ダメッ……。

舌が後ろの穴にまで這ってきたので、焦った。シャワーを浴びていないアヌスを舐められるのは、さすがにきつい。いや、たとえシャワーを浴びたあとだって、そんなところに舌を這わせることを許したことはない。

だが、貴島の舌はためらうことなく、むしろ無遠慮なほど大胆に、排泄器官を舐めまわしてきた。すぼまり全体に唾液をまぶすと、鋭く尖らせた舌先で細い皺を一本一本伸ばすように愛撫された。両脚どころか、紗奈子はヒップの肉までぶるぶると震わせた。

やがて、舌先が入ってきた。さすがにそれはやりすぎだろうと思っても、悲鳴をあげることさえできなかった。紗奈子は布団を強く握りしめ、甘んじてアヌスの奥まで舐められた。体中から嫌な汗が噴きだしてきても「やめてっ！」と言えなかったのは、舌先が出たり入ったりする感覚が、常軌を逸して気持ちよかったからだ。

これじゃあ変態じゃない……。

そう思わないこともなかったが、自分の体の中にいままで気づいていない性感帯がいくつも眠っているのかもしれないという期待感のほうが、はるかに勝っていた。相手はセックスのプロなのだ。無用な見栄を張って清楚な女を演じるより、あるがままに委ねてしまったほうがいい。なにもかも、すべてを……。

「あああっ！」

アヌスを舐められながら花をいじられると、恥ずかしいほど大きな声をあげてしまった。呼吸も激しくはずんで、自分の吐息が甘酸っぱくなっているのがわかる。

どうやら、貴島はやればできる男だったらしい。なにを考えているのかわからないところはあるものの、男娼としては超一流と認定するしかない。

多くの女が彼の元に集い、大金を積んでいる理由が、いまようやく理解できた。これは通いたくなる。まだ始まったばかりだというのに、紗奈子はすっかり貴島に脱帽し、彼の愛撫の虜《とりこ》になってしまっていた。

4

さすがね……さすがよ、貴島さん……。

紗奈子は全裸でベッドに横たわっていた。あお向けで、両脚を大きくひろげられている。後ろからでは刺激されなかったクリトリスに、貴島は狙いを定めたようだった。尖らせた舌先で、ねちっこく舐め転がされた。

紗奈子は何度もイッてしまいそうになったが、そのたびに舌は肝心な部分から離れていった。意地悪をされている感じではなく、やさしく、やさしく、ピークを高められていることが伝わってきた。女のオルガスムスは高低差が激しい。どうせならいちばん高いところで爆発させてやろうという、心憎い気遣いが感じられた。

それに、クリトリスから舌が離れても、愛撫そのものがとまってしまうわけではない。花びらのまわりを指でなぞられたり、内腿にキスされたり、フェザータッチで腰をくすぐられたり、実に様々なヴァリエーションで楽しませてくれるから、絶頂が遠のいたもどかしさなんて感じている暇がなかった。

体中にキスをされた。アイマスクのせいで集中力が高まっているのか、どこにキスをされても、怖いくらいに感じてしまう。普段はあまり感じないし、感じるとも思っていないところに舌が這ってきても、紗奈子の裸身は釣りあげられたばかりの魚のように跳ねて、淫らな悲鳴がとまらない。

もっとも顕著なのが足だった。足指を口に含まれると、唇の柔らかさに陶然となった。くなくなと動きまわる舌の感触が、他のところを舐められるのとは全然違った。指の股にまで舌を這わせられると、身をよじらずにはいられなかった。

もちろん恥ずかしかった。一日中ストッキングに包まれ、パンプスの中で蒸れていた足は、もっとも舐められたくないところのひとつと言っていい。にもかかわらず、左右の爪先が唾液でびしょ濡れになるころには、その愛撫に蕩けていた。刺激に体が跳ねる感じではなく、心地よさに全身から力が抜けていく。

貴島は気が利く男だから、紗奈子が蕩けはじめると、すかさず女の花もいじりはじめた。熱く疼いている花びらの間で指を泳がせては、ヌプヌプと浅瀬を穿《うが》ってきた。足指を丁寧に舐めしゃぶりながらだ。

種類の違う刺激の波状攻撃に、紗奈子はひぃひぃと喉を絞ってよがり泣き、自分の声のいやらしさに引いてしまったほどだった。もう少しで、もっと奥まで指を入れてと、ねだってしまうところだった。ねだるかわりに、別のことを頼んだ。

「あっ、あのうっ……」

ハアハアと息をはずませながら上体を起こし、貴島を手で探った。太腿のあたりが、手のひらに触れた。

「わたしにも、そのっ……させてくださいっ……」

金で買ったセックスだからといって、自分ばかり気持ちがよくなればいいとは思っていなかった。相手を感じさせることも男女の営みの一環だろうし、そのほうが先の楽しみが増えることくらい知っている。

とはいえ、紗奈子は決して口腔愛撫が得意ではない。恋人に頼まれても三回に一度くらいしか応じなかったから、苦手な部類と言ってもいい。

テクニックに自信がなかったし、変な顔になっているのを見られるのも嫌だった。なにより、男に奉仕している絵図になってしまうのが屈辱的に思える。

だがいまばかりは、ほとんど生まれて初めてと言ってもいいほど積極的な気分で、それがしたかった。脳裏に生々しく刻みこまれている貴島の長大な男根をこの手で握りしめ、大きさや形状や硬さを確かめたかった。

貴島がもぞもぞと動いた。ベッドにあがる際に服を脱ぐ気配がしたし、触れた太腿も素肌だったので、最後の一枚を取ったのだろう。ぴったりと股間を覆っているブリーフから、あの長大な男根を取りだしたのだ。

貴島は立ちあがったようだった。手を取られ、引き寄せられた。おそらくそういうことだろうと見当をつけ、紗奈子は正座をした。仁王立ちになっている男のものをしゃぶりやすい体勢になって、荒ぶる呼吸を整えた。

気配のあるほうに手を伸ばした。手指は空を切り、なにもつかめなかった。一瞬、まだ勃起していないのかもしれないと思った。

仕事とはいえ、貴島は数えきれないほどの女を抱いている。佳乃にしていたような激しいプレイも軽々とこなすほど、性技を鍛えあげている。

わたしみたいな女に興奮してくれるのかな……。

急に不安になり、汗が冷たくなった。自分はきっと、〈エクスタシス〉にやってくる客の中でも、もっともつまらない抱き心地の女だ。恥ずかしがっているばかりで色っぽく振る舞うこともできなければ、おねだりの言葉ひとつにさえためらってしまう。

勃起していなかったからといって傷つくことはないと、自分を励ました。四年もの間、恋愛沙汰から離れていたのだから、しかたがないことなのだ。色っぽくなりたいのなら、まずは目の前のセックスを楽しむことだろう。

貴島に手を取られた。導かれた先のものを手にした瞬間、紗奈子は歓喜のあまり目頭が熱くなった。すべては杞憂だったのだ。貴島のものは硬く太く勃起して、ズキズキと熱い脈動まで刻んでいた。

興奮してくれていたことに安堵すると同時に、いやらしい感情に胸を掻き毟《むし》られた。手のひらに密着している貴島のものは、見た目から想像していたよりはるかに屈強な触り心地で、筋肉の塊そのものという感じだった。こんなものが口に入るのだろうかと思った。もちろん、両脚の間にも……。

怯えた紗奈子を励ますように、貴島が頭を撫でてくれる。男に頭を撫でられるのをなによりも嫌っている紗奈子だったが、このときばかりは救われた。口腔愛撫を始めるタイミングを与えてくれたからだった。

そっと顔を近づけていくと、男の匂いが鼻先で揺らいだ。それが異性の性器であることをまざまざと伝えてくるホルモン臭が、どこまでも体を熱くしていく。

そそり勃った男根を、両手で挟んでみた。表面は思ったよりも乾いていて、凸凹が手のひらに伝わってくる。サイズを確かめるように、根元から先端まで撫でてみる。かつての恋人たちの性器などほとんど記憶に残っていないが、間違いなくいちばん太くて長い。

舌を差しだし、先端を舐めた。

ソフトクリームを舐めるように、ペロペロと舌を動かした。

「……おいしい」

思わず口をついた。ひとり言のようなものだから、お世辞ではなかった。いままで男性器を舐めるときは、ソフトクリームに見立てて、それを舐めているのだという錯覚を自分に強いていた。そうでもしなければ、男の足元にひざまずいて男性器を舐めしゃぶるような屈辱的な真似を、行なうことができなかった。

しかし、いまは本当においしい。特別な味や匂いがしたわけではない。そう感じた理由は、男性器にではなく、紗奈子のほうにある。発情しきった体が味覚まで変化させたのだ。欲しくて欲しくてしかたがないものだから、おいしく感じられたのだ。

もちろん、そんな理屈を考えたのはあとからで、そのときの紗奈子は、ただ夢中で舌を這わせているだけだった。

「おいしい……おいしい……」

うわごとのように繰り返しながら、先端を唾液にまみれさせ、凶暴に張りだしたエラの形状を舌で味わった。

口に頬張ると、甘美な眩暈が襲いかかってきた。息苦しさを覚えたが、それさえも心地よかった。アイマスクには、舐めているときの恥ずかしい顔を見られなくてすむという利点もあった。おかげで、リラックスしてしゃぶることができた。手に取ったときにはとても口には入らないサイズに思えたが、紗奈子はじわじわと深く咥《くわ》えていき、最終的に根元まで口の中に収めた。

男に奉仕している実感は皆無だった。ただ本能が、もっと深く、もっと深く、と煽ってきた。この逞しい肉の塊は、やがて自分を貫いてくるものだ。深く咥えこめば咥えこむほど、そのときのことが生々しく想像できる。

息苦しさに意識が朦朧としてくると、自分が口に男根を咥えこんでいるのか、両脚の間を貫かれているのか、わからなくなってきた。願望が強すぎるあまり、現実と妄想の境界が曖昧になっていた。

紗奈子はいったん口から男根を抜き去った。心臓は狂ったように暴れまわり、体が熱くてしようがなかった。じっとしているのが耐えがたく、正座している下半身がもじもじと動いてしまう。蜜が漏れている。絶え間なくしたたって、尻の中心をヌルヌルさせる。

「……もっ、もう犯してください」

自分の声が、自分の声ではないみたいだった。それはもはや、アナウンスメントの訓練で鍛えあげたクリアボイスではなく、発情しすぎた女の声だった。剝きだしの欲望をそのまま口から放ったような、愛液まみれの潤いがあった。

「ねえ、犯して……セックスして……わたしもう、我慢できない……」

言うほどに、たとえようもない歓喜が体のいちばん深いところからこみあげてきた。ふしだらな台詞を口にしている自覚はあった。いままで恋人にさえ言ったことがないことだし、椿や櫻のような意地悪な女たちに言わされそうになったなら、意地でも拒んだはずだった。

なのに、今日の貴島の前でなら素直になれる。恋しているわけでもなければ愛してもいない男に、こんなにも発情している。そのテクニックに敬意を表したい。ここまで発情させたのだから、そろそろトドメを刺してほしい。

今日の貴島は、紗奈子の願いをなんだって叶えてくれるつもりのようだった。背後にまわってくる気配がした。背中を押され、紗奈子は上体を前に倒した。

四つん這いだ。バックスタイルで結合したいらしい。

「犯して」とねだったから、野性的なこの体位なのだろうか。好きな体位ではないが、いいだろう。紗奈子はお尻が大きめなのがコンプレックスなので、それがことさらに強調される四つん這いは、基本的に苦手だった。お尻の穴を見られるのだって嫌だったが、もう舐めまわされたあとだから、恥ずかしくない。恥ずかしくない。恥ずかしくない……。

「んっ……」

男根の切っ先が、濡れた花園にあてがわれた。たっぷりと唾液をまとわせてやったからか、あるいは紗奈子が濡らしすぎているせいか、ヌルリとすべって、それだけで体の震えがとまらなくなった。

息をとめて身構えている紗奈子の尻の中心に、ぐっと異物が入ってきた。アイマスクの下で、汗ばんだ顔が歪んだ。びしょ濡れの肉ひだを掻き分け、掻き分け、男根が奥に侵入してくる。存在感がすごすぎて、息ができない。体全体を串刺しにされてしまうような恐怖に怯え、声も出せない。

いちばん奥まで入ってきた。男根の先端が、ゆうゆうと子宮に届いていた。紗奈子はまだ、苦しくてしようがなかった。声を放てば少しは楽になるとわかっているのに、口からあふれてくるのは涎ばかりで、情けないことに、それを拭うことすらできなかった。

だが、苦しかったのは、ほんの一時のことだった。男根がゆっくりと抜かれ、もう一度入ってきた。それを何度か繰り返されると、息苦しさなんてどうでもよくなるほどの快感が、体中の肉という肉を震わせた。

貴島の腰使いは、驚くほど堂々としていた。決して焦ることなく、悠然としたピッチで、逞しい男根を抜き差ししてきた。最初は、ちょっとゆっくりすぎない？　と内心で首をかしげた。しかし、一打一打に力を込めて突いてくるので、やがてその力強いリズムに呑みこまれた。パチーン、パチーン、と尻を打ち鳴らされるたびに痺《しび》れるような快感が体の芯を走り抜けていき、気がつけば淫らなあえぎ声がとまらなくなっていた。

「ああっ、素敵よっ！　素敵よっ！」

両手でシーツを握りしめながら言った。

「もっとちょうだいっ！　めちゃくちゃにしてえーっ！」

セックスとはこんなにも気持ちがいいものだったのか、と思い知らされていた。自分が野生の獣であることが実感でき、そのことが嬉しくてしようがない。

所属事務所に恋愛禁止を言い渡されたとき、紗奈子は内心で悪態をついたものだ。快感だけなら自慰のほうが上だと。男に気を遣わなくていいし、イキたいときイケるから、セックスなんてしなくていいと。

間違っていた。

自慰のときに、これほど発情することはない。自分のことを、野生の獣と思えることなんてない。人間だって獣なのだ。本能が満たされようとしているから、これほどまでに気持ちいいのだ。

頭の先から爪先まで痺れさせている、この快感――自慰で気持ちがいいのはクリトリスと、せいぜいその周辺くらいなものだ。しかし、パチーン、パチーン、と尻を打ち鳴らして子宮を突きあげられるたびに、桃色の衝撃がさざ波のように五体の隅々までひろがっていく。風船に空気が吹きこまれていくように、体の中に淫らな感情が溜まっていく。じわじわとふくらんでいき、爆発の瞬間に近づいていく。

「ああっ、ダメッ！　ダメようっ！」

紗奈子は叫んだ。

「そんなにしたら、イッちゃうっ……イッちゃいますっ……」

抜き差しのピッチが、スローダウンした。ハアハアと息をはずませている紗奈子に、絶頂を逃した失望感はなかった。まだイキたくなかったのだ。どうしてわかったのだろう？

ゆっくりと抜き差しされながら、尻の双丘を揉みしだかれた。強い力で指を肉に食いこまされるのが、気が遠くなりそうなほど心地よかった。ぎゅうっとされると、下半身の奥で新鮮な蜜がはじけた。

しかし、休憩は束の間だった。貴島はすぐに、抜き差しのピッチをあげてきた。先ほどより速く、荒々しい腰使いで突きあげられ、パンパンッ、パンパンッ、と尻を打ち鳴らされた。

紗奈子は悲鳴をあげた。

休憩を挟んだことで、男根を挿入されている部分が敏感になったようだった。怒濤の連打を浴びせられると、訳がわからなくなった。おまけに、連打の時間が長かった。けっこう突かれていると思っても、まだ続く。すごい持久力で、ストップする気配がない。息ができない。

「ああっ、すごいっ！　すごいーっ！」

アイマスクの下で、紗奈子は喜悦の熱い涙を流していた。

「こっ、こんなの初めてっ……こんなの初めてようーっ！」

このまま一度イカされてしまおうと覚悟を決めたときだった。

プッ、と吹きだすのが聞こえた。

前からだった。貴島は後ろにいる。貴島の他に誰かいるのか。

「アハハ、ごめんなさーい。先生、あたしもう笑うのこらえきれない」

「あたしも！」

キャハハ、キャハハハ、と女がふたり、笑う声が聞こえた。やはり前から……。

後ろから送りこまれるピストン運動が、にわかにスローダウンした。紗奈子はしかし、そんなことにはかまっていられなかった。アイマスクの下で汗まみれになった顔から、みるみる血の気が引いていく。四つん這いの体を濡らしている発情の汗さえ、一瞬にして冷たい汗に変わったような気がした。

アイマスクをはずされた。いつの間にか部屋は明るくなっていて、まぶしさに眼をつぶった。きつく閉じた瞼を持ちあげるには、勇気が必要だった。しかし、持ちあげないわけにはいかなかった。

恐るおそる薄眼を開けると、目の前に人が三人、立っていた。椿と櫻——カラフルなウィッグに施術服のロリータコンビと、貴島だった。

紗奈子の体は震えだした。ヒップの中心には、まだ男根がしっかり埋まっていた。燃え盛る欲情の炎を絶やさないように、ゆっくりと抜き差しされていた。激しく突かれなくても、その存在感はいや増していくばかりだった。カリのくびれで内側の肉ひだを逆撫でにされるだけで、ビクッと身構えずにはいられない。

貴島が前にいるということは、この男根は誰のものなのか。

振り返ると、若い男が紗奈子の腰を両手でがっちりとつかんでいた。貴島とは似ても似つかない、つるんとした顔をしていた。シェイプアップされた体つきは貴島を彷彿させないこともなかったが、まったくの別人だった。

「いっ、いやあああーっ！　いやあああーっ！」

紗奈子はパニックに陥って悲鳴をあげた。それでも、若い男は結合をとこうとしなかった。

それどころか、怒濤の連打を送りこんできた。パンパンッ、パンパンッ、と派手に尻を打ち鳴らして……。

5

すさまじい屈辱だろうな……。

バックスタイルで突きあげられ、ひいひいと泣きわめいている紗奈子を眺めながら、貴島は口許だけで薄く笑った。

紗奈子を突きあげているのは、〈エクスタシス〉のスタッフだ。石川《いしかわ》マサタカ。大学三年の二十一歳。若いが礼儀正しく、女にしっかりと気遣いができ、イチモツも逞しければ精力も絶倫なので、常に指名数のトップ争いをしているほど人気が高い。

今日はオフだったのだが、連絡を入れるとゼミをサボって駆けつけてくれた。有名女子アナを抱ける、とそそのかしたわけではない。相手次第で態度を変えるようでは、この仕事は務まらない。実際、マサタカは紗奈子の名前を聞いても顔色を変えなかった。

彼は〈エクスタシス〉のオーナーに大恩があるのだ。軽い気持ちでホストクラブでアルバイトを始めたところ、客がたっぷりと売掛金を残して飛んだ。五百万を超える額だったので、ケツもちのやくざが出てきてツメられた。臓器を売るか、実家に不動産を処分させるか、好きなほうを選べ――〈エクスタシス〉の男性スタッフにたまたまマサタカの友達がいたことから、オーナーが間に入って借金を肩代わりしてやった。

慈善事業が趣味なのではなく、いい男娼になりそうだと思ったからだろうが、マサタカは涙を流しながら土下座して、オーナーに忠誠を誓った。それから一年以上、真面目に働いてくれている。泣き言を言ったことは、一度もない。

今日もいい仕事をしてくれていた。

打ち合わせの時間もロクにとれなかったのに、しっかりと紗奈子を骨抜きにした。貴島が紗奈子に触れたのは、目隠しをしたときだけだ。あとはマサタカにチェンジして、椿や櫻と一緒に成りゆきを見守っていた。途中で紗奈子が目隠しをはずしてしまうとか、アクシデントが起こったときのシナリオも用意してあったが、マサタカの仕事が完璧すぎていままで出番がなかった。

「どうしてっ！　どうして貴島さんじゃないんですかっ！」

紗奈子が泣きじゃくりながら叫んだ。四つん這いで後ろから突かれながらなので、その姿はどこまでも滑稽だった。紗奈子はマサタカから逃れようとしたが、逆に両手を後ろに引っぱられた。そうなるともう、女は手も足も出ない。おまけに結合感は深まって、男は連打を放ちやすくなる。

「あああーっ！」

紗奈子の顔がくしゃくしゃに歪んだ。

「よかったじゃないですか、念願のセックスができたんだから」

「わたしは貴島さんに相手してほしいって言ったはずですっ！」

「結果オーライじゃないですかねえ。気持ちいいでしょう？　もうイッちゃいそうなんじゃないですか？」

紗奈子は顔を真っ赤にし、悔しげに唇を噛みしめた。実際、イキそうなのだ。マサタカがその気になれば、十秒とかからないかもしれない。マサタカは貴島たちの出方をうかがい、あえてまだイカせていないのだ。

「いつもプンスカ怒ってるくせに、可愛いところあるのねー」

「ホント、ホント」

椿と櫻がベッドにあがっていく。紗奈子は顔をそむけたが、椿と櫻は彼女を両側から挟んだので、どちらかにはまじまじと顔をのぞきこまれる。

「こんなの初めてーっ、は強烈だったなあ。いまどき、オマンコしながらあんなこと言う人がいるなんて驚いちゃった」

「ツンデレかと思ったけど、ホントはやっぱりブリッ子なんじゃない？」

　両手を後ろに引っぱられている紗奈子は、胸を張るような体勢で、乳房を無防備にさらけだしている。その先端で尖っているピンク色の乳首を、椿と櫻がこちょこちょとくすぐりはじめる。

「やめてっ！　触らないでっ！」

「イッちゃいそうなのに強がらない」

「学習能力がない人ねえ。生意気な口をきいておもらしさせられたの、忘れちゃった？」

　椿と櫻が、マサタカに目配せする。マサタカはうなずき、紗奈子を後ろから抱きしめた。

　そのままあお向けになれば、背面騎乗位に体位が変わる。両サイドにいる椿と櫻によって、紗奈子は太腿を割りひろげられる。男の上でのけぞり、あお向けになりながら両脚をM字に開く、あられもない格好にされてしまう。

「いっ、いやあああーっ！」

　結合部をさらしものにされた紗奈子は、大粒の涙をこぼして泣きじゃくった。

「先生によく見てもらいなさい」

「オマンコずっぽり犯されてるところ、よーく見てもらいましょうね」

「大っ嫌いっ！」

紗奈子は泣きながら眼を吊りあげたすさまじい形相で、貴島を睨んできた。

「いつもいつも騙し討ちして、そんなにわたしをいじめるのが楽しいの？　ちゃんとお金を払ってるのに、どうしてお客さま扱いしてくれないの？」

「あなたが素直にならないからでしょ」

「そうそう、本当は先生のことが好きなくせに」

「なっ、なんですって……」

紗奈子は愕然《がくぜん》とした表情で椿と櫻を見た。

「すっ、好きなわけないでしょ。お金を貰ってセックスしてる人を……」

「またまたー。フェラしながら、『おいしい……』なんてうっとりした声を出してたの、どこの誰？　先生のチンポだと思ってたんでしょ？　マサタカくんのだったけど」

「アイマスクの下で、女の顔をしてたんでしょうねえ」

「後ろから突かれながら『素敵よっ！　素敵よっ！』なーんて」

「ククク、『めちゃくちゃにしてえーっ！』も言ってたわね」

椿と櫻の舌鋒は鋭かったが、あえいでる紗奈子のモノマネはそれ以上に辛辣だった。ふたりは意地の悪いモノマネが得意なのだ。不遇だった地下アイドル時代、メジャーなアイドルをそうやって馬鹿にすることで、会場を沸かせていたという。

「それでトドメが、『こんなの初めてようーっ！』。ギャハハハッ」

「あたし的には、今年の流行語大賞決定！」

「ほーら、もういっぺん言ってごらん」

椿と櫻のプラチナフィンガーが、いよいよ仕事を開始した。あお向けで両脚をM字に開かされている紗奈子の体は、まったくの無防備だった。くすぐるようなフェザータッチが、内腿や脇腹を這いまわる。乳首をいじられ、つままれる。両手を使って抵抗しようにも、下にいるマサタカに押さえられている。

なにより、両脚の間にはマサタカの男根が深々と刺さっているのである。ずんっ、ずんっ、ずんっ、とマサタカがリズムを送りこめば、絶頂寸前だった紗奈子の体は反応せずにはいられない。

「ほーら、ほーら。こんなの初めてって言ってごらん」

「愛する先生の前で、他人棒に犯されてイキなさい」

「貴島さんなんて大っ嫌いっ！」

紗奈子がこちらを見て絶叫する。

「大っ嫌いっ！　大っ嫌いっ！　大っ嫌いっ！」

貴島は苦笑するしかなかった。彼女からの好意なら、とっくに気づいていた。女という生き物は、心の底から嫌悪している相手に対して、感情的になることはない。ただ連絡を絶ち、記憶から消去するだけだ。

とはいえ、その好意がごく一般的な意味での恋とか愛ではないことも、貴島にはわかっていた。紗奈子にとって貴島は、男の代表であり、象徴なのである。

金を払ってでもセックスをしようと決めたとき、たまたま目の前にいたのが貴島だったのだ。貴島という個人に対して好意を抱いているわけではなく、男を求めているのである。

ならば……。

貴島にとっての紗奈子もまた、女の代表であり、象徴なのかもしれなかった。ここまでの赤っ恥をかかされてもなお、彼女の心は折れていなかった。恐るべきプライドの高さだった。こんな女は見たことがなく、だからこそ惹かれてしまう。自分は女という生き物に、なによりも誇り高さを求めているのかもしれない。

しかし、紗奈子はそのプライドの高さゆえに、これから地獄を見ることになるだろう。貴島はたしかに、彼女に惹かれている。惹かれているから、その心がポキリと折れるところを見てみたい。すべてを放棄させた状態で、快楽の海に突き落としてやりたい。

バッグからあるものを取りだし、ベッドに向かった。

「やだもう、先生ったら意地悪」

椿が呆れたように言い、

「この人この前、それでおもらししたんですよ」

櫻はククッと笑いを噛み殺した。

貴島が手にしていたのは電マだ。三人で一本ずつ持ち、スイッチを入れた。

ブーンという重低音に、紗奈子が眼を見開く。彼女はおそらく、こんなものを見るのは初めてなはずだ。それでも、用途と効果は一瞬で理解できただろう。三日前、これによく似た装置で失禁するまでに追いこまれたのだから……。

「やっ、やめてっ……」

紗奈子が小刻みに首を振る。顔は真っ赤に上気し、汗と涙で無残なほど濡れ光っているのに、凍りついたように固まっている。

「そっ、それはっ……それだけは許してっ……」

「また生意気なこと言ってる」

椿が唇を歪め、

「あなた、自分がどれだけ特別扱いされてるのかわかってるの？」

櫻も紗奈子を睨みつける。

「まだビジターなのに、四人がかりであなたひとりを気持ちよくしてあげてるのよ」

「そうそう。非番だったマサタカくんまで呼んじゃって……マサタカくん大人気だから、本当だったら予約二週間待ちなのに」

振動する電マのヘッドが、紗奈子の左右の乳首に襲いかかる。プラチナフィンガーの持ち主は、電マの扱いも抜群にうまい。強く押しつけたりは絶対にしない。いつだって、触れるか触れないかぎりぎりのところを狙っている。

貴島の電マのヘッドは、内腿に向かった。道具を使うのはあまり好きじゃないから、腕前は椿や櫻に劣る。だからまず、ふたりを注視して呼吸を合わせる。それから、動きをトレースする。肝心な部分には触れないまま、内腿だけを刺激していく。太腿の付け根から膝まで、電マのヘッドを行き来させる。

「あああっ……あああっ……」

顔を歪めてあえいでいる紗奈子は、微弱な刺激に反応しているわけではない。想像しているのだ。ブンブンと唸《うな》る電マのヘッドがクリトリスをとらえたとき、どれほどの衝撃に見舞われるのか想像している。

あるいは思いだしている。三日前の失禁するほどのオルガスムスを、頭ではなく、体が反《はん》芻《すう》して……。

「くっ……くぅううっ……」

いくら歯を食いしばり、首に筋を浮かべて感じるのをこらえようとしても、想像と記憶からは逃れられない。恥をかき、屈辱にまみれたのは頭の記憶だが、体の記憶は別物だ。もう一度、味わいたくなる。喉から手が出そうなほど、電マの刺激が……。

紗奈子の下にいるマサタカは、彼女を深く貫いているだけで、動いていなかった。それもまた、紗奈子にとっては拷問だ。入っているのに、動かない。動いてくれれば頭の中が真っ白になる、恥をかかされている現実と向きあわなくてすむのに……。

くちゃっ、と音がした。紗奈子の股間で鳴った。蜜を漏らしすぎた肉穴の中で、男根がこすれた音だった。

「あー、腰を動かした」

椿が目敏《めざと》く指摘すると、

「うるさい！」

紗奈子は彼女を睨みつけたが、腰の動きはとまらなかった。むしろ、ますます露骨に腰をくねらせ、股間を上下させる。黒々とした陰毛に包まれた中心で、アーモンドピンクの花びらが、男根に巻きこまれて奥に入っていく。出すときは肉棒にぴったりと吸いつく。

開き直っているわけではないだろう。その証拠に、眉間に深く縦皺を刻んだ表情はどこまでもつらそうで、恥にまみれている。体が勝手に動いてしまっているのだ。

「ああっ、ダメッ……ダメようっ……」

みるみる大胆になっていくみずからの腰使いに、紗奈子の眼尻は垂れていく。いまにも泣きそうな顔になっているのに、腰の動きはとまらない。

「台詞が違うわよ」

「こんなの初めてーっ、でしょ」

椿と櫻は、電マを使いながら、乳首を口に含む。ねろねろと舐め転がしては吸いたてて、そこに電マの微弱な振動。さらにウィッグの毛先まで使う波状攻撃を展開し、ピンク色の乳首をどこまでも尖らせていく。

「マサタカ」

貴島が声をかけると、マサタカは下から律動を送りこんだ。紗奈子がちぎれんばかりに首を振る。ぬんちゃっ、ぬんちゃっ、という卑猥な肉ずれ音が聞こえてくる。紗奈子の体は弓なりに反り返っていく。そんな苦しげな体勢をしているにもかかわらず、少しでも深く男根を咥えこもうと股間を出張らせる。腰を動かして男根をしゃぶりあげる。

「うわー、本気で盛りだした」

「この人、もう終了ね。女として終了。先生の目の前で、オマンコくちゃくちゃ鳴らしちゃって」

「いい眺めだよ」

貴島が笑いかけると、

「男娼のくせにっ！」

紗奈子は嚙みつきそうな顔で叫んだ。

「お金を貰ってセックスしている卑しい存在なくせに……笑いたかったら、笑えばいいわよ。我慢できないのよ。我慢できなくしたのはあなたでしょうっ！」

貴島はいまだ心の折れない紗奈子の誇り高さに感心したが、

「ちょっと！　いまのは聞き捨てならないわよ」

椿が尖った声で言った。眼が据わっていた。

「先生を侮辱するのは、誰であろうと許さないんだから」

椿が手にした電マのヘッドが、紗奈子の股間をとらえた。手加減なしで、クリトリスに思いきり押しつけられた。

「はっ、はぁうううううーっ！」

紗奈子は眼を白黒させ、いままでの倍の声量の悲鳴を放った。椿はすぐにはクリトリスからヘッドを離さず、離す気配すら見せないまま、

「本気でやって」

紗奈子の下にいるマサタカに指示まで出した。

貴島は一瞬、戸惑った。椿がこちらを差し置いて暴走するなんて、いままでになかったことだからだ。

クリトリスに電マを押しつけられ、マサタカに本気で下から突きあげられた紗奈子は、あっという間に絶頂に達した。

「あぁっ、いやっ！　やめてっ！　やめてええぇーっ！」

羞《は》じらうことさえ許されないまま、ビクンッ、ビクンッ、と腰を跳ねあげた。大股開きの両脚を蝶の羽根のように開閉させて、あられもなくゆき果てていった。ここまでじっくりと責めてきたので、紗奈子が味わった衝撃は相当なものだったらしく、イキきっても体の痙攣がとまらず、いまにも白眼さえ剝きそうだった。

元が美形なだけに、かなり憐れな有様で、貴島は少し休憩させたほうがいいと思ったくらいだったが、椿の暴走はとまらなかった。

「先生、場所変わってください」

椿の剣幕に気圧《けお》されて貴島がベッドから降りると、椿は紗奈子の両脚の間に陣取り、

「一回イッたくらいで、なにグロッキーになってるのよ」

再び電マのヘッドをクリトリスに押しつけた。

「はっ、はぁおおおおおおーっ！」

「あんまり声を出しすぎると、明日の生放送に影響出ちゃうわよ」

言いつつも、振動する電マのヘッドで執拗《しつよう》にクリトリスを責めたてる。マサタカに声をかけ、下から突きあげさせる。

「あーあ、椿ちゃん怒らせちゃった。しーらない」

櫻は呆れた顔で貴島を見て肩をすくめたが、やはりコンビの相方を放ってはおけないようだった。悶え泣く紗奈子の上半身に、マッサージオイルをタラタラと垂らしはじめた。胸のふくらみの先で尖っている乳首から、隆起全体にねっとりした光沢がひろがっていく。

「ダッ、ダメッ……ダメダメダメえええっ……」

紗奈子は眼を見開き、ひきつりきった顔で椿を見て、首を横に振った。

「イッ、イッちゃうっ……またイッちゃうっ……」

「イケばいいでしょう。お金を払ってイカされに来たんだから」

「ああぁっ……はぁああああーっ！」

喜悦に歪んだ悲鳴をあげ、紗奈子が二度目の絶頂に駆けあがっていく。椿はマサタカに動きをとめないように指示を出し、紗奈子がイキきってもまだ責める。

「ああっ、許してっ……もう許してっ……」

「許してほしかったら……」

櫻がオイルでヌルヌルになった紗奈子の乳房をまさぐりながらささやく。

「こんなの初めてーっ、て言ってごらん」

櫻はキャハハと笑ったが、

「だっ、誰がっ……」

驚いたことに、紗奈子は櫻を睨みつけた。

「うわー、あたしまで敵にまわしちゃうんだ。おこだぞ、おこ」

櫻は不敵に笑うと、オイルにまみれた手をすべらせ、紗奈子の首に指をからみつけた。紗奈子の瞳が凍りつく。セックスの奥深さを知らない彼女にとって、それは殺人の所作に他ならない。もちろん、締めるのは喉仏のある気道ではなく、首の側面にある頸動脈だ。いわゆる首締めセックスである。

紗奈子は瞳を凍りつかせたまま、うぐうぐと鼻奥で悶え泣いた。首に指を食いこまされる恐怖に怯えつつも、快感は高まっていく。経験したことがない陶酔感を、彼女はいま、味わっているに違いない。

一分ほどで櫻がパッと手を離すと、

「イッ、イクッ……」

次の瞬間、紗奈子はオルガスムスに達した。ビクビクッと腰を跳ねあげると、椿が紗奈子の太腿の下に両手を差しこみ、股間を持ちあげた。スポンッと男根が抜け、女陰から飛沫が飛んだ。いわゆる潮吹きだが、椿は納得いかなかったようだ。指を挿入し、すさまじい速度で抜き差しを始めた。

「あおおおおおーっ！」

紗奈子の口から放たれた声は、もはや女子アナのそれではなく、完全に獣じみていた。人間性を剝ぎとられ、肉欲だけに取り憑かれている畜生だった。

「あおおおおーっ！　あおおおおおおーっ！」

椿が指を抜き差ししているところから、飛沫《しぶき》が飛んだ。今度はかなりの量だった。椿が指を抜くと、飛沫は一本の放物線になった。潮吹きというより、もはや完全に放尿だった。大量のゆばりを漏らしながら、紗奈子は連続絶頂の衝撃にのたうちまわり、やがて事切れたように意識を失った。

第四章　天国への階段

1

貴島はホテル・ブルーレーベルを出た。

紗奈子は意識を取り戻したが、バスルームにこもってしまったので置いてきた。ケアは櫻に頼んだ。本来なら椿も一緒に残すのだが、情緒が不安定なようなので連れて帰ることにした。

モノレールを使うというマサタカと別れ、貴島と椿はタクシーを拾った。後部座席に乗りこむなり、椿が腕にしがみついてきた。運転手がミラー越しに訝《いぶか》しげな視線を向けてくる。

椿は施術服をナイロンの黒いコートですっぽり包んで隠していたが、二次元から飛びだしてきたようなブルーのウィッグはそのままだった。

「ちょっとだけこうしててもらっててていいですか？」

椿はか細く震える声でささやき、腕にしがみついたまま身を預けてくる。

「……いいけどね」

貴島は溜息まじりにうなずいた。椿はなにか言いたげだった。プレイ中とは別人のような曇った眼つきが気になった。

しかし、あえてなにも訊ねないでおく。椿がなにを言いたいかくらい、だいたい察しがついたからだ。

白金の〈エクスタシス〉に到着したのは、午後七時少し前だった。

応接室の照明はついていて、黒いタイトスーツに身を包んだ女がひとり、ソファに悠然と腰かけていた。

倉沢瑠璃《くらさわるり》――この店のオーナーである。

椿と櫻がどうしても譲らなかったので、天王洲アイルに向かう前に、夕食に誘う連絡を入れてあった。

瑠璃は若くして成功した天才的な個人投資家だ。まだ三十五歳。昔は金を持っていると思われたくなくて、スーパーでパートをしている主婦のような装いをしていたものだが、いまは上から下まで金をかけている。眼鼻立ちの整った美貌と相俟ってエレガントとしか言い様がない。年齢を重ねたことで、シャネルやエルメスやルブタンや、そういったハイブランド品を身に纏うことが板についてきた。

「みんなでごはんなんて久しぶりね」

楽しげに笑っている。いつ顔を合わせても、この人はとても楽しげだ。

「なに食べにいくの？　お寿司？　中華？　イタリアンだったら、広尾に最近いいお店見つけたんだけどなー」

「いや、ちょっと待って……」

貴島は瑠璃と相対してソファに腰をおろすと、太い息を吐きだした。

「なんか疲れちゃったんで、ちょっと休憩させてください。飯のことなんて、いま考えたくない……」

「なによう」

瑠璃が頰をふくらませる。美貌に反して、そういう子供じみた表情がよく似合う。

「誘ってきたのはそっちじゃないのよ。それがなに？　疲れたから休憩？　仕事で疲れるのは当たり前でしょ。もしかしてわたしのこと馬鹿にしてる？　すごいうきうきして、一時間前からここで待ってるわたしの立場はどうなるの？」

「先生、すみません」

傍らに立っていた椿が、貴島に声をかけてきた。

「今日のあたし、プロとして失格だったと思います。おしおきしてもらえますか」

瑠璃のことなど完全に無視して、服を脱ぎはじめた。ナイロンのコート、施術服……黒い下着の上下だけになる。少女体形なのに異様に色気があるのは、実は三十代というせいもあるが、欲望が人一倍過剰だからだろう。

「おしおきしてください」

椿がいまにも泣きだしそうな切羽つまった顔をしているので、貴島はしかたなく太腿を叩いて呼び寄せた。椿は貴島の太腿を覆うように、うつ伏せで丸まった。体が小さいから丸まるで猫だ。

「喉が渇いたなー」

椿に無視された瑠璃が、ふて腐れた声で言った。

「シャンパン飲みたいけど、辛いのある？　ヴーヴ・クリコがいいなー」

「冷蔵庫にありますけど……」

貴島は苦りきった顔で答えた。椿は顔を伏せた瞬間から、声を殺してむせび泣きはじめた。どいてくれるつもりはないようなので、シャンパンを取りにいけない。

「自分でやれってことね、自分で」

瑠璃は立ちあがってキッチンに向かった。

「あーあ、オーナーなんて虚しいものね。財布がわりにされるってわかってても部下からお誘いが入ってうきうきしてたら、この扱い。疲れたから休憩させろ。もうひとりはガン無視。飲みものさえセルフ。ドリンクバーじゃないってのよ」

彼女が冷蔵庫から持ってきたのは、キリンの缶ビールだった。立ったままプシュッと開けると、喉を鳴らして飲みはじめた。

「シャンパンあったでしょ？」

「うるさいわね。カッコつけてシャンパンなんて言っただけで、本当はビール党だって知ってるでしょう。それで……」

こちらに近づいてくると、椿の尻をピシッと叩いた。黒いショーツはTバックなので、尻の双丘が剝きだしだ。

「あんたはなんで泣いてるわけ？　お客さんでも怒らせた？」

どう説明しようか貴島が逡巡していると、

「先生がひどいんです」

椿が嗚咽まじりに言った。いきなり矛先がこちらに向いたのでびっくりした。

「なにがひどいのよ？」

「ひとりのお客さんをすごい贔屓《ひいき》してる」

「……神谷紗奈子？」

「はい」

瑠璃が貴島を見る。貴島は無言のまま首を横に振った。

「ねえ、椿。贔屓はよくないかもしれないけど、うちみたいなお店の場合、お客さんによって対応を変える必要もあるんじゃないかしら」

「そういうんじゃなくて、先生はあの人のことを愛しているんです」

「おまえ、そりゃないだろ」

貴島は椿の尻をピシッと叩いた。

「絶対に愛してます。あの人も先生のことが大好きだから、相思相愛で超ラブラブ」

「いい加減にしろ」

ピシッ、ピシッ、と尻を叩く。

「どうしてそう思ったの？」

瑠璃が訊ねると、

「今日で三回目なのに、一回もセックスしてません」

椿は尻を叩かれながら答えた。

「……なるほどね」

瑠璃は体を投げだすようにしてソファに腰をおろした。

「そりゃあ、愛しちゃってるのかもしれないね」

「でしょ、でしょ」

瑠璃の賛同が得られたことで、椿は顔をあげ、貴島を睨んできた。

「どうしてそういう話になるんです？」

貴島は瑠璃に向かって肩をすくめた。

「好きだったら普通、抱くでしょ？　椿や櫻も遠ざけて、一対一でセックスしようと思うはずじゃないですか？」

「あなたはそういうタイプじゃないもの」

瑠璃がぴしゃりと言った。

「女を憎んでるから、抱くのよ。女が馬鹿みたいな顔してイクイクーッて叫んでるの見て、溜飲をさげてるのよ。女が大嫌いだから」

「もう純愛ですよ、純愛」

椿が瑠璃と貴島の顔を交互に見る。

「今日なんて先生、オフだったマサタカくんをわざわざ呼びだして、目の前で抱かせたんですよ。それでそれで、あたしたちが責めても、あの人は絶対に堕ちないの。焦らして焦らして、普通の人ならとっくに人格崩壊して、イカせてくれるならおしっこでも飲みますって言いそうなところまで追いこんでるのに、歯を食いしばって我慢するんです。まるで……まるで先生に対する操《みさお》を守ってるみたいに……夫の前でレイプされてる貞操妻が泣きながらイクのを我慢するみたいに……」

「なにが貞操妻だよ」

貴島は右手をフルスイングさせ、椿の尻を思いきり叩いた。

「ああんっ！」

「おまえが頭ん中でどんなおとぎ話をつくろうが、事実として俺は彼女のことが好きじゃないし、彼女もきっとそうだ」

「じゃあ……」

椿は体を起こし、貴島の太腿にまたがった。息のかかる至近距離から、涙眼で見つめてきた。

「あの人が会員になっても、担当しないでくれますか？」

「ハッ、会員にはならないんじゃないか。今日、相当いじめたからな」

心に冷たい風が吹く。それがわかっていてあんなことをしてしまった自分が、自分でもわからなくなりそうだ。

「絶対会員になりますよ。怒ったふりしてしばらく連絡来ないかもしれないけど、そのうちもじもじしながらやってきて、お高くとまった顔で言うんです。ビジター利用しただけじゃー、申し訳ないと思ってぇ……」

「……そうだといいけどな」

「会員になっても、マサタカくんにでもまかせておけばいいですよ」

椿は眼を潤ませながら続けた。

「先生ってば、あたしの気持ち知ってるくせに、あの人ばっかり贔屓するのはひどすぎます。あたし、約束しましたよね？　先生がもし、瑠璃さん以外の人と結ばれることがあれば、先生の前からいなくなるって。先生がこれ以上あの人に関わるなら、あたし、このお店辞めますから」

「だからどうしてそういう話になるんだって……」

貴島は深い溜息をついた。椿がいなくなれば、櫻も店を辞めるだろう。ふたりとも〈エクスタシス〉の創業時から一緒に働いている功労者だし、いなくなれば店は成り立たない。かわりの人材なんて、そうやすやすとは見つからない。

「あたしかあの人か、どっちか選んでください」

椿が睨んできたので、貴島も表情を険しくした。

「あたし、先生があの人を見る眼つきが、我慢できないんです。先生、お客さんが感じれば感じるほど、いつもなら軽蔑まじりの冷ややかな視線になっていくのに、あの人にだけはそうじゃないもの」

貴島はにわかに言葉を返せなかった。

現実問題として、大切なのは紗奈子より椿だ。そしておそらく、正しいことを言ってるのも椿のほうだ。貴島に紗奈子を愛しているという自覚はないが、贔屓はしている。紗奈子を見つめる眼も、特別なものになっているのかもしれない。椿はそれに傷つき、店を辞めるなどと言いだしたのだ。

「ただいまー」

櫻が帰ってきた。

「あっ、椿ちゃん、おしおきされてるの？　いーなー、いーなー。あたしもおしおきされたいなー」

コートを脱ぎ、施術服の裾をまくって、尻を突きだしてきた。貴島も椿も険しい表情で視線をぶつけあったまま、櫻には一瞥《いちべつ》もくれなかった。やれやれとばかりに瑠璃が長い溜息をつき、その空疎な音だけが、広い応接室に響き渡った。

2

〈エクスタシス〉の構想は、ずいぶん前から瑠璃の頭の中にあったようだ。瑠璃が椿と櫻に出会い、貴島とも出会ったことによって、すべてが具現化した。

もう六年近く前のことになる。

貴島は当時、東急池上線沿線で小さなバーを経営していた。そこに飲みにきたのが、まだぎりぎり二十代だった瑠璃だ。

バーは駅から離れた住宅街の一角にあり、カウンター席が五つと、ボックス席がひとつしかなかった。にもかかわらず、満席になったことはただの一度もない。午後八時から午前三時まで営業して、トータル四、五人も入ればいいほうで、客がひとりも来ない日も珍しくなかった。

貴島はべつに、金儲けがしたくてサラリーマンから水商売に転じたわけではなかった。やりたかったのは、女漁りだ。

住宅街に店を出したのもそのためで、男は普通、自宅の近くでバーになど入らない。酒を飲むなら会社の近辺か、会社と自宅の間にある歓楽街だろう。

もちろん、男の客がまったくいないわけではなかったが、横柄に接客し、馬鹿高い料金を請求してやると、二度とやってこなかった。

その一方でネットの出会い系サイトを積極的に利用し、女の客を呼び寄せた。女としてもいきなりふたりきりでデートをするより、店にやってくるほうが気楽らしく、再訪してくる女とはほとんどやれた。女ひとりでも入りやすいバーという評判がひろがっていくと、近所に住んでいるOL、歯科衛生士、主婦なども足を運んでくるようになった。片っ端から口説いた。やれるとなると営業中でも看板を消し、鍵を閉めて、店内で抱いた。

貴島は妻と愛人、ふたりに同時に裏切られたばかりで、女に幻滅していた。嫌悪し、憎悪しているにもかかわらず、性欲だけは無尽蔵にこみあげてきた。女をイカせる瞬間だけは、女を支配し、征服できた気分になれるからだった。

瑠璃はネットで引っかけた女ではない。

ある日、ひとりでふらりとやってきた。深夜の一時を過ぎていたと思う。髪をひっつめ、垢抜けない臙脂《えんじ》色のカーディガンに身を包んで、ハートランドビールを一本、黙って飲んで帰っていった。

貴島は話しかけなかった。当時の彼女には、気楽に話しかけられない雰囲気があった。誰も足を踏み入れられないバリアを張って、自分を守っているような感じだった。

翌日も、そのまた翌日も、同じような時間にふらりと現れ、同じような飲み方をして帰っていった。

彼女のほうから話しかけてきたのは、五度目か六度目に来たときだった。

「ねえマスター、セックス好き？」

ずいぶんと酔っていた。店に入ってきたときから千鳥足だったし、店でもその日はビールではなく、シングルモルトのストレートを三杯、立てつづけに飲んだ。

「わたしいま、セックスしたくてしようがないんですよ。さっきからむらむらして、お酒飲んでてもあそこが疼いて疼いて……でも、相手がいないの。男の人はいいわよね。こういうとき、風俗に駆けこめばいいんだから。女は我慢。せいぜいオナニー。可哀相じゃない？よかったら、相手してくれません？」

貴島は苦笑するしかなかった。物欲しげな顔をした女はよくいるが、ここまで露骨に誘われたことはない。

「あー、黙ってる。もしかして、こんな野暮ったい女は抱けないって思ってる？　わかってないなー。野暮な格好をしてるのは、世を忍ぶ仮の姿。本当はそこそこいい女よ」

驚いたことに、瑠璃は立ちあがり、その場で服を脱ぎはじめた。毛玉のついているグレイのセーターを頭から抜き、中途半端な丈の黒いスカートを脚から抜いた。

さらなる驚愕に、貴島は声も出せなかった。

瑠璃は燃えるようなワインレッドの下着を着けていた。安物ではないとひと目でわかる光沢を放ち、女らしさを演出するために考え抜かれたデザインだった。ブラジャーはハーフカップで胸の谷間が露わになり、ショーツは超ハイレグで脚の長さを強調していた。おまけに、ガーターベルトをしていた。セパレート式のストッキングを着けていたのだ。色はナチュラルカラーだった。長い髪をおろすとウエイブがゴージャスに揺れ、銀座あたりのホステスがドレスを脱いだような雰囲気になった。

「勃起した？」

瑠璃は貴島を指差し、口の端だけで不敵に笑った。

「オチンチン勃ったならセックスしてよ。なんならお金払うわよ。十万円くらいなら払ってもいいからさ」

貴島は痛いくらいに勃起していた。そこそこどころか、色香が匂いたつとびきりのいい女だった。だが同時に、はらわたが煮えくりかえってもいた。

なんなんだこの馬鹿女は……。

完全に男をナメてる……。

貴島は険しい表情でカウンターを出て、息のかかる距離で瑠璃と相対した。ハイヒールを履いているせいで、目線がほぼ同じ位置にあった。

「お金はいりませんが、私の好きなやり方でしてもよろしいでしょうか？」

「へーえ、どんなやり方？」

「そこに両手をついてください」

貴島は視線をカウンターに落とした。

瑠璃はニヤニヤしながらそこに両手をつくと、

「もしかして立ちバック？」

ワインレッドのショーツに包まれた豊満なヒップを、悪戯っぽく振りたてた。ショーツを縁取るバックレースが、可憐かつセクシーだった。

「顔に似合わず気が利く男なのね。あたしもう濡れてると思うから、いきなり入れてもオッケーよ。ううん、いきなり入れてほしい」

貴島は瑠璃の背後にまわりこむと、まず尻丘を包んでいるショーツの生地をずりあげた。股布が股間にぎゅっと食いこみ、瑠璃は色っぽい声をもらした。すっかりその気になっているようだったが、貴島は剥き身になった尻丘に、スパーンと平手を浴びせた。

「ひいっ！」

瑠璃は尻尾を踏まれた猫のような顔で振り返った。

「そっ、それが……あなたの好きなやり方なの？」

瑠璃は怯えたように眉をひそめていたが、尻を突きだしたままだった。マゾの素質があるということだ。自分から誘ったので、意地を張っているだけかもしれないが、意地っ張りな女も、貴島の大好物だ。

スパーンッ！　スパパーンッ！　と続けざまに叩いてやると、

「なっ、なんでぶつわけ？　理由を教えて」

瑠璃は眉尻を垂らした泣きそうな顔で振り返った。

「心あたりがあるだろう？」

「ないわよ」

「あんたみたいな恥知らずな跳ねっ返りには、おしおきが必要なんだよ。躾をし直してやるのが、男としての責務さ」

スパーンッ！　スパパーンッ！　と叩いては、ショーツの股布をぎゅっと食いこませる。クイッ、クイッ、とリズムをつけて、女の花をこすりたててやる。そして再び、スパンキングだ。

「ひいいっ！　ひいいーっ！」

瑠璃は尻を叩かれるたびに激しく身をよじったが、決してやめてと言わなかった。逃げようともしなかった。剝き卵のようにつるつるした尻の肌がピンク色に染まってくると、淫らな匂いが鼻先で揺らいだ。強い匂いがエロティックだった。

ショーツを脱がした。セパレート式のストッキングを吊っているストラップの上から穿いていたので、ショーツだけを脱がすことができた。

「オッ、オマンコしてくれるの？」

瑠璃が振り返ってクスンクスンと鼻を鳴らしたが、

「黙りやがれ」

貴島は鬼の形相でベルトをはずし、ズボンとブリーフをさげた。勃起しきった男根を握りしめると、先端で桃割れをなぞった。蜜がねっとりと亀頭に付着した。糸を引きそうなくらいだった。穴の位置を特定すると、ずぶりと貫いた。

「あああああーっ！」

瑠璃が歓喜の悲鳴をあげる。それが消え入らないうちに、貴島は腰を動かしはじめた。最初からいきなりのフルピッチだった。パンパンッ、パンパンッ、と尻を鳴らし、怒濤の連打を十回ほど打ちこむと、いったんペースダウンして、スパーンッ、スパパーンッ、と尻丘に平手を飛ばす。そしてまた、フルピッチのピストン運動だ。渾身のストロークで、いちばん深いところを突きあげてやる。

「いっ、いやっ……いやいやいやっ……」

瑠璃が長い両脚を震わせながら身構えた。

「イッ、イッちゃうっ……そんなにしたらすぐイッちゃうっ……」

貴島はムキになって突いていた。呼吸さえ忘れて一心不乱に腰を振りたて、瑠璃を翻弄していた。

しかし、そんなにすぐにイカせてやるわけにはいかなかった。最初に抱くときは、顔が見える体位でするという自分の中の決めごともあった。絶頂に達して訳がわからなくなっているときの顔が拝みたいのに、立ちバックではそれができない。

結合をとくと、ボックス席に移動した。ソファではなく、テーブルの上で瑠璃をあお向けに寝かせた。絶頂寸前だった瑠璃は息をはずませ、瞳をねっとり濡らしていた。感じると可愛い顔になるのだなと思いながら、両脚をM字に割りひろげた。

股間には手入れが行き届き、丘の上を飾る陰毛は優美な小判形で、女の花のまわりには無駄毛が一本も生えていなかった。アーモンドピンクの花びらは半開きになり、くにゃくにゃと縮れながら匂いたつ蜜の光沢を放っていた。

貴島は舌を差しだし、舐めた。挿入後にクンニされるのが意外だったらしく、瑠璃は焦った声をあげたが、薄桃色の粘膜の上でくなくなと舌を躍らせてやると、セパレートストッキングに飾られた太腿をぶるぶると震わせて喜悦にあえいだ。

探さなくても、クリトリスはすぐに見つかった。小指の先ほどもありそうなくらい、大きくなっていたからだ。包皮をすっかり剝いてやり、つるつるした舌の裏側で舐めた。

「はっ、はぁうううう！っ！」

瑠璃はテーブルの脚が軋むほど激しく身をよじった。大きさに比例して、感度も抜群らしい。ねちねち、ねちねち、と舐め転がしてやるほどに、強い匂いを放つ蜜がこんこんとあふれてきて、アヌスのほうに垂れていった。

「ねえ、ちょうだい……オチンチンちょうだい……」

耳から首筋まで紅潮させた瑠璃が、甘えた声でねだってくる。あれだけ尻を叩いてやったのに、反省の色がない。女は黙ってやられていればいいのだ。みずから誘ってくるような女は、そのうちかならず裏切る。ハニートラップを仕掛けてくる。

貴島は蜜で濡れた男根を握りしめると、女の割れ目に亀頭だけを入れた。カリのくびれを使って花びらをめくりながら、浅瀬を穿ちはじめた。

「ううう……くぅううっ……」

瑠璃は奥まで入れられないことが不満なようだったが、それでもしつこく突いていれば感じてくる。貴島はさらに、クリトリスを指でいじりはじめた。

「ダッ、ダメッ……ダメダメッ……」

瑠璃は焦った顔で首を振った。

「そんなことしたらっ……すっ、すぐイッちゃうっ……ああっ、イキたいっ……イキたいけどっ……」

どうせイクのなら奥まで男根を入れてほしいと、彼女の顔には書いてあった。

「俺はあんたみたいに男をナメきっている女が大嫌いでね。そろそろ閉店の時間なんで、帰ってもらおうか」

浅瀬を穿つピッチを落とす。クリトリスへの刺激も限界まで弱めていく。

「そっ、そんなっ……ナメてなんていません」

「いーや、ナメてる」

「……今後気をつけますから」

「本当だな」

瑠璃がコクコクとうなずいたので、貴島は男根を根元まで押しこんだ。さらに、瑠璃の両脚をまっすぐに伸ばして揃え、左の肩にかけた。

「はっ、はぁうううううーっ！」

ピストン運動を送りこんでやると、瑠璃は獣じみた悲鳴をあげた。

「それいいっ！　それいいっ！　あたってるっ！　いいところにあたってるっ！」

「うるさい女だな」

貴島は右手を振りあげ、フルスイングで瑠璃の尻を叩いた。

「ひぃいいいいいーっ！」

瑠璃の涙が流れた。痛かったから、だけではあるまい。彼女はよがっていた。尻を叩けば叩くほど、ひぃひぃと喉を絞ってよがり泣いた。

やがて、絶頂に達した。

「イッ、イクッ！　イッちゃう、イッちゃう、イッちゃうっ……イクイクイクイク、イクウウーッ！」

そのとき瑠璃が見せつけてきた表情を、貴島はいまでもよく覚えている。生々しいピンク色に染めた顔をくしゃくしゃに歪めていた。眉根を寄せ、いまにも白眼を剝きそうで、真っ赤に染めあげた小鼻が卑猥すぎた。鼻の穴もひろげていたし、口も大きく開いて舌を出し、顎まで涎にまみれさせていた。

昇天したとしか呼びようがない、衝撃的なイキ顔だった。淫らで、いやらしくて、醜くて、情けなくて、要するに身も蓋もなかった。ここまで無残な表情でゆき果てていく女を、貴島は他に知らなかった。

瑠璃の体からガクッと力が抜けるのと同時に、貴島は男根を引き抜いてしごき、彼女の腹部に白濁液を噴射した。

顔でイッたのだった。

いや、顔でイカされた。

そんな女は初めてだったので、貴島は征服感より強く、敗北感を覚えずにはいられなかった。

3

それから、瑠璃は店の常連になった。

三日にあげずやってきた。酒だけを飲んで帰ることもあったし、セックスすることもあった。酒場を始めて以来、五回以上体を重ねた女は瑠璃だけだった。他の女には、たいてい二、三回で愛想を尽かされる。

貴島がまともなケアをしないからだった。貴島が求めているのはセックスであり、絶頂に歪んだ顔を眺めることだった。恋人同士のように頻繁に連絡することもなかったし、外でデートなんてもってのほかだった。

瑠璃はそういうことを決して求めない女だった。露骨な誘い文句を口にしたり、男をナメているような態度をとると貴島が眉をひそめて睨みつけるので、会話すらほとんどなかったような気がする。

セックスがしたいとき、瑠璃は眼つきで誘ってきた。言外のメッセージを伝えるのがうまい女だったし、口を開くとろくなことを言わないので、貴島にしてもそのほうがありがたかった。

そういうときは、スカートの下にショーツを穿かないでやってきた。コートの下が全裸だったこともある。眼つきで誘っているというより、そういうひとりよがりなプレイで、勝手に発情していたのかもしれない。

気がつけば、体を重ねるようになって半年以上が経過していた。それだけの時間が経ち、お互いの性感帯を隅々まで理解するようになっても、清々しいほど人間関係は欠落していた。貴島は彼女に家族がいるのかどうか、どこの出身でなんの仕事をしているか、まったく知らなかった。年はアラサーだろうと見当をつけていたが、それにしたって正確に知ったのはもう少しあとになってからだ。

ただ、夢中でセックスだけをしていた。彼女が濡れた瞳で店を訪れると、それがいつ何時であろうが看板を消して鍵を閉め、肉の悦びをむさぼりあった。

「こういうこと言うと嫌われそうで怖いけど……」

ある日、瑠璃はそう切りだしてきた。

「たまには広いベッドでエッチしません？」

貴島は快諾した。映画や食事に誘われたのなら即座に断っただろうが、ホテルならかまわない。狭い店内ではできることが限られているので、ちょうど不自由を感じていたところだった。

だが、瑠璃のいう「広いベッド」はホテルのそれではなかった。自宅に招待したいと言いだしたのだ。

さすがに躊躇したが、

「すぐそこなのよ。歩いて三分」

瑠璃は軽やかに言い放った。彼女が近所に住んでいるであろうことは、察しがついていた。ネットで知りあった女以外で、ふらりと入ってくる客は、たいていそうだからだ。だいたい、全裸にコートだけ羽織ってくるくらいだから、電車で何十分もかかるところに住んでいるはずがない。

誘われた翌日の昼、貴島と瑠璃は店の前で待ち合わせ、彼女の自宅に向かった。手土産を持っていこうか少し悩んだが、やめておいた。自分たちはただセックスをするだけの関係なのだから、世間並みの礼儀なんて必要ないはずだった。

「ここなんだけど……」

瑠璃の自宅は、一等地の高台に建つ一軒家だった。そのこと自体にまず驚かされたし、コンクリート打ちっ放しの外観をもつ、瀟洒なデザインにも圧倒された。

「まさか実家なんじゃないだろうな」

貴島は眉をひそめた。

「両親に挨拶してくれとか、そういうのは勘弁してくれよ」

「ひとり暮らしですよー。広いベッドでセックスしましょうって言ってるのに、どうしてお父さんとお母さんがいるところに連れてくるの？」

室内も外観に負けず立派なもので、吹き抜けのリビングルームはモデルルームか映画のセットのようだった。アラサーの女子がひとり暮らしをするようなところではない。建坪は三十坪以上ありそうだし、手入れの行き届いた庭もある。部屋数も多そうだ。このあたりは富裕層の邸宅も多い高級住宅地である。買えば億を軽く超えるだろう。

「そんな眼で見ないでほしいなあ」

瑠璃が苦笑した。よほど訝しげな眼つきをしていたらしい。

「わたしただ単に、お金持ちってだけだから」

「親から莫大な遺産でも引き継いだのかい?」

「ううん、自分で稼いだ。個人投資家なのよ」

なんでも、瑠璃は小学生時代から株に興味をもち、中学生で一日一冊ビジネス書を読みこなすようになり、高校生になるとメイドカフェでアルバイトをした資金を元手に実践に乗りだしたらしい。高校卒業時には貯金額が数千万、成人式前に億を超えたというからすさまじい話だった。もちろん、にわかには信じられなかったが、瑠璃がそんな嘘をつく理由もまた、思いあたらなかった。

「大学は経済学部だったんだけど、教授なんて口先だけの貧乏人ばっかりだったから馬鹿馬鹿しくなって辞めちゃった。で、本腰入れて投資を始めたら、アジア株を中心にまた大あたり。自分で言うのもあれだけど、天才みたいなもん? 同い年の友達が大学の卒業証書を手にしたとき、わたしはシンガポールにビルもってましたからね。でもね、そっちに才能が偏ってるせいなのか、男運だけは絶望的。この人こそ、この人こそ、って毎回思うんだけど、全部はずれ。どいつもこいつも絶対裏切って、浮気するのよ。しかも、わたしの友達と。ひどいと思いません?」

「それでやりまんになったのか?」

一瞬の間ののち、眼を見合わせて笑った。出会って初めて、笑いあったような気がした。

「やりちんの人に言われたくないなー。あなたのお店、女を引っかけるためにつくった、自分専用のナンパスポットでしょう？」

貴島は苦笑するしかなかった。

「噂を小耳に挟んだから、最初はからかってやるつもりだったのに、まんまと引っかかっちゃった。セックスがね、わたしは大好きなんです」

「知ってるよ」

「ううん、まだ全然わかってない。わたしはこの世にあるもので、セックスがいちばん好き。男の人格にはもうなにも期待しないけど、セックスだけはしたい。わたしお金だけはあるから、ありとあらゆる遊びを経験して、おいしいものだってたくさん食べてきました。東京中の三つ星レストランに行ったし、いまからヘリコプターで長野までお蕎麦食べにいこうとか、そういう馬鹿なことをしていた時期もある。海外旅行にもたくさん行ったけど……どんなに素晴らしい景色を見ても、ダイビングで熱帯魚と戯れたりしても、ラスベガスでひと晩に一千万くらい勝っちゃっても、セックス以上にわたしを興奮させてくれるものはなかった。わたしは、自分がどれだけスケベな女なのか知っている。これって重要なことなんですよ。人生の目的がはっきりしてるってことだから……お金は手段でしょ？　そのお金でなにをするのかが、その人の人生を決定するわけでしょ？」

「ハッ、だったら俺としみったれたセックスなんてしてないで、金の力で若い男を囲えばいいじゃないか。ハーレムつくっても、シンガポールのビルよりは安い」

「しみったれてなんか、ないよ」

瑠璃が近づいてきて、頬に手のひらをあてた。珍しく、せつなげに眉根を寄せていた。彼女のそんな顔は、いままで見たことがなかった。

「わたしがいままでしたセックスで、貴島さんとしたのがとにかく最高。半年もお店に通いつめてるんだから、それくらいわかってほしい」

じっと見つめられ、眼をそらせない。

「どこが最高かっていうとね、愛情がまったくないところ。体を重ねていると、この人絶対わたしのこと好きじゃない、って女にはわかるものよ。昔はそれをネガティブにとらえていた。愛のあるセックスに勝るものはないって思ったけど、あなたに会って逆もありなんだって教えられた。愛がないのにこんなに興奮してるのなんでって……不思議でしょうがなかったんだけど、あるときね、イキそうになってるとき、チラッと眼を開けて貴島さんの顔を見てみたの。すっごい冷たい眼をしてた。もはや愛がないなんてレベルじゃなくて、完全にわたしのこと軽蔑してるわけ。この女、なに必死になってるのって感じで。なのにチンポはギンギン……貴島さんがこういう言葉遣いを嫌いなの知ってるけど、これだけは言わせて……

オチンチンがもうガッチガチに、鋼鉄みたいに硬くなってて、それでわたしのこと滅多刺しにしてるのよ。子宮がひしゃげるような勢いで突きまくってるのよ。あー、ダメだ。思いだすだけで濡れてきそう」

瑠璃は力士が三人は座れそうな巨大なソファに向かってダイブすると、クロールをするように手脚をバタバタさせた。自由な女だ。

「あんなに興奮したことってないなー。あれ以来、貴島さんにちょっと冷たい眼で見られただけで、ゾクゾクッてしちゃうもんなー。ねえ、貴島さん。どうして？　どうしてわたしのこと嫌いなくせに、あんなにチンポ硬くしてるの？」

「さあな」

貴島は曖昧に首をかしげた。

「自分のことなんて、自分じゃよくわからないものさ」

「嘘ばっかり。とぼけなくてもいいじゃない」

瑠璃はソファの上で正座すると、まっすぐに眼を向けてきた。

「わたしと同じでしょ？　異性に幻滅してるけど、セックスはしたい。したくてしたくてしようがない。欲しいのは恋人じゃなくて、快感。オンリー・プレジャー。違うかしら？」

「同じだったらなんだっていうんだ？」

「ビジネスパートナーになってほしいの」

「ビジネス？」

「ちょっと来て」

瑠璃に続いて、貴島は二階への階段をあがっていった。扉が開けられた先にあったのは、現在でも〈エクスタシス〉で使用されているキングサイズのベッド、マッサージベッド、マッサージチェアだった。

そこで瑠璃は、買春エステサロンの構想を開陳した。現在〈エクスタシス〉で実現しているほとんどすべては、このとき彼女の口から語られたものだ。

「わたしと一緒で、恋人はいらないけどセックスはしたいって女、あんがいたくさんいるものなのよ。わたしの友達にもいっぱいいる。たいてい独身の経営者。恋愛している時間はないけど、セックスはしたい……そういう潜在需要はものすごくあるはずなわけ。男性向けの風俗店がこれだけたくさんあるんだから、女性の欲望だって同じ数だけあってもおかしくないわけでしょ？　でもね、友達に欲求不満を相談されて……実際そういうことたくさんあるんだけど、じゃあわたしのお店ですっきりしたら、とは言いづらいじゃない？　お金持ちほど、そういう誘い方を嫌うものなのよ。だからあなたに代表になってもらいたい」

「……なるほど」

貴島は腕組みをして考えこんだ。広いベッドでセックスするつもりで来たのに、すっかり瑠璃の話に聞き入っていた。

面白そうな話だった。小さなバーで女漁りに精を出すことにも、いささか飽きてきていた。なにより、自分のセックスに対する瑠璃の見解に興味をそそられた。

そんなふうに思われていたのか……。

道理で他の女たちが懐かないはずだった。たとえ一夜限りのお遊びでも、仮初めの愛を欲しがるのが女という生き物なのだ。買春エステに来る客とは違う。

「それで……」

貴島は瑠璃を見た。

「俺が代表になって、そっちはなにをする？　投資をするだけかい？」

「まさか」

瑠璃は淫靡な笑みをもらした。

「あなた以外にも、お客さんを相手にする人が必要でしょ？　わたしが選ぶの。やってみたかったのよねー、ベッドで採用試験。もちろん、研修も引き受けるわよ。忙しくなりそうだなー。男に手練手管を教えこむっていうのも、女の夢のひとつよね。みっちりしごいてあげるわよ。なんなら、ここで合宿させて」

男娼の館をつくる話をしているのに、瑠璃はどこまでも脳天気だった。あまりに楽しそうなので、冷や水を浴びせてやりたくなった。

こちらのセックスの感想を聞かせてもらったお返しに、彼女のどこに惹かれて半年も関係を続けてきたのか教えてやろうか。

もちろん、身も蓋もないほど衝撃的なイキ顔だとは、口が裂けても言えなかった。

4

〈エクスタシス〉のオープン準備は楽しかった。

瑠璃と一緒に物件を探し、改装のアイデアを出しあって内装デザイナーに伝えた。その他、必要なものを揃えるために、とにかく買い物ばかりしていた。瑠璃はリネンの手触りひとつにもこだわるタイプだったから、連日のように彼女のクルマで東京中の雑貨屋を巡っていた気がする。

まだ店をオープンする期日も決まらないのに、瑠璃は安くない月給を払ってくれていた。元はセフレの関係だったが、そうなるとオーナーとして立てないわけにはいかず、自然と敬語寄りの言葉遣いに変わっていった。

椿と櫻を紹介されたのは、プロジェクトを始めてわりとすぐのことだ。瑠璃の家で顔合わせをした。

「このふたりがね、わたしの構想の核になる子たちなのよ」

瑠璃は興奮した面持ちで話を始めた。

「ふたりとも、とにかくすごいエステティシャンなわけ。わたし評判のエステがあると行ってみるし、海外行ってもかならずマッサージを受けるけど、もう段違いの腕前。いまは某大手サロンでVIP担当をしてるんだけど、一緒にやらない？　って店長待遇で誘ったら話に乗ってきてくれたの」

椿も櫻も、初めて会ったときの印象はいまとはずいぶん違った。背格好だけはそっくりだったので、それには軽く驚かされたが、双子と見まがうほど顔が似ているわけではなかった。あれは派手なウィッグと濃いメイクでわざと似せて、非日常感を演出しているのだ。黒髪で素顔のふたりは、なによりキャラがまったく違った。

椿は伏し目がちで、いかにも引っこみ思案に見えた。実際、貴島と決して眼を合わせようとしなかったし、言葉数も極端に少なかった。

逆に櫻はしっかり者で、物怖じしない性格のようだった。アニメやアイドルが好きなことは言葉の端々から伝わってきたが、アキバあたりにいそうなコミュ障タイプではなく、実社会にもきちんと対応できている感じだった。

「ふたりがすごいのはね……」

瑠璃が称賛を続ける。

「なんといっても、性感マッサージなんだな。わたし、三時間のコースで、軽く五回はイカされちゃうもんね」

「そんなサービス、大手のサロンにあるものなのかい？」

「あるわけないじゃないの。内緒でやってもらってるのよ。わたし図々しいから、もっと気持ちよくなりたいなー、オマンコいじってくれないかなー、って頼んでみたら、『大丈夫ですよー』って平然といじってくれたんで、逆にびっくりしちゃった。普通は苦笑まじりに断られて終わりよ」

貴島は呆れた。この女は、エステサロンに行ってなにをやっているのだろうか。

「いじり方がうますぎて二度びっくりしたんだけど、そのときは櫻ひとりだったのよね。で、終わったあと、わたしよりもっとうまい子がいるんですよー、なんて言われて、次に行ったとき、椿も呼んでふたりでしてもらったの。いやー、今度こそ本当にびっくり仰天。久しぶりに腰が抜けるかと思ったもの」

「やっぱりそういう需要ってありますから」

櫻が言った。

「エステティシャンとして売れるための武器が必要だって、椿ちゃんとふたりで考えて……あたしたち一緒に住んでるんですけど、毎晩かわりばんこに練習台になって」

「レズビアンなのかな？」

貴島が訊ねると、椿と櫻は眼を見合わせ、曖昧に首をかしげた。

「レズビアンであるかどうかは、この際どうだっていいのよ」

瑠璃が引きとって言った。

「わたしだってレズビアンでもバイセクシャルでもないけど、ふたりにされるとすごく気持ちいいもの。それがいちばん大事なこと」

「他にも、彼女みたいに図々しい客はたくさんいるのかい？」

椿と櫻はもう一度眼を見合わせた。

「はっきり口に出して言われたのは……」

「瑠璃さんくらいですけど……」

貴島はからかうように瑠璃を見てやったが、きっぱりと無視された。

「でも、されたいと思ってる人って、反応でわかるから……」

「わかる、わかる」

「終わったあと、何事もなかったように帰っていく人もいますけどね。そういうむっつりなタイプの人に限って、翌日にまた来てみたり……」

「貴島さんもやってもらえば？」

瑠璃の言葉に、貴島の顔はひきつった。

「ってゆーか、これからみんなで４Ｐしましょうよ。固めの盃ならぬ、固めの４Ｐ。やっぱりさあ、これから四人でお店やっていくわけじゃない？　チームワークが必要だと思うのよ。隠し事できない感じっていうのかなあ。ビジネスパートナーとは、お尻の穴の皺の数までわかりあっていたほうがいいって、どっかの偉い人も言ってたしさあ……」

絶対に嘘だと思った。彼女はただ、４Ｐがしたいだけなのだ。

「あたしはべつに……」

櫻が恥ずかしげに眼の下を赤く染めて言った。

「しても……いいですけど……新しい世界に飛びこんでいくのに、勢いをつけることも必要だと思うから……でも……」

チラッと椿を見た。櫻よりも顔を赤くして、うつむいていた。

「この子、処女なんです」

「ええっ！」

瑠璃がのけぞった。貴島も、もう少しで声をあげてしまうところだった。幼げで愛くるしい顔をしていても、椿は当時二十六、七歳だった。ましてや、エステティシャンとしては反則技であるきわどいサービスまでしているのに、セックスの経験がないなんて……。

「どうしてまだ処女なのよ？」

瑠璃の言葉に、椿は首をかしげた。

「やっぱり女の子のほうが好き？」

もう一度首をかしげる。

「男性恐怖症とか？」

「あたしだって……」

椿はうつむいたまま声を出した。

「このままでいいとは思ってないんです。アイドルになりたかったから処女のままでいたんですけど、もうステージに立つこともないし……だから、４Ｐにまぜてください……頑張りますから……櫻ちゃんや瑠璃さんと一緒にお店やりたいし……」

数日後、貴島は瑠璃から借りたアウディを運転していた。目指すは鎌倉の高台にある、海の見えるホテルだ。

助手席には、椿が居心地悪そうに座っていた。

彼女はまだ処女だった。

瑠璃と話しあい、さすがに初体験が４Pというのはいかがなものかということになり、貴島がホテルにエスコートすることになった。

一時間半ほどのドライブの間、椿はまったく口をきかなかった。ホテルに着き、カーテンを開けても、眺めのいい景色を見ようともせず、うつむいて小さな体を震わせていた。

「怖いなら無理することないんだぞ」

貴島は溜息まじりに言った。

「だいたい、俺みたいなおじさんが最初の相手っていうのも……あがらないよなあ。オーナーのコネで、活きのいい若い男を見つけてきたほうがいいんじゃないか」

椿があまりに塞ぎこんでいるので、いささかふて腐れた気分だった。

こちらにしても、やりたくてこの役を引き受けたわけではない。貴島が性欲を覚えるのは大人の女であり、年齢の問題ではなく心身ともに熟しているタイプが好みだった。そのイキ顔を眺めて心の中で笑ってやることを生き甲斐にしている。相手が処女では、イカせることなんてできるわけがない。

「な、そうしろよ。あの人なら顔が広いだろうから、アニメの主人公みたいな男とか、きっと見つけてくれるって……」

言葉の途中で、椿が胸に飛びこんできた。

「ひと思いにやってください……」

震える声で言った。

「痛くて泣いても、容赦しなくていいです。あたしを女にしてください」

健気さに、胸を打たれた。彼女のことを性欲の対象とは思えなかったが、仲間意識はあった。女に幻滅している貴島にとって、それは性欲の対象より、ある意味大切な存在なのかもしれなかった。

抱きしめようとしたが、椿はひどく小柄だから、小動物にしがみつかれている感じで、うまく抱きしめてやることができなかった。かわりに黒い髪を撫でた。椿はますます力を込めてしがみついてきた。

彼女は赤と黒のチェックのシャツを着て、デニムのショートパンツを穿いていた。両脚は黒いタイツに包まれ、靴はスニーカー。そういうものを一つひとつ脱がしていき、下着だけにした。小柄なだけではなく、ずいぶんと細い体をしていた。淡い若草色のブラジャーとショーツが、少しだけ大人っぽかった。

貴島もブリーフ一枚になり、ふたりでベッドに横たわった。

バーを経営するようになって以来、日替わりで女を抱いていたが、その中に処女はいなかった。アバンチュールを求めてひとりで酒場に来る女に、処女なんているわけがない。それ以前も、残念ながらチャンスがなかったので、ロストヴァージンの相手を務めるのは初めてだった。

唇を重ねた。それだけで、緊張が伝わってきた。唇の合わせ目を舐めてもなかなか口を開かなかったし、小さな肩は小刻みに震えつづけていた。

背中のホックをはずし、ブラジャーのカップをめくった。可愛い乳房が姿を現した。いわゆる貧乳なのだが、見とれてしまうほど肌が白くなめらかだった。これほど清潔感のある女の体を見たことがないと思ってしまったくらいで、乳首は情熱を感じさせる赤い色をしていた。

「ああんっ！」

舐めてやると、乳首はすぐに硬く尖り、椿は白い喉を突きだした。感じていないわけではなさそうだった。左右の乳首を代わるがわる丁寧に舐めてやると、椿の小さな体は反り返っていった。

ショーツを脱がすと、そこにもまた、清潔感を感じさせる光景が待ち受けていた。パイパンだったのだ。エステティシャンとしては当然なのかもしれないが、彼女の場合、見た目が見た目だけに、まだ毛が生えていないように感じられた。

「いっ、いやっ！」

両脚を開いて中心に舌を這わせると、椿は叫んだ。しかしすぐに、「続けてください」と小声で言った。葛藤が伝わってきた。男に陰部の味を知られる羞恥と、処女を捨てたいという強い意志、そして、とびきりの性感帯に染みこんでくる淫らな刺激が、彼女の心を千々に乱している。

パイパンなので、彼女の花は剥きだしだった。清らかな姿をした花だった。アーモンドピンクの花びらは形くずれしていなかったし、色素沈着もほとんどなかった。尻の穴までピンク色に輝いているほどだったから、股間全体がやけにまぶしかった。

貴島は最初、尖らせた舌先で花びらの合わせ目をなぞるように舐めた。根気強く、繊細なタッチを心掛けて、何度も何度も舐めあげた。

椿は声をこらえていた。性的な快感を得ることと、そのことによって声をあげるという回路が、まだうまく結びついていない感じだった。声をあげるかわりに、呼吸だけはどこまでもはずんでいった。ツツーッ、ツツーッ、と合わせ目を舌先でなぞるほどに、やがて身をよじりはじめた。

貴島も次第に興奮してきた。小柄で細くて貧乳である椿の体には女らしさが足りなかったが、初々しくて清らかだった。真っ白く磨きあげられた素肌と相俟って、生まれたての天使にも見えた。いずれ男を騙したり、罠にかけたりするようになるかもしれないが、いまはまだ違う。男を知らないのだから、騙すことなんてできるわけがない。

「あああっ……あああああっ……」

椿が焦った声をあげて肩を叩いてきた。イッてしまいそうだと、眼の下を赤く染めた顔に書いてあった。

なるほど……。

処女とはいえ二十代半ばすぎともなれば、それなりに性感も発達しているらしい。結合で絶頂に導くことは不可能でも、クンニならいけるかもしれない。

貴島はクリトリスに狙いを定めた。といっても、男に刺激されることには慣れていないだろうから、花びらに埋まり、包皮を被った状態の肉芽を、ねちねちと舐め転がした。そうしつつ、左右に開かれた内腿をフェザータッチでくすぐりまわしてやると、椿は初めて、あえぎ声らしきものを口から放った。

「ああああーっ！　はぁああああーっ！　きっ、気持ちいいいいーっ！」

次の瞬間、細い体を骨が軋みそうなほど反り返して、ガクガクと腰を揺らした。オルガスムスに達したようだった。発展家のそれと比べれば、ずいぶんと控えめで、可愛らしいイキ方だったが、貴島は満足した。処女を奪う前にもう少しイカせてやろうと、涙の粒のような蜜を垂らしている椿の花をむさぼり眺めた。

それから数日後のことだ。

貴島は瑠璃に呼びだされた。店の内装についてみんなに相談したいことがあるとＬＩＮＥには書いてあったが、口実だろうとすぐに察した。そんなことはひと言も書いてなかったが、あらためて固めの４Ｐをしたいという思惑があからさまに伝わってきた。

貴島はさすがに緊張した。椿と顔を合わせることにだ。

三度ばかりクンニでイカせたあと、彼女の処女はしっかり奪った。椿は最後まで泣くのをこらえていたし、貴島が射精に達してもしがみついてくるのをやめようとしなかった。帰りのクルマの中では、行きとは打って変わって饒舌になり、好きなアニメや漫画、地下アイドル時代の笑えるエピソードを延々としゃべりつづけていた。処女を失った感想を訊いてみたかったのだが、そんな隙は一秒も与えられなかった。

どう思っているのだろう？

本当にこれでよかったのか？

貴島は少し心配していた。椿は仲間であり、憎悪を込めて抱いた女でもなければ、イキ顔を軽蔑することもなかったから、複雑な気分だったのである。

「どうだった？」

貴島の顔を見るなり、瑠璃はニヤニヤしながら訊ねてきた。

「男の人にとって、処女を奪うのって夢のひとつなんでしょ？　興奮した？」

「さあな」

瑠璃は図々しいだけではなく、かなり無神経だった。椿にもそうやって露骨な質問をぶつけるのだろうと思うと、心に灰色の雲がかかっていくようだった。

リビングでくつろいでいると呼び鈴が鳴り、瑠璃が玄関に向かった。椿と櫻が来たはずだが、戻ってきたのは瑠璃ひとりだけだった。

ソファに腰をおろすと、玄関のほうに向かって声をかけた。

「ちょっとー、なにやってるのよー」

返事はなかった。やがて、櫻がひとり、トコトコとやってきた。

「どうしたの？　靴でも壊れた？」

「いいえ……」

櫻は困った顔で貴島を見た。

「貴島さんのこと、好きになっちゃったみたいです」

「はっ？」

「椿ちゃんの話なんですけど……」

当人は、物陰から少しだけ顔を出し、こちらの様子をうかがっていた。まるで女友達に告白を託した中学生そのものだった。

「生まれて初めて恋に落ちたと言っておりまして……」

貴島と瑠璃は眼を見合わせた。

「処女を捧げて恋に落ちたのね……」

瑠璃は呆れたように肩をすくめると、やれやれと言わんばかりに深い溜息をつき、

「結婚でもしてあげれば？」

からかうように言ってきた。

「馬鹿なことを……」

貴島は苦笑するしかなかった。

5

〈エクスタシス〉のバスルームは、店内でもっとも贅が尽くされている。

広さも十五畳近くあるし、壁に貼られたイタリア製のタイルには黄金の鳥。大人が三人、余裕で入れる浴槽。ダークオレンジを基調にした間接照明は、女の肌をどこまでも美しく輝かせるよう計算しつくされている。

床には、ビニール製のプールが出されていた。特注品で、ベッドのような四角形をし、深さは二〇センチほど。

そこにお湯でといたローションを入れ、客とエステティシャンが戯れるのだ。ソープランドのマットプレイのようなものだが、ここで戯れるのは基本的に女同士。

瑠璃と椿と櫻が三人で開発した。椿と櫻には、プラチナフィンガー以外にも、もうひとつ武器がある。自分たちを練習台にしてエステの技を磨いたので、肌が異常に綺麗で、触り心地がいいのだ。

「ああーん、やっぱりたまらないなあ」

ローションの海に全裸で身を沈め、大の字になっている瑠璃が、温泉に浸かったような顔で言う。両サイドには、椿と櫻がやはり全裸で、ぴったりと身を寄せている。

「若い男の子の調教も楽しいけど、やっぱりお肌はねー、女同士でこすりあわせたほうが気持ちいいわよねー」

三人の女たちがローションの海の中で体をこすりつけあっている光景は壮観で、見ている貴島も思わず相好を崩してしまう。

椿の機嫌は直っていた。もちろん、貴島が紗奈子とこれ以上関わらないと約束したからだった。紗奈子に惹かれていることはたしかだったが、椿のことを裏切れなかった。彼女と過ごした時間の重さを考えれば、当然の選択だった。

椿が泣きやむと、

「それじゃあ、仲直りの４Ｐしよっか」

瑠璃が楽しげに提案してきた。言うと思っていたので、驚きはなかった。四人集まればいつだってセックスになるのは、お約束のようなものだった。椿と櫻が瑠璃を誘って食事に行こうと言いだしたのも、瑠璃がうきうきして店にやってきたのも、要するにそれが目的だった。このところ四人で集まることが少なくなっていたし……。

〈エクスタシス〉を起《た》ちあげる前、そして直後の一年間くらいは、週に二回は４Ｐだった。四人で南の島に旅行したこともある。海の上に建っているコテージにこもり、三日三晩セックスばかりしていた。愛を確かめるための行為ではなかった。ロストヴァージンしたあとにうじうじしていた椿も、仕事を始めるにあたって、その気持ちはいったん置いておくとみなに誓った。

自分たちはセックスのエキスパートになるんだという、妙な責任感に突き動かされ、ありとあらゆる破廉恥なプレイに淫した。修行僧のように快楽を求めていたと言ってもいいが、そこで培われた絆はやはり、軽いものではなかった。

くちゃくちゃ、くちゃくちゃ、とローションのプールから音が聞こえてくる。椿と櫻が、瑠璃の花をいじる音だった。瑠璃の股間はすでにパイパンに処理され、小高い丘には真っ赤な薔薇のタトゥーが入っている。最初は啞然としたが、こうして見ていると、なんともエロティックだった。その下でぱっくりと口をひろげている女の花を、おのが男根で貫きたくてたまらなくなってくる。

「ああーん、ダメダメ。気持ちよすぎ……」

瑠璃がハアハアと息をはずませながら言った。

「まだイッちゃダメですよ」

櫻が瑠璃の股間から手を離し、乳首をつまみあげる。ローションにまみれているから、つまんでもつるんと乳首が逃げる。見るからに気持ちよさそうだ。

「イクときは先生のオチンチンでしょ」

「そうそう」

椿も乳首を舐めはじめる。舌使いがいやらしい。わざと舌先でローションに糸を引かせる。もともと女を感じさせることには長けていたが、処女を失って以来、彼女はセックスにのめりこんだ。

「瑠璃さんが先生にイカせてもらわないと、あたしたちはずっとおあずけなんですから」

「これぞオーナーの特権」

瑠璃はケラケラと笑ったが、椿と櫻はなにも、瑠璃がオーナーだから奉仕し、貴島と先に繋がる権利を譲っているわけではなかった。女三人に男ひとりの4Pとはいえ、貴島ひとりが奉仕されるわけでもなく、貴島もまた、瑠璃に奉仕する側だった。

4Pの数をこなすうち、自然とそういう形になっていった。おそらく、瑠璃がいちばん奔放にセックスを楽しんでいるからだ。楽しみながら放つ強い生命力が、奉仕をする人間にもエネルギーを与えるからだ。

「もう欲しいみたいですよ」

椿が瑠璃の花を開いたり閉じたりして、薄桃色の粘膜を見せつけてくる。早くも白濁した本気汁を肉ひだにからめ、ひくひくと熱く息づいている。

貴島もローションのプールに入り、瑠璃の両脚の間に陣取った。勃起しきった男根を握りしめ、切っ先を濡れた花園にあてがうと、瑠璃がせつなげに眉根を寄せて見つめてきた。

貴島も見つめ返す。もう何百回と繰り返しているのに、この瞬間はやはり、胸が高鳴ってしかたがない。美しく整った瑠璃の顔に、あのイキ顔がオーバーラップして見えるからだ。

あと数分後には、その顔は紅潮してくちゃくちゃに歪みきり、やがて世にも情けなく、淫らすぎる表情をさらけだして、絶頂をむさぼる。

貴島は瑠璃の両足首をつかむと、Vの字に掲げた。ローションまみれの太腿がぷるぷる震えているのは、彼女もまた、絶頂の瞬間を想像しているからだろう。

腰を前に送りだした。ぐっと入っていくと、淫らなほどに熱を帯びた肉ひだが、男根にからみついてきた。挿入を拒んでいるのかと思うほどみっちりと肉ひだが詰まっていて、それを押し分けて奥に進んでいく。肉と肉とを馴染ませる必要もない。瑠璃の中は、もうドロドロだ。

「くううっ！」

根元まできっちり収めると、瑠璃の腰が鋭く反った。いったん手を休めていた椿と櫻が、その体に両手を伸ばしていく。ローションまみれの乳房に指を食いこませ、太腿の付け根を揉みしだく。

貴島はまだ動かない。プラチナフィンガーに体をまさぐられている瑠璃のほうが、先に動きだす。Vの字に掲げた両脚を離してやれば、足を踏ん張って腰をあげ、股間をぐいぐいと押しつけてくる。

「あああっ……」

眉根を寄せた顔が蕩けた。

「なんでこんなに気持ちいいんだろう……いいところにあたるのよ……ビンビンきちゃってたまらないのよ……」

貴島は瑠璃の腰を両手でがっちりとつかむと、腰をグラインドさせた。瑠璃が息をつめて見つめてくる。連打を迎え撃つために身構える。貴島はまだ突かない。くちゃっ、くちゃ、という肉ずれ音が、広いバスルームに響く。

「じっ、焦らさないで……」

女にそうささやかれれば、焦らしたくなるのが男である。ゆっくりとグラインドのピッチを落としていく。同時に椿の指が、恥丘に彫られた薔薇の花をなでる。パイパンだから、クリトリスは丸見えだ。

「くううっ！」

肉芽をつまみあげられ、瑠璃は首に筋を浮かべた。彼女のクリトリスは小指の先ほどになるから、つまみやすい。ローションにまみれているため刺激も複雑で、身をよじらずにいられない。

貴島は腰の動きをグラインドからピストン運動にチェンジした。といっても、まずはスローピッチだ。カリのくびれの手前までずるずると抜いて、また入っていく。突きあげたりもしない。突きあげるのは、十回に一回だ。

「はぁううっ！」

ようやく十回目の衝撃を子宮に浴びた瑠璃は、ガクガクと腰を震わせた。だが、またゆっくりの抜き差しが続く。顔に汗の粒が浮かんでくる。

「ずいぶん溜まってるみたいじゃないですか？」

貴島はささやいた。

「若い男の調教じゃ物足りませんか？」

「わかってるなら、さっさと突いてきなさいよ」

「いいんですか？」

まじまじと顔を見つめてやると、瑠璃は生唾を呑みこんだ。

「一度イッたらイキッぱなしになっちゃいますけど、それでも……」

「いいから早く突きなさいっ！」

瑠璃が悲鳴じみた声で叫んだので、貴島は連打を放った。普段なら、もっと焦らす。いったん抜いて、クンニすることさえある。

「はっ、はぁおおおおーっ！」

獣じみた悲鳴を放った瑠璃も、意外だったようだ。連打を浴びて、ひどく焦った顔をしている。

自分が珍しく昂ぶっていることを、貴島はこのとき初めて気づいた。思いあたる節は、ひとつしかなかった。紗奈子がマサタカに犯されるところを目の当たりにしたせいだ。怒り狂った椿と櫻にいたぶり抜かれ、失神するまでイカされまくったのを見たせいだ。

「イッ、イクッ……そんなにしたらすぐイッちゃうっ……イクイクイクイクッ……はっ、はぁおおおおおーっ！」

一分と経たずに、瑠璃は最初の絶頂に達した。貴島は腰の動きをとめなかった。体力が続く限り、このまま突きまくってやろうと思った。

二度、三度、四度……瑠璃は立てつづけにオルガスムスに昇りつめ、身も蓋もないイキ顔が元に戻らなくなった。ローションの光沢を帯びて上下に揺れはずんでいる乳房も、震えのとまらない太腿も、恥丘を飾る薔薇のタトゥーも、エロスの極みだった。いやらしすぎて眩暈がした。

地球上にいる何十億という人間の中で、セックスが好きだと豪語する人間は数えきれないほどいるだろう。だが、彼女のように天真爛漫にセックスを謳歌している人間は、ほんのひと握りなのではないだろうか。いや、ひとつまみか。

「イッ、イッちゃうっ……またイッちゃうううーっ！」

絞りだすような声をあげて、五体の肉という肉を痙攣させる。イクほどに男根を食い締める力は強くなり、奥へ奥へと引きずりこもうとする。貴島はその力に抗《あらが》って、子宮を潰す勢いで渾身のストロークを叩きこむ。

珍しく、こんなにも早いタイミングで射精欲が疼きだした。

耐えがたいほどではなかったが、このまま出してしまってもいいような気がした。瑠璃を満足させたら椿と櫻の相手もしてやらなければならないし、実際、連打をやめない貴島を見て、ふたりは心配そうな顔をしている。

しかし、瑠璃のよく締まる肉穴が気持ちよすぎて、いまはそんなことまで考えられない。本能のままに腰を振りたて、男に生まれてきた悦びをむさぼり抜かずにはいられない。こうなったら、限界まで突っ走ってやる。

性器を繋げているのは瑠璃でも、脳裏に浮かんでいるのは、マサタカに下から突きあげられている紗奈子だった。

気持ちよかったのだろうか？

あれほどの屈辱を与えてもなお、イキまくっていたのだから、気持ちはよかったはずだ。

しかし、椿が暴走したおかげで、紗奈子のプライドがポキリと折れるところも、快楽によって人格が崩壊するときの表情も、じっくり拝むことができなかった。

無念だった。

いや、たとえ椿が暴走しなくても、貴島は満足できなかっただろう。他の男にまかせたのは、やはり失敗だった。紗奈子を堕とすなら、この腕の中でなくてはならなかったのだ。こうやってあられもない姿で貫いて、おのが男根の虜にしてやりたかった。

「ああっ、ダメッ！」

限界に達したのは、瑠璃のほうが先だった。

「ビールっ！　ビールかけてっ！」

瑠璃が叫ぶと、椿と櫻が立ちあがった。瑠璃に向かってガニ股で股間を出張らせた。

「イッ、イクウウウウウーッ！」

瑠璃が絶叫するのと同時に、椿と櫻はゆばりを放った。シャーッと音をたてて、瑠璃の顔にかかった。女のくせに立ち小便をしている椿と櫻もエロティックだったが、瑠璃はそれ以上だった。オルガスムスに達していた顔はくしゃくしゃに歪みきり、白眼を剝いて舌まで出していた。そこに放尿を浴びているのだから、無残も無残、この世のものとは思えないような浅ましい姿になっていた。

最近の彼女のお気に入りのプレイのひとつだった。なんでも、汚濁にまみれながら雲の上にいるような、恍惚の極致を味わえるらしい。

第五章　めくられた汚点

1

「お疲れっした」

「お疲れさま」

テレビ局内の迷路のような廊下を歩いている紗奈子は、自分に向けられる視線が変化していることに気づいていた。

〈モーニン！　モーニン！〉の視聴率は低迷したままだから、咎めるような眼で見てくる人間も少なくないが、若手の男性スタッフなどからはもっと別の、憧れの異性を見つめる視線を感じる。

女はそれに敏感だ。紗奈子は十代後半から二十代半ばまで――つまり、スキャンダルを起こして芸能界から追放されかけるまで、どこに行ってもそういう視線を集めていた。当時の感覚を取り戻しつつあった。自分の体からは、眼に見えないフェロモンが漂いだしているに違いないと思った。

その証拠に、ネットの評判にも変化があった。

——最近、神谷紗奈子エロくね？

——新妻の菜緒ちゃんもいいけど、やっぱ紗奈子だな。

——ついにお色気路線で勝負に出たし。

——そういうことだけはしない人だと思ってたのに、世知辛い世の中だねえ。

——次は雑誌で半ケツだな。

この一週間ほど、体のラインを見せるようなぴったりしたワンピースや、太腿を出したミニスカートを穿いてカメラの前に立っていた。スタイリストが用意していても、いままでは食指の動かなかったデザインの服だ。

そういう形で視聴者に媚びるのは不本意だったが、もうそんなことを言っていられないところまで、紗奈子は追いこまれていた。そんなことくらいで視聴率が跳ねあがるとも思えなかったが、局の上層部にやる気だけは示しておきたかった。

しかし、それだけで自分を見る眼に変化があったわけではないだろう。それは自分がいちばんよくわかっている。

このところ、毎日やけに化粧の乗りがよかった。鏡に映った自分の眼つきが妖しくて、息を呑んでしまうこともよくある。女としての潤いや輝きが、あきらかに戻ってきている。

たった一度のセックスで、と最初は自嘲の笑みをもらしていた。

だが、実際にそうなのだ。

顔だけでなく、全身がそうだった。オンエアを録画で確認すると、歩き方や手を動かす所作がいままでよりずっと女らしくなっており、背中から腰、ヒップにかけてのラインに、なんとも言えない色香が漂っていた。正面よりもむしろ、うなじを含めた後ろ姿のほうが我ながらセクシーで、ちょっと恥ずかしくなったくらいだった。

天王洲アイルのホテルに行ってからすでに一週間が経過しているが、この効果はいつまで続くのだろう？　効果が切れれば、また劣化の大合唱が始まるのか？　それを考えると恐怖に身をすくめるしかなかったが、〈エクスタシス〉に足を運ぶことは、もうないかもしれない。

貴島の仕打ちはあんまりだった。

自慰で何度もイッてしまったり、服を着たまま失禁させられたりしたのだから、ホテルを訪れたとき、紗奈子は開き直っていた。もうこれ以上恥をかかされることもないだろうと思っていたのに、貴島はやすやすと一回目や二回目を凌駕する屈辱を与えてきた。

羞恥の底が見えなかった。失神するほどイカされたあと、意識を取り戻した紗奈子は、バスルームにこもった。熱いシャワーを浴びながら、大恥をさらしたことに号泣した。涙は涸《か》れることがなく、貴島に対する恨みの感情があとからあとからあふれてきた。

しかし……。

もしも貴島が一対一で誠実に対応してくれると約束してくれるのなら、会員になってもいいと思った。いや、次こそ一対一で、という思いが胸に芽生えてくると、期待に鼓動が乱れてしかたがなかったくらいだ。

それほどまでに、目隠しをされていたときのセックスが素晴らしかったからだ。もちろん、貴島が相手をしていたのは最初だけで、あとはずっとマサタカと呼ばれていた若い男が愛撫をし、挿入してきたのだろう。

だが、目隠しをされている紗奈子はずっと、貴島に抱かれていると思っていた。誤解であろうが妄想であろうが、喉から手が出るほど欲しかったものをすべて与えられ、身も心も蕩けそうだった。知らない間に初対面の男に犯されていたことは屈辱だが、逆に考えれば、若いスタッフでさえ、あれほどのセックスができるのである。

本当に貴島に抱かれてしまったら、いったいどうなってしまうのか……。

考えれば考えるほど、ついいましがたまで荒淫にさらされていたはずの五体が疼き、耐えがたいほどの欲情がこみあげてきた。もう少しで自慰までしてしまうところだったが、バスルームから出た紗奈子を待ち受けていたのは、冷たい現実だった。

「お疲れさまでした」

施術服の上に黒いナイロンのコートを羽織った櫻がひとり、立っていた。他の人たちは、すでに引きあげたようだった。

「こちら請求書になります。いままで通り、一週間以内に振りこんでください。ここのホテル代はうちでもたせていただきますので、チェックアウトはすませてあります。フロントに立ち寄ることなくお帰りください」

請求書の入った封筒を差しだしてきた櫻の口調は、素っ気ないほどビジネスライクで、眼つきもプレイ中とは似ても似つかないほどクールだった。おかげで紗奈子は、醜態をさらした相手を前に恥じ入ることさえできず、ただ戸惑っているばかりだった。

「あとこれ、こないだお店に置いていった服です。お洗濯しておきました」

櫻は紗奈子に紙袋を渡すと出口に向かったが、なにかを思いだしたように途中で立ちどまり、振り返った。ふうっと大きく息を吐きだしてから、どうしてもこれだけは言わずにいられないという感じで、言った。

「今日でビジター終了ですけど、会員になるのはやめたほうがいいと思います。先生、あなたが相手だととことんいじめたくなるみたいだから、きっと会員になっても、セックスしてもらえませんよ」

呆気にとられている紗奈子を残し、櫻は部屋から出ていった。

いったいいまのはなんだろう……。

彼女たちはビジネスでこんなことをしているのではないのだろうか。それが、会員にならないほうがいいだなんて、理解できなかった。会員になるには百万単位のお金が必要で、そんなチャンスをみすみす放棄してしまうなんて……。

理解できたのは、彼女に嫌われている、ということだけだった。櫻がそうなら、おそらく椿もそうだろう。ということは、あの底意地の悪い振る舞いは、演技ではなく本気なのか。客に対してあんな口のきき方をするなんて、よほどのことだ。自分はよほど嫌われているのだ……。

ふっ、と苦笑がもれた。嫌われることには慣れていた。男に容姿を称賛されるのと同じくらい、紗奈子は同性によく嫌われる。

櫻に渡された紙袋の中には、シャツとパンツとソックスが入っていた。下着だけは透明なセロファンの袋に入れられており、付箋がついていた。

『いやーん。純白のパンティ！』

『ダサいけどモテそう。きゃっ、ブリッ子』

紗奈子は顔から火が出そうになった。たしかにセロファンの袋に入ったショーツは白だった。ゴムでくしゅっと丸まって、フロント上部には小さなブルーのリボンがついている。さして考えもなく穿いていったのだが、言われてみれば、三十路の女が着けるにしてはいささか子供っぽいし、ダサいと言われればダサい……。

いや、彼女たちは、男性人気が高いと言われる白い下着をあえて着けている、そのあざとさがダサいと言っているのかもしれなかった。得意料理は肉じゃがです、みたいなものだ。ベリィショートにきりりとした太い眉で、決して男には媚びませんみたいな顔でテレビに出ているくせに、ひと皮剝けばブリッ子なのかと……。

「なんなのっ……」

紗奈子は顎が砕けそうなほど歯嚙みした。怒りなのか羞恥なのか、とにかく感情を激しく掻き乱されて、涙を流してしまいそうになった。

人と人には相性があるから、嫌われるのはしかたがない。しかし、プレイから離れたところで、どうしてここまで馬鹿にされなければならないのか。下着のチョイスをほんの少し間違ったことが、そんなに悪いことなのか。紗奈子だって、値の張るブランド品のランジェリーくらい持っている。だが、買春エステサロンに行くのに、勝負下着めいたものを着けていきたくなくて、なんとなく普段使いのショーツを穿いていっただけなのに……。

紙袋に入っていたのは、それだけではなかった。

電マが入っていた。そこにも付箋が一枚……。

『失神するまでイカせてくれた相棒よ、大事にしてね！』

紗奈子は思わず電マを投げつけてしまった。ベッドで何度かバウンドして、絨毯の上に転がった。涙をこらえきれなくなり、立っていることもできなくなった。両膝をがっくり折って絨毯に座りこむと、両手で顔を覆って嗚咽をもらした。

会員にはなるな……。

おまえなんか電マで自慰をしていればいいのだ……。

ひどすぎる。

さすがにここまでは貴島の指示ではないだろうし、あの意地悪なロリータコンビが調子に乗っているだけなのだろうが、女としての恥という恥をかいたばかりでナイーブになっていた紗奈子の心は、ばっさりと袈裟斬りにされた。心から、いや、魂から噴きだした血飛沫まで見えそうだった。

なんとか気を取り直して、タクシーで帰宅した。

電マを部屋に残していくのも気が引けて、持って帰ってきた。どうやって処分すればいいかわからない忌まわしい道具が室内にあると、ひどく落ち着かなかった。

時計を確認すると、午後七時を過ぎていた。毎日午前二時に起床する紗奈子にとっては、もう就寝するべき時刻だった。

しかし、パジャマに着替えてベッドに入っても眼が冴えて眠れなかった。電マの存在ばかりに気をとられ、それで恥をかかされた場面が走馬灯のように脳裏をよぎっていった。

壊してしまおう——たまらずベッドから抜けだした。ハンマーでめちゃくちゃに砕いて不燃ゴミに出せば、元がなんだったかなんてわからなくなるだろう。

壊す前に、電源を入れてみた。ブーンとヘッドが振動し、グリップを握っている手のひらにまで震えが伝わってきた。

必然的に、記憶が蘇った。頭の中だけではなく、それを使って絶頂に導かれた記憶は体の隅々にまで及び、ぶるっと身震いが起こった。

リビングの中央に立ちつくしたまま、ブンブンと唸るヘッドをぼんやりと眺めていた。やめておくべきだった。さっさとハンマーで砕いてしまうべきだったのに、紗奈子は電マのヘッドを、股間に近づけていった。パジャマのズボンとショーツの上から、軽くヘッドをあててみた。

「あおっ！」

自分の口から飛びだした声が、自分の声ではないみたいだった。滑稽なくらい獣じみていて、恥ずかしさと自己嫌悪で顔が燃えるように熱くなった。

それでも自慰はやめられなかった。すぐに立っていられなくなったので、寝室に戻ってベッドに横たわった。

まるで麻薬だった。唸る電マのヘッドを股間に押しつけるほどに、紗奈子の呼吸は荒くなり、身をよじるのをやめられず、いつの間にか両脚をM字に開いていた。いま我に返ったら自殺したくなりそうで、とにかく快楽に集中するしかなかった。

麻薬中毒患者が幻覚を見るように、紗奈子の脳裏では悪夢の記憶が再生されていた。男の顔に背を向けた騎乗位で、両脚を大きくひろげて上体を反らす――なんという呼び名なのか知らないが、経験したことのない体位だった。経験どころか、想像したことすらない。

セックスが愛を確かめあう行為であるなら、あんな体位は必要ないのだ。あれは女を辱めるために編みだされた体位に違いなく、一対一で行なっているならまだしも、その姿を正面から見られた絶望感は、想像を絶していた。

結合部をすべてさらして、あまつさえ腰まで使ってしまった。くちゃくちゃと音まで鳴らして肉の悦びをむさぼった。正面にいたのは貴島だった。軽蔑を決して隠そうとしない冷たい眼で、股間で男根をしゃぶりまわすあられもない姿を見られてしまった。

いま思えば、貴島はなにもしなかったわけではない。股間を貫いているのはマサタカと呼ばれた若い男の男根だったが、貴島に犯されていたのかもしれない。

プレイを用意したのは、あの男だった。シナリオも演出もキャスティングも、全部が全部あの男が手がけたものであり、彼自身はただ見ているだけだったが、見られている紗奈子には、貴島に犯されている実感がたしかにあった。

紙をくしゃくしゃに丸めるように犯してほしいと、紗奈子は貴島に求めた。彼は彼なりに、その注文を具現化してくれただけなのかもしれなかった。紙をくしゃくしゃに丸めては伸ばし、またくしゃくしゃに丸めては伸ばし……それを執拗に繰り返しているだけなのかもしれない。

紗奈子は身も心もくしゃくしゃにされた。続けざまにイカされたし、失禁もすれば失神もした。あんな経験はいままでなかった。怖いくらいに感じていた。貴島を睨みつけ、悪態をついているときでさえ、両脚の間の肉穴は、男根をきっちりと食い締めていた。その存在を意識するほどに、下半身の奥がドロドロに溶けていった。

「ああっ……」

思いだせば、気持ちが昂ぶっていく。パジャマを着ているのがもどかしくなり、脱いでしまった。ショーツもさげて、脚から抜いた。自慰をするときに全裸になったのは初めてだった。やけに解放感があり、乳首に触れると声が出てしまった。思いきりつまみあげた。ふくらみに指を食いこませて揉みくちゃにし、ぶるぶる震えている内腿を撫でさすり、届く限りの素肌に手のひらを這わせた。

女の体とは、なんと豊かな性感帯の宝庫なのだろうと思った。どこに触れても、感じてしまう。電マのヘッドを股間に押しつければ、滲じみた愛液がこんこんとあふれてくる。

満を持して、指を入れた。指が火傷しそうなほど、紗奈子の体の中は熱くなっていた。軽く出し入れしただけで、ガクガクと腰が震えた。腰はそのまま動きだした。肉穴で指をしゃぶろうと、股間のほうから指を迎えにいってしまう。

指を入れながらクリトリスに電マのヘッドをあてがうと、瞼の裏で金と銀の火花が散った。快楽が次々とスパークして、気がつけば熱狂の最中にいた。

たった一度のセックスのせいではなく……。

もし本当に自分が女としての輝きや潤いを取り戻したとするなら、それは発情しているからだと思った。天王洲アイルでのプレイが化粧の乗りをよくしているわけではなく、それによって目覚めさせられた本能が、これほどまでに肉の悦びを求めているから、セクシーに見えるのだ。

あの三度目のプレイは、トリガーにすぎない。だが、それでは引き金が引かれ、発射されてしまった弾丸は、どこに向かって飛んでいったのか。行くあてもなくさまよいつづけ、自慰だけで我慢しなければならないのか。

佳乃に〈エクスタシス〉を紹介される前から、自慰くらいしていた。ほとんど毎晩であり、それによる自己嫌悪もかなりあったが、恋愛禁止を課せられている以上、欲求不満の解消法は他になかった。

しかし、貴島との出会いによって、自慰さえも変えられてしまった。電マの存在もあるにしろ、こんなにも感じて、こんなにも乱れている。全裸になって腰を動かし、ベッドの上でのたうちまわっている。

パジャマを着たままショーツの中に指を入れ、遠慮がちにクリトリスをいじっていたいままでのやり方と比べれば、ほとんど淫乱じみていた。いまさらままごとのような自慰にも戻れないが、この先に待っているものを想像すると戦慄せずにはいられなかった。

淫乱になってしまうのかもしれなかった。男とベッドに入っても誇りを失わず、気高い女でいたいという願いは、貴島によって打ち砕かれていた。

辿りつく先は、淫乱以外にはあり得ない。麻縄で縛りあげられていた佳乃のようになるのだ。わたしはオマンコが大好きで、オマンコのことばかり考えているドスケベな女なのだと、喜悦の涙を流しながら叫ぶのだ。

怖くてしかたがなかったが、すぐにそんなことは考えていられなくなった。絶頂の予兆が見上げるほどの高波となって襲いかかってきたかと思うと、頭から呑みこまれた。

「イッ、イクウッ！」

ビクンッ、と腰を跳ねあげ、背中を弓なりに反らせた。宙に浮いた腰をガクガクと震わせながら、オルガスムスの衝撃を嚙みしめた。自分がいま、どんな顔をしているのか考えたくなかった。佳乃さえ凌駕するほど浅ましく、身も蓋もないほど情けなくて、醜悪すれすれの卑猥さを放っているに違いない。

ぎゅっとつぶった瞼の奥で、貴島が薄く笑っていた。あられもなくゆき果てていく女に対し、これでもかと冷たい視線を浴びせてきた。驚いたことに、ゾクゾクしてしまった。認めたくはなかったが、軽蔑されて興奮している自分が、たしかにそこにいたのだった。

「あああっ……」

絶頂のピークを過ぎると、紗奈子は糸の切れたマリオネットのように崩れ落ちた。ハアハアとはずむ呼吸を整えるのに必死で、電マのスイッチを切ることさえできなかった。

全身が汗まみれだった。

スポーツでかく汗とは違う、甘ったるくていやらしい匂いがする汗を大量にかいていた。

もう一度シャワーを浴びなければ、眠りにつくこともできそうになかった。

2

まいっちゃったな……。

紗奈子は南青山にある所属事務所の会議室にいた。普段はあまり足を運ぶことがないのだが、呼びだされたのだ。社長から直々に話があると……。

隣に座っているのは、マネージャーの駒井哲也《こまいてつや》——年は四十代前半で、いつだって腹でも壊しているかのような渋い顔をしている。実際、胃が悪いようで、口臭がかなりきつい。業界歴は二十年以上と長く、敏腕マネージャーを自任しているが、紗奈子はその実力を計りかねている。

駒井はメディアチェックの鬼で、紗奈子についてマイナスになることを書かれれば、どんな小さなネットニュースでもすかさずクレームを入れる男だった。その一方で新規の仕事をとってくることは少ないし、これがいちばん不満なところだが、担当しているタレントを褒めたり、おだてるということをまったくしない。

社長が会議室に入ってきた。

「おはようございます」

紗奈子と駒井は立ちあがって頭をさげた。社長の沢崎蓮太郎《さわざきれんたろう》は、六十代前半。白髪をオールバックにして、眼光が鋭く、愛想笑いをしないという意味では、駒井とよく似たタイプの男だった。ただ、芸能界における実力・影響力は本物で、彼の庇護がなければ、紗奈子はスキャンダルから復活できなかっただろう。

沢崎が腰をおろしたので、紗奈子と駒井も座り直した。しばらく、沈黙の時間が続いた。いつものことだった。沢崎は頬杖をついて視線を下に落とし、むっつりと黙りこんでいる。頭の中を整理しているのだろうが、紗奈子はこの時間が苦手だった。沈黙も気まずいが、沢崎は時折、チラリと眼を向けてくる。その眼つきが人を値踏みしているようでもあり、心の中を見透かそうとしているような感じもするので、視線が合うたびにドキリとせずにはいられない。

「局から連絡があってね……」

ようやく沢崎が口を開いた。

「秋の改編は覚悟してくれということだ。神谷くんは降板、メインキャスターは局アナの真木菜緒。まあ、そういうことだな……」

紗奈子は天を仰ぎたくなった。ついに来るべきものが来てしまった。

「ただ、私はあまり心配していない。そのうち視聴率も上向くだろうと楽観視しているというわけじゃない。番組のリニューアルなんてよくある話だからだ。メインキャスターの降板もね……ここ何日かのオンエアを観て、いまもこうして実際に相対してみて、神谷くんの商品価値はまだ落ちていないと確信したよ……」

話がどこに向かっているのかわからず、紗奈子は横眼で駒井を見た。眼を合わさない。

「自分でも自覚があるんじゃないか？　最近ちょっと色っぽくなったって……」

「いえ……」

紗奈子は苦笑まじりに首をかしげた。

「色っぽいよ。もちろん、ガラッと変わったわけじゃないけど、これからどんどん色っぽくなっていく予感がする。もう二十代じゃなくて三十代なんだから、清廉潔白だけじゃやっていけない。女には年相応の色気が必要だ。その調子で頑張れ」

沢崎が立ちあがったので、

「ありがとうございました」

紗奈子も立ちあがって頭をさげた。礼を言ったものの、褒められたとも励まされたとも思えなかった。沢崎の言葉には含みがあった。なにを含んでいるのかわからないところが不気味だった。

現実問題として、〈モーニン！　モーニン！〉のメインキャスターの座を失えば、紗奈子は失業状態になる。ナレーションなどの細かい仕事はあるにしろ、収入は十分の一くらいとなってしまう。その調子で頑張れと言われても……。

沢崎は会議室を出ていこうとしたが、

「いいことがあったんだろう？」

振り返って言った。

「スキャンダルにならずに楽しんでいるぶんには、我々としてはなにも言わない。来週は夏休みで、一週間オフだってね。存分に楽しめばいいさ」

ニヤリと口許にこぼれた笑みがひどく卑猥なものだったので、紗奈子の背筋には悪寒が這いあがっていった。

「楽しんで、女を磨いておくことだ」

会議室を出ていく沢崎の背中を、紗奈子は呆然と見送った。訳がわからなかった。沢崎の言う「いいこと」とはなんなのか。「女を磨く」とは……。

まさか……。

紗奈子が買春エステを利用したことを、沢崎は知っているのだろうか。

考えられないことではなかった。紗奈子に〈エクスタシス〉を紹介した佳乃は、沢崎に紹介されたのだ。スキャンダルを起こして孤立無援になっているとき、「キミにもひとりくらい相談相手がいてもいいだろう」と……。

佳乃にとって沢崎は、大切な顧客である。沢崎を通じて芸能事務所の経営者を何人も紹介してもらったというから、単なる顧客のひとりではなく、恩人のようなものだ。その恩に報いるため、紗奈子を売ったのか。秘密を密告したということなのか……。

いや。

もしかすると、そんな甘い話ではないのかもしれなかった。下手をすれば沢崎が佳乃を操って、紗奈子に買春エステを利用させたということさえ考えられる。

女を磨かせるために……。

色気を売り物にできるように……。

紗奈子は体が小刻みに震えだすのをどうすることもできなかった。芸能事務所とは、所属タレントをそこまで管理するものなのか。

恋愛禁止はしかたがない。脛《すね》に傷をもつ身であるのだから、私生活で羽目をはずさないように監視されるのは、甘んじて受け入れるしかないだろう。

しかし、女としての潤いがなくなれば、今度はセックスを強要される。強要とまでは言えなくても、巧みに誘導されていく——そんなことがあっていいものなのか。人権無視もはなはだしいではないか。

「朝帯のレギュラーがなくなったところで……」

駒井の声で、紗奈子はハッと我に返った。

「うちはあんたを見捨てたりしない。正確には、見捨てることができない。スポンサーに肩代わりしてもらった十億、まだ完済していないんだからね。あんたには馬車馬のように働いてもらうしかないんだ」

粘りつくような視線を、頭の先から爪先まで浴びせられた。

「ただまあ、僕も社長と同意見で、最近のあんたは悪くないよ。すっかり枯れたと思っていたのに、急に色っぽくなってきた。これならセクシー写真集も全然ありだ。〈モーニン！モーニン！〉を馘《くび》になって、怒りのヘアヌードなんていうのも面白い。世間の注目を集めるし、仕事のオファーも殺到するだろう……」

紗奈子は自分の耳を疑いたくなった。駒井は無愛想で口が臭いが、決して非礼な人間ではない。冗談でヘアヌードなどと言うタイプではないのに、こんな暴言じみたことを言われるなんて……。

それが本音であり、本気だということだ。沢崎の真の狙いはこれだったのか、と思った。そのための布石が、買春エステ……。

「考えてもみろよ。あんたの後ろ盾である久米《くめ》さんも、すでに御年八十四だぜ」

久米充郎《みつろう》は大手酒造会社の会長で、紗奈子の借金を肩代わりしてくれた人だ。

「亡くなったりしたら、あとを継いだ人間が黙ってない。朝帯を馘になってどうやって残りの金を返済するんだって、容赦なく追いこみをかけてくるだろう。そうなったら、ヘアヌード写真集でもスクリーンでの大胆な濡れ場でもやるしかない。もっとも効率がいいのはAVだ。いまのあんたなら億単位の契約金が見込める」

駒井がククッと馬鹿にしたように笑ったので、

「誰が……」

紗奈子は怒りに声を震わせた。

「誰が裸の仕事なんてやるもんですか。わたしはアナウンサーです」

「いーや、やるね。あんたならやる」

駒井はまだ笑っている。

「あんたほど胆の据わった女が、朝帯を馘になったくらいで、すごすごと逃げだすわけがない。絶対に一発逆転の仕事を受け入れる」

「だからって裸の仕事は……」

「僕が知らないとでも思ったのかい？」

駒井の態度はいつになく自信に満ちていた。

「十億の借金を肩代わりしてもらうとき、久米さんに泣きながらすがりついたんだろう？　人目がある中で土下座して、お願いですから助けてくださいって……で、久米さんと寝た。業界で言うところの枕営業ってやつだ。話を聞いて、なかなか根性があるって感心したもんだよ。あんなヨボヨボの爺さん相手によくやるぜ」

紗奈子は言葉を返せなかった。全身から血の気が引いていき、激しい眩暈が襲いかかってきた。

まさかそんな話が、駒井の耳にまで入っていたなんて……。

3

四年前――。

付き合っていた実業家との熱愛を週刊誌にすっぱ抜かれた紗奈子には、災難が次々と襲いかかってきた。

恋人が詐欺まがいの投資ファンドをやっていたことや、十億の連帯保証人の件が明るみに出てからは、全レギュラー番組の降板、所属事務所からの解雇……単なる恋愛スキャンダルだった時点では励ましの電話やメールをくれていた友人知人からの連絡もいっさいなくなり、相談をもちかけたい業界関係者に連絡を入れてもことごとく無視された。

まるで海の底に沈んでいくような感じだった。プツン、プツン、と命綱が一本ずつ切られていき、地上の光が届かない深さまで沈んでいく……。

マスコミの張っている自宅には戻れず、父親が怒り狂っていたので実家にも頼れなかった紗奈子は、八王子にある殺風景なウィークリーマンションで、日がな一日、ベッドに倒れていた。

さすがにこれは終わったな、と思った。

なにもする気が起きず、食欲もなく、夢とうつつの間で意識が朦朧としている日々がひと月ほど続き、このまま孤独死というのも悪くないなどと考えていた。

とにかく、世間のすべてが敵に見えた。

変装して買い物に出るだけで、過呼吸になりそうなほど神経をすり減らした。すれ違った人にチラッと視線を向けられると、心臓が縮みあがった。

だが、やがて怒りがこみあげてきた。

考えてみれば、自分のいったいどこが悪いのだ？

二十六歳の健康な女が誰かを好きになり、肉体関係を結んでなにか問題があるのだろうか。

紗奈子は恋人が詐欺まがいの仕事をしていたなんて知らなかったし、連帯保証人だって頼まれてしかたなく判子を押したのである。

たしかに、恋に眼が眩んでいろいろなものが見えなくなっていた、という部分はあるかもしれない。だが、そんなものは人を疑うことを知らない若さゆえのあやまちであり、多かれ少なかれ誰にでもあることではないか。たまたま自分が有名人で、そこに十億というインパクトのある数字が重なったから、マスコミは面白おかしく報道しているだけのことではないか。視聴者や読者にしても、ままならない日常から束の間逃れるストレス解消のために、自分を槍玉にあげて……。

このままじゃ終われない、と思った。

弁護士からは自己破産を勧められたし、実際それしかないように思われたが、ぎりぎりまで頑張って、自分で返せる道を探ろうと思った。迷惑ばかりかけられたが、一時は愛した男の借金だった。向こうにとっては、詐欺のようなものだったのかもしれないけれど、紗奈子は本気で愛していた。そういう過去の自分を、自己破産というやり方で葬り去ることに抵抗があった。

もちろん、勝算なんてなにひとつなかった。わかっていたことは、常軌を逸した大金を稼ぐためには、芸能界に復帰するしかないということだった。来る日も来る日も、知っている業界関係者にしつこく連絡を入れた。ほとんど無視されたし、二度と連絡してくるなと怒鳴られることもある中、唯一、現在の所属事務所だけが面会に応じてくれた。

「スポンサーを見つけるのが早道かもしれないね。うちじゃあさすがに、十億の肩代わりはできない」

沢崎にそう言われた。逆に言えば、スポンサーさえ見つかれば、復帰の道もあるかもしれないということだった。

大手酒造会社の会長である久米充郎は、紗奈子の知る限りもっとも金と権力をもっていそうな男だった。純米酒のCMに抜擢され、それが海外のフィルムコンクールで賞を受けたりしたので、一時は寵愛を受けていたと言ってもいい。何度も宴席に呼ばれていたし、紗奈子の顔を見るといつだってまぶしげに眼を細めて笑っていた。

出演していたCMは、スキャンダルの前年に紗奈子が出演するシリーズが終わっており、それでもイメージ的に迷惑をかけたことには変わりはないけれど、違約金が発生するなどのトラブルには至っていなかった。

久米は神戸に自宅があるが、東京にも別宅があって頻繁に上京している。銀座に、東京にいるときはかならず顔を出す高級クラブがあった。紗奈子はそこのママに、ひとつ貸しがあった。現在はワイン評論家になっている元プロ野球選手と一緒に、紗奈子は当時、グルメ番組のＭＣを務めていた。ママは彼の現役時代からの大ファンで、一度店に連れてきてほしいとしつこく頼まれていた。

紗奈子はその役目を果たし、彼はママの店の常連になった。それだけではなく、男女の関係にまで発展した。元プロ野球選手はすぐに感情が顔に出るタイプだったので、紗奈子はそのことに勘づいていた。

「お久しぶりです、ママ……」

電話を入れた。

「実は……久米さんが店に来たら教えてほしいんですけど……」

ママは断らなかった。窮地に追いこまれている紗奈子がなにを考えているかくらい察していたはずだが、やはり、元プロ野球選手の件を借りと考えてくれたのだろう。マスコミに、あることないことしゃべってもらいたくなかっただけかもしれないが……。

ママから連絡が入ると、紗奈子は純白のパンツスーツ姿で銀座に向かった。女がひとりで飲みにいくような店ではなかったし、なにしろ渦中の人物なので、紗奈子が扉を開けて入っていくと、黒服が眼を丸くしていた。

十卓ほどあるテーブル席は、ほぼ埋まっていた。久米はいちばん奥の席にいた。御年八十。すっかり禿げているので、頭蓋骨の形がよくわかるというか、瓢箪をひっくり返したような顔をして、骨と皮しかないのではないか、というくらい痩せている。ただ、ギョロリとした眼は生気に満ち、年のわりには滑舌も悪くない。いつものように、品のいい和服に身を包んでいた。

「一緒にいらっしゃるのは？」

ママに訊ねた。久米の席には、ホステスの他にスーツの男がふたりいた。

「会社の人。接待じゃなくて身内。でも、紗奈子ちゃん、あんまり派手なパフォーマンスはなしでお願いよ」

紗奈子はうなずいたが、約束を守るつもりはなかった。ここが正念場だと腹を括りながら、久米の席に向かった。

紗奈子に気づいた久米は、さすがに驚いたようだった。

「お久しぶりです、会長」

紗奈子は深く頭をさげた。

「このたびは御社に多大なご迷惑をおかけして、本当に申し訳ございませんでした」

顔をあげた。久米は笑っていなかった。いつもなら紗奈子の顔を見ると眼を細めるのに、眉間に皺を寄せた険しい表情をしていた。ダメかもしれない、と思った。

「女子アナは辞めて、ここで働きはじめたのかい？」

スーツを着た男が同情たっぷりに訊ねてきた。前に一度、宴席で顔を合わせたことがあるような気がした。たしか、子会社の役員だ。

「いいえ、アナウンサーを辞めるつもりはありません……辞めたくないんです……」

紗奈子はその場で土下座した。

「助けてくださいっ！　お願いしますっ！」

叫ぶように言うと、店は一瞬、水を打ったような静寂に包まれた。それほど広い店ではないから、紗奈子の叫びは店中に響き渡り、他の客も驚いたのだろう。

「わたし、このままじゃ終われませんっ！　なんとか復帰したいんですっ！　お力添えいただけないでしょうか？」

顔をあげると、久米の顔はますます険しくなっていた。人払いをするように手を動かすと、三人いたホステスが立ちあがった。スーツの男たちも続く。ひとり残った久米が、隣に座るように仕草でうながしてきた。

「礼儀を知らんじゃじゃ馬やな」

「申し訳ありません」

紗奈子は顔を伏せ、蚊の鳴くような声で言った。本当は派手に泣いてやるつもりだったが、涙なんて一滴も出なかった。ただ顔だけは燃えているように熱く、みじめに赤面していることは間違いなかった。女優にはなれないな、と思った。

「じゃじゃ馬は嫌いやないが、ワシらはいま、楽しゅう酒を飲んでいる。話があるなら、明日直接電話してくればええ。番号はママに訊いたらわかるやろ」

紗奈子はにわかには言葉を返せなかった。久米の言葉が前向きなものなのか、それとも門前払いなのか、判断がつかなかったからだ。

「もう帰りぃ」

久米が眼を細めて笑ったので、紗奈子の心臓は跳ねあがった。門前払いではないかもしれない、という期待がもてる笑顔だった。

「こんなところでうろうろしとると、ほんまにタレント辞めてホステスになったと思われてまうぞ」

翌日、紗奈子は久米に電話をかけた。

借金を肩代わりしてもいい、と言われた。それが返せるように便宜を図ることもやぶさかではないとまで言われたので、夢でも見ている気分だった。

だがもちろん、世の中にそんな都合のいい話はありはしない。

「温泉に行かへんか？」

久米は直球で誘ってきた。

「箱根の定宿に久しぶりに顔出そ思うてね。キミも一緒に来たらええ」

だろうな、と紗奈子は胸底でつぶやいた。はっきり言って、覚悟もしていた。紗奈子はいままで、仕事欲しさに体を差しだすような同業者を、心の底から軽蔑していた。しかし、十億の借金を背負っている傷物の女子アナを無償で助けてくれるような、そんな酔狂な人間がこの世にいるはずがなかった。

「心配せえへんでも、ワシはもう男として終わっとるんや……」

久米が続けた。

「あれが勃たへんのや。心臓も悪いから、女を抱くことができひん。なのに一緒に温泉に浸かりたい思うたのは……あんたが初めてや」

紗奈子は了解するしかなかった。難しいことは考えないことにした。

裸一貫になってしまったいまの自分に売れるものがあるとすれば、裸しかない。ならば売るしかないだろう。ソープランドで働くわけではないし、AVに出演するわけでもないから、世間に恥をさらすことにはならない。自分の体に十億の値がついたと考えれば、それはそれで女として誇らしいことかもしれないではないか。

あるいは……。

体を使った枕営業が屈辱であると感じるのならば、その屈辱をバネにして復帰へと駆けだせばいい。自分にはもう、それ以外に残された道はないのだ。

4

約束の日の前日、紗奈子はいったん八王子のウィークリーマンションを出て、恵比寿の自宅マンションに戻った。一泊とはいえ、旅行に行くなら荷造りが必要だし、八王子にはまともな服やコスメを持ってきていなかった。

当日家まで迎えにいかせると久米に言われていた。約束の時間に、巨大な白いレクサスが現れた。ハイヤーの類いではなく、旅館の送迎車だった。最寄りの駅までならともかく、東京の自宅までレクサスで迎えにきてくれるなどという話は聞いたこともなく、どれほどの高級旅館なんだと緊張した。

季節は晩秋で、そろそろ冬に差しかかろうとしていた。

空は鉛色の分厚い雲に覆われ、レクサスが箱根の山に入っていくと、紅葉もすっかり過ぎ去った寒々しい景色に迎えられた。

目的地の和風旅館は、入口がやけにひっそりしているのに、敷地はかなり広大なようだった。部屋数は十ほど、すべてが離れで、どの部屋にも専用の露天風呂がついていると、仲居に説明された。客同士が顔を合わせることは決してありません、とも……。

仲居に案内されて、畳敷きの長い廊下を進んだ。部屋に入ると、久米はすでに浴衣姿でくつろいでいた。湯気のたつ露天風呂をガラス越しに眺めながら、徳利酒をしみじみと飲む姿が、いつになく淋しげだった。

「どうしたんですか、遠い眼をされてましたよ？」

紗奈子はコートを脱ぎ、久米に酌をした。

「実にさまざまな女とここに来たなあ、と感慨に耽っとってん……」

「ふふっ、やんちゃだったんですね？」

紗奈子は軽口で答えた。密室でふたりきりの状況に身がすくんでいたが、もはやなにが起こっても、すべて受け入れるつもりだった。この期に及んでおぼこいふりをするのも、かえって恥ずかしい。

「しかしまあ、女とここに来るのも、これで最後やろ……」

「そんなことおっしゃらないでください、わたしでよろしければ、いつでもお供させていただきますから」

「嬉しいことを言ってくれるやないか。金の力というのはごっついもんやな。あの気が強い神谷紗奈子が、こんなにも女らしゅうしとる」

抱き寄せられ、まじまじと顔を見つめられた。紗奈子の瞳にも、久米の顔が映っていた。頭蓋骨の形が露わな、瓢箪をひっくり返したような顔が……。

額や頬にシミが浮かび、こちらを見るギョロリとした眼も黄色く濁って、おぞましいばかりだった。分厚い唇が、近づいてきた。思わず顔をそむけそうになったのをなんとかこらえ、眼を閉じるとキスをされた。口を開くのをためらっていたら、グロスが全部剝がれそうなほど唇を舐めまわされた。不快感に気が遠くなりそうだった。

「そんなに緊張せんでええ……」

久米はささやき、ベリィショートの髪を撫でてきた。

「全部ワシにまかせておけばええんや。かならず芸能界に復帰させたる。かならずや」

立ちあがり、浴衣の帯をといた。

「風呂入ろか」

久米は下着を着けていなかった。白髪まじりの陰毛に埋もれるように、ちんまりしたイチモツがぶらさがっていた。EDという話は嘘ではなかったようで、ほんの少しだけ安堵した。しかし、先に外に出ていってしまった久米を追いかけるため、裸になっていく心細さは、処女を失ったとき以上だった。ロストヴァージンのときでさえもう少し堂々としていたはずだと思いながら、紗奈子は自分で自分を抱きしめるように左右の二の腕をつかみ、背中を丸めて外に出た。

久米はすでに露天風呂に浸かっていた。陽はまだ落ちておらず、夕方になる前のぎりぎりの時間だった。

紅葉や新緑がなくても風光明媚と感心できる、見事な庭と露天風呂が目の前にあった。薄暗い中、濡れた岩肌が淫靡だった。こんな高級旅館を利用するのは、若い愛人をはべらせた大金持ちや権力者だけだろう。この濡れ光る岩肌は、何十年という長い年月をかけて、秘密のベールに包まれた男女の営みを目撃してきたのだ。

「お背中、お流しします」

紗奈子が両膝をついて言うと、

「ええから、一緒にお湯に浸かろうや」

久米に手招きされ、かけ湯をしてから露天風呂に入った。ぬるめで柔らかないいお湯だった。

「綺麗やな……」

ギョロ眼が放つ視線が、湯に半分浸かった乳房に浴びせられ、紗奈子は身をすくめた。

「いくつになったんや？」

「二十六です」

「女のいちばんいい年ごろやね。肌が湯玉をはじいとる」

鎖骨のあたりに、湯をかけられた。二の腕のほうに流れた湯は、たしかに玉になってこぼれ落ちていった。いつもは自分でもうっとりしてしまうが、今日ばかりは怖いくらいに心臓が早鐘を打ちだす。

湯の中で揺れている白髪まじりの陰毛の中で、久米のイチモツは相変わらずちんまりしたままだった。女を抱くことはできない、と彼は言っていたが、それは結合ができないという意味らしい。それ以外のことはするつもりだと、雰囲気で伝わってきた。ただ一緒に風呂に入るだけではすみそうもない……。

肩を抱き寄せられた。

「この年になるとな、女は眺めているだけで充分なんや。銀座あたりの着飾った夜の蝶と一緒に酒を飲んどるだけで、ほっこりした気分になりよる。やけど、たまにはこうして肌と肌を触れあわせるのもええもんやね……」

乳房をそっとすくいあげられた。肌の感触を味わうように撫でまわされ、やわやわと揉みしだかれた。声を出したほうがいいのだろうか、と思った。そんなふうに男に気遣ってセックスしたことが、紗奈子にはなかった。

それでも、乳首をいじられれば尖ってくる。湯の中でもじもじと腰が動きだす。感じているわけではない。息のかかる距離にある久米の顔は正視することができないほどおぞましいものだったし、鶏の足を彷彿させるような、骨と皮ばかりの手指もまたそうだった。

　これは救世主の手だ——そう思いこもうとしても、無理だった。生理的な拒否反応が先立って、エロティックな気分など何万光年も向こうにある。

「全部見せてもらえるか」

　久米が耳元で生温かい息を吐いた。女がいちばん見られたくない部分を、見せろと言いたいようだった。

　紗奈子は平らでつるりとしている岩に湯をかけ、腰をおろした。ゆっくりと、両脚を開いていった。伏せた睫毛《まつげ》が震えていた。

「意外やね……」

　生温かい吐息が、女の花にかかった。

「びっくりするほど可愛いオメコやないか。使いこんでないやろう？」

「わっ、わたしは昔から男の人が苦手で……」

　うわずった声で言った。

「そういうふうには見えないかもしれませんが、恋愛経験なんて片手で数えられるくらいで、だからなにもわからず信じてしまって……」

スキャンダルの言い訳をしたかったのだが、

「そういう話はええ。せっかくの可愛いオメコが艶消しになる」

久米は眉をひそめて言った。

「まったく残念や……ワシが男でいられるうちにこないなチャンスがあれば、女の悦びじーっくり教えこんだったのに……」

花びらに、舌が這ってきた。紗奈子が声をあげて喉を突きだしたのは、感じてしまったからではない。天を仰ぎたい気分だったからだ。曇天の空は夕焼けもなく、ちょうど夜の色に落ちていくところだった。まるでこれからの自分の運命を暗示しているように感じられ、ねろねろと花を舐めまわされながら、涙をこらえるのが大変だった。


風呂からあがっても、久米はクンニリングスをやめようとしなかった。結合ができないぶん、それだけは心置きなく行なおうと胸に誓っているようなすさまじい執念深さで、四、五時間も紗奈子の股ぐらに鼻面を突っこんでいた。

「夕食の準備ができました」

仲居が襖の向こうで言っても、

「あとでええ」

と追い返す有様だった。

たっ、助けてっ……。

紗奈子は涙をこらえて悶絶していた。いくら異性として見られるはずがない老人とはいえ、久米のことは尊敬しているし、これから大恩人になってもらう人でもある。人として嫌悪しているわけではないから、しつこく舐められていれば感じてくるかと思っていたが、そうはならなかった。

なにをされても体の芯が熱くなることはなく、自分の行ないが最低のことのように思われるばかりで、顔だけが熱くなっていく。しきりに身をよじっているのは、巨大なナメクジが股間を這いまわっているような不快感が耐えがたいからであり、かろうじて蜜だけは漏らしているようだったが、じゅるっと音をたててそれを啜《すす》られると、体中の産毛をチリチリと焦がされるような悪寒が襲いかかってきた。

「遠慮せえへんで、気をやりぃ」

「えっ……はっ、はいっ……」

うなずいたものの、どれだけ頑張っても無理だろうと思った。久米の愛撫で、絶頂に達する気がしなかった。上手いとか下手とかの問題ではなく、どこを舐められてもおぞましいだけだからだ。

紗奈子にしても、できることならイッてしまいたかった。いっそのこと久米のEDが奇跡的に治り、この体を貫かれたっていいから、すべてを忘れてしまうくらい感じたかった。頭を真っ白にして、肉の悦びに溺れてしまいたかった。

「ああっ、イクッ……イッちゃいますっ……」

ビクンッ、と腰を跳ねあげたのは、演技だった。久米を満足させるにはそれしかないと判断したからだが、偽物のオルガスムスを演じた瞬間、土砂降りの雨のように自己嫌悪が降りかかってきた。

なかなか中でイケないね。僕のやり方がまずいのかな——かつて付き合っていた恋人に言われたことがある。

そのとき紗奈子は、大変な剣幕で怒った。女をイカせることにこだわっている男は、なにか勘違いしている。女はたとえ絶頂に達しなくても、好きな男と裸で抱きあっているだけでも心地いいものなのだ。セックスとはスキンシップであり、対等なコミュニケーションであって、女を絶頂にいかせることによって女を支配したと思いたがる男には、セックスをする資格がない——そんなことをこんこんと説いたはずだ。

その自分が、イッたふりをしてしまうなんて……。

「ええイキッぷりやった……」

久米は分厚い唇を歪めて笑った。

「若鮎みたいにピチピチ跳ねとった。このオメコ、可愛いくせによく濡れるし、感度も最高や。たまらんな、これは……」

たまらないのはこちらのほうだ、と紗奈子は胸底で泣き叫んだ。久米はいっこうに紗奈子の股ぐらから顔を離そうとせず、ますます熱っぽく舌を這わせてきた。

ゴールを決められないまま走らされるマラソンほど、きついものはない。どうすれば久米が満足してくれるのかわからないまま、紗奈子は感じているふりをつづけ、絶頂の演技を繰り返すしかなかった。

「ああんっ、またイクッ……紗奈子、イッちゃいますっ……」

本当に感じているとき、そんなことは言わない。イッちゃいますと媚びたように言うこともなければ、間違っても自分を名前で呼んだりしない。

「ああっ、おかしくなっちゃうっ……気持ちよすぎておかしくなっちゃいますっ……」

気持ちがよくはなかったが、自己嫌悪でおかしくなりそうではあった。これが枕営業というものなのか、と思った。それをしている同業者を蔑んでいた紗奈子だが、尊敬したくなってきた。こんなことを日常的にやっていて、精神の平衡が保てるなんてたいしたものだ。神経が図太いとかいうレベルではなく、ある意味一種の才能だ。

「よっしゃ、ワシのものもちょっと舐めてもらおうか」

女性上位のシックスナインにうながされた。白髪まじりの陰毛に埋まったちんまりしたものを口に含んだときの絶望感を、紗奈子はいまも忘れてはいない。グルメ番組で食用の芋虫を食べさせられたことがあるが、そんなものは足元にも及ばないほどの不快感で、くにゃくにゃした気持ちの悪い感触が、何日も口の中から消えてくれなかった。

「ああっ、おいしいっ……久米さんのオチンチン、とってもおいしいっ……」

苦行以外のなにものでもなかった。久米は最後まで勃起することなく、その代わりにちんまりしたままのものを、顎が痛くなるまで何十分もしゃぶらされた。


苦行からようやく解放されたのが、夜の十時近くだった。

仲居によって夕食の膳が運ばれてきたが、久米はぬる燗を一本飲み、前菜を少しつまんだくらいで、床に入ってしまった。

「ここの料理はなかなかやから、ひとりでのんびり楽しんだらええ」

襖の向こうからすぐに大きな鼾《いびき》が聞こえてきた。神経を逆撫でされるような音で、紗奈子は箸を置いた。そうでなくとも、食欲などまったくなかった。近江八景彫の座卓に並んだ料理が、贅を尽くした山海の珍味であることくらい見ればわかったが、刺身ひと切れ口にする気になれなかった。

下半身のいちばん深いところで、熾火《おきび》のように燻《くすぶ》っているものがあった。四、五時間も延々と舐めまわされていれば、花びらやクリトリスがふやけていてもおかしくない。なのにイケなかった。意地を張っていたわけではなく、感じたくても感じられず、イキたくてもイケなかったのだ。

右手が自然と、下半身に近づいていった。浴衣の前を割ると、太腿と陰毛が露わになった。ショーツは穿いていなかった。そんな野暮なことはするなと久米に言われたからだが、ショーツを穿いていれば股布を無残に汚していただろう。

紗奈子は濡れていた。内腿まで垂れてきていた。浴衣をめくったことで、熾火のように燻っているものの正体があきらかになった。

「んんっ……」

陰毛の茂った小丘を撫でると、ビクンッと腰が跳ねた。眩暈を誘うような快感がしっかり訪れたので、安心した。あれだけ執拗に舐めまわされてイケなかったなんて、不感症になってしまったようで怖かったのだ。

だが違った。この体には豊かな性感が残されたままで、自分の指で花びらに触れればこんなにも気持ちいい。イケなかったのは、御年八十のナメクジのような舌を生理的に受けつけなかったからであり、女の悦びを忘れてしまったわけではない。

畳の上にごろりと寝転ぶと、両脚が付け根から爪先までほとんどすべて露わになった。浴衣をはだけたこんなしどけない姿を見せつけてやれば、どんな男だって生唾を吞みこむはずだった。眼をつぶって、妄想の世界に入った。権力者の老人に穢《けが》されたこの体を、やさしく、やさしく、慰めてもらう……。

クリトリスに触れようとしていた中指が、動きをとめた。

自分が求めているのは、そんなことなのだろうかと思った。紗奈子はいままで、男にやさしく扱われてきた。横柄な態度の男など最初から願いさげだったし、柔らかな布で玉を磨きあげるように接してくる男だけを求め、ベッドでも紳士的に振る舞うことが確信できるまで、決して体を許してこなかった。

しかし、そんなセックスで自分は癒されるのだろうか。

襖の向こうから聞こえてくる久米の鼾は、ますます大きくなっていくばかりだった。あんな老人の慰みものにされ、絶頂するふりをしてしまった自己嫌悪を、いつもと変わらぬ甘ったるいセックスを思いだしたくらいで、拭い去ることができるのか。

生き馬の目を抜く芸能界を生き残っていくには、枕営業くらいできる図太さがないとダメよ——そううそぶく女がいる。

他人がとやかく言うことではないかもしれないし、一抹の真理さえ含まれているのかもしれなかったが、紗奈子はそういう生き方を拒んできたし、これからも拒んでいくつもりだった。なのに、やってしまった。他に復帰する道はなかったとはいえ、自分で自分を裏切った。そんな自分がどうしても許せない。甘ったるいセックスで慰められたくなんかない。

むしろ、罰を与えてほしかった。

めちゃくちゃに犯されたかった。

もちろん、実際にレイプされたいということではない。そうではなく、自分を辱めた老人の鼾を聞きながらする自慰には、嵐に巻きこまれたように激しく凌辱される妄想こそが相応しいと思ったのである。

「くっ……」

敏感な肉芽に触れると、驚くほど硬く尖っていた。ふやけてなどいなかった。紗奈子の指は、花びらの間から蜜をすくいつつ、ねちねちとそれを撫で転がした。

頭の中では、思いつく限りの凌辱場面を思い描いていた。何人かがかりで寄ってたかって服を脱がされ、両手両脚をX字に押さえつけられて、女の恥部という恥部を視姦される。何本もの手が、数えきれないほどの指が、白い素肌の上を無遠慮に這いまわり、性感帯という性感帯をまさぐり抜かれる。

紗奈子は感じたりしない。レイプをするような人間の屑の愛撫で、感じるわけがない。だが、男たちはそんな紗奈子を嘲笑いながら、乳首をひねりあげてくる。頬にビンタだってされるかもしれない。

恐れおののく紗奈子の股間に、男のひとりが唾液をなすりつけてくる。濡れていない花を強引に濡らし、肉の凶器で貫くためだ。ずぶりと割れ目の中に侵入してくると、肉と肉とがひきつれるのもかまわず、激しい連打を浴びせられる。そこまでされれば紗奈子だって濡れてくる。気持ちとは無関係に、体の自己防衛本能が働くからだ。乾いたまま性交をすると、膣が傷ついてしまうのだ。

「こいつ濡らしてるぜ。レイプされてるのに、オマンコぬるぬるだ」

紗奈子は悲鳴をあげるだろう。喉が嗄《か》れる勢いで泣きわめく。それでも男たちは容赦しない。自分勝手に興奮し、断りもなく中出しだ。煮えたぎるような白濁液を、子宮に浴びせられる。ひとりが終われば、すかさず次の男がむしゃぶりついてくる。呼吸を整える時間さえ与えられず、したたかに貫かれる。それが代わるがわる、何人も何人も……。

「ああぁっ……はぁああぁっ……」

自慰に耽る紗奈子は、声をこらえることができなかった。発情の熱気を孕《はら》んで天井まで上昇していくあえぎ声が、襖の向こうから聞こえてくる久米の鼾とからまりあっていく。

紗奈子に元からレイプ願望があったわけではない。

あの日から、自慰の有りようが変わったのだ。

紙をくしゃくしゃに丸められるようなやり方で犯し抜かれるところを想像しなければ、指が動かなくなった。ひどいやり方でレイプされるところを生々しく想像すればするほど、ひとりで燃え狂った。

アナウンサーに復帰できたとはいえ、それが枕営業という汚れ仕事の上に成り立っていることを自覚しない日はなく、ひとりベッドに入れば、レイプされることばかり考えていた。自分に罰を与えたいという願望が転化したその妄想は、いつしか日々の自慰に欠かせない快楽装置になっていった。


久米は約束を守って十億円を肩代わりしてくれたし、彼の力で朝帯の情報番組のメインキャスターにも採用してもらうことができた。

紗奈子にとって幸運だったことは、その直後、久米に癌が発見されたことだった。入退院を繰り返す、長い闘病生活が始まった。入院すればかならず見舞いにいったし、花を贈ったり、手書きの手紙を書いたり、闘病中の彼に対してできる限りの気配りはしたが、温泉に誘われるようなことは二度となかった。家族や側近が出入りしている病室で、おかしなことを求められたこともない。
それだけが、救いと言えば救いだった。

第六章　犯されたい女

1

「解散しましょう」

二階から降りてきた瑠璃が言ったので、貴島は驚いた。椿と櫻もポカンとしている。

久しぶりの４Ｐで大いに盛りあがったあとだった。貴島たちは先に身支度を整えて一階の応接室でくつろいでいた。午後十一時を過ぎていたので、食事に行くのは次回ということになった。美容に気を遣っている彼女たちは、深夜に食事をすることを好まない。

それでもすぐに帰宅するには神経が昂ぶりすぎていて、応接室でシャンパンを抜いたところだった。こういう場合、小一時間ほどのんびり酒を飲んでから解散、というのがいつものパターンだ。にもかかわらず、いきなり解散？

「はっ？　どうしたんですか、瑠璃さん」

椿が怪訝《けげん》そうに眉をひそめ、

「あたしー、もうちょっと余韻に浸ってたいー」

櫻が甘えた声で言った。

「久しぶりに思いっきりイッたあとなのに、すぐ解散なんて野暮ですって」

「そうじゃないの。いまこの場を解散しようっていうんじゃなくて、〈エクスタシス〉を解散しましょうって話」

貴島は表情を険しくした。椿と櫻はあんぐりと口を開いている。

「わたしたち、仲よくなりすぎちゃったのかもしれない……」

瑠璃は冷蔵庫からキリンの缶ビールを出し、プシュッと開けて飲んだ。

「今日4Pしながら、そんなことふと思っちゃったのよ……」

「仲がいいのの、どこが悪いんですか？」

椿が唇を尖らせた。

「だいたい、仲よくなるために4Pしたんでしょ？　瑠璃さん、最初のときそう言ってましたよ」

「それとこれとは話が違うのよ。固めの4Pのときは、仲間意識を育む意味もあったし、こういう仕事だから、お互いのセックスを知っとく必要もあったわけ。でもいまは……もはや仲間というより、家族よね。いまはまだ大丈夫だけど、あと半年もしたら、4Pやっても興奮できなくなりそう。ほら、不倫男がよく言うじゃない？　家庭にセックスはもちこまないって」

「意味がわかんないです」

椿が忌々しげに鼻に皺を寄せ、

「あたしも……ちょっとその判断は性急すぎるんじゃないかと……」

櫻も同意する。

「そうかしら？　なんかわたし、前ほど燃えられない……」

瑠璃は真剣な面持ちでふたりを見た。

「もちろんね、若い男を調教してるほうがいいとか、そういうことを言いたいわけじゃないわよ。掛け値なしに、ここでする4Pがわたしにとって最高のセックス。手塩にかけてつくりあげた夢のハーレム……でもね、いまがピークな気がするの。つまり、あとはくだってくだけよ」

椿と櫻は挑むような眼を瑠璃に向けたが、

「オーナーの言うこと、わかる気がするな」

貴島がボソッと言ったので、その眼はこちらに向けられた。

「なにごとにも潮時ってもんがある。この店にそれがあるとしたら、いまかもしれない」

「先生までなに言いだすんですか？」

椿が低く絞った声を震わせる。

「いやね、おまえに言われてそう思ったんだよ。神谷紗奈子を贔屓してる、他の客を見る眼と違うって……わざとそうしてるつもりはないけど、自分の中でなにかが変わりつつあるのかもしれない。解散までする必要があるのかどうかはわからないけど、なんだか崩壊の足音が聞こえた気がした」

「そうよ！　そういうことがわたしも言いたかったのよ！」

瑠璃が声を跳ねあげた。

「貴島さんが女子アナに入れあげて、椿がそれに嫉妬して、貴島さんがおまえのほうが大事だよなんてやさしく頭を撫でたりして……これはもう、家族の一歩手前よ。わたしがやりたかったのは、家族経営の町中華みたいなものじゃないの。もっとひりひりして、めくるめく快楽だけが怒濤のように渦巻いてる、エロスの神殿をつくりたかったの」

「実現してるじゃないですか」

櫻が諭すように言った。

「せっかくうまくいってて、お客さんが引きも切らないのに、やめるのもったいないっていうか……瑠璃さんや先生がやめるっていうなら、わたしと椿ちゃんのふたりだけでも、ここを引き継いで……」

「あのね、櫻……」

瑠璃は遠い眼をして首を横に振った。

「虹っていうのはすぐに消えちゃうからありがたがられるのよ。名前変えてここで営業続けるとか、そんなしみったれたこと考えなさんな。ふたりとも創業時からの功労者だから、言い値で退職金払ってあげる。銀座でも青山でも、一等地でサロンを開けばいい」

「派遣のほうもやめるんですか？」

「あたりまえでしょ。〈エクスタシス〉は一夜にしてパッと消える。そして伝説よ。カッコいいと思わない？」

櫻はやれやれと溜息をついたが、椿は両手で顔を覆って応接室を飛びだしていった。パタパタという足音に続き、玄関からも飛びだしていく音が聞こえてくる。

「椿ちゃん、今日はご乱心だなあ……」

櫻は瑠璃と貴島を見て苦笑すると、

「落ち着かせて、ゆっくり話しあってみます」

　そう言い残して椿を追っていった。

「……ふうっ」

　瑠璃は息を吐きだし、貴島が座っているソファの隣に腰をおろした。彼女でも、人に甘えたいときがあるらしい。貴島の膝の上に両脚を投げだしてきた。

「どう思った？」

「なにがです？」

「わたしの決断」

「オーナーらしいかと」

「どこが？」

「何事にも執着しないところが」

「へええ」

　瑠璃は挑発的な笑みを浮かべた。

「女嫌いの貴島さんは、やっぱり女心がわかってないんだなー」

「どういう意味です？」

「このままだと、執着しちゃいそうだと思ったから、やめるのよ」

「執着？　この店に？」

「あなたによ！」

視線と視線がぶつかった。先に眼をそらしたのは、瑠璃だった。

「あなた今日、わたしとしながら神谷紗奈子のこと考えてたでしょ？　女はわかるからね、そういうの。わたし、最初から決めてたのよ。あなたが誰かを愛するようになったら、お店はやめようって……わたしは誰も愛さないあなたを愛していたから……」

貴島は言葉を返せなかった。

「どうしてくれようって、イキながら考えてたわよ。訳のわからない女子アナなんかに、あなたをとられたくなかったのよ。いまのわたしが本気出したら、女子アナなんかひと捻りなんだから……でも、そういうの醜いなって、イッたあと思った。わたしじゃないなあって」

「彼女は悪くありませんから……」

「そういうところよ！　そういうところが椿のことも傷つけたんでしょ！」

悲鳴じみた怒声を浴びせられ、貴島はなにも言えなくなった。

瑠璃はふうっと息を吐きだすと、声音を改めて言った。

「貴島さんも創業時からの功労者だから、言い値で退職金払います」

「辞退しますよ。オーナーのおかげで、ずいぶんと稼がせてもらいました。隠居してもいいくらいに」

「わたしはあなたの何十倍もボロ儲けしてんのよ。風俗って本当に儲かるのね。このお店にはそれなりにお金かけてるけど、派遣なんて男の子を右から左に動かすだけで、大判小判がざっくざくよ」

「オーナーの仕込みがよかったんでしょう」

貴島は笑ったが、瑠璃は笑わなかった。

「とりあえず一億振りこんどくけど、必要になったらいつでも言ってきて」

「もう二度と会わないみたいな口ぶりじゃないですか？」

「そうね。そのほうがいいと思わない？　顧客の年会費の精算とかは、税理士事務所にでも丸投げしとく。椿があの調子だから、あの子たちはちょっとケアしてあげるけど、あなたとは今日でおしまい」

もう一度、視線と視線がぶつかった。

「……わかりました」

今度先に眼をそらしたのは、貴島のほうだった。瑠璃の瞳に、見たこともないような愁いが浮かんでいたからだ。

「最後だから、ひとつわがままきいてくれないかな？」

膝に乗せた両脚を人魚の尻尾のように揺らした。

「なんでも言ってください」

「朝まで一緒にいてほしい」

「えっ……まだ満足してないんですか？」

貴島が眼を丸くすると、

「そうじゃないの」

瑠璃はせつなげに眉根を寄せた。

「思い出話をしながら、正体を失うまでベロベロに酔っ払うの。面白いこと、いっぱいあったじゃない？　あなたのお店で最初に誘ったときから、なんかわたし、めちゃくちゃだったし……そういう話をたくさんして、もう一滴も飲めないってところまで飲んだら、裸になって寄り添って寝るのよ。エッチはしないのよ。おやすみのキスだけ」

静寂が訪れた。瑠璃らしからぬ甘い台詞に、贅を尽くした応接室までが驚いて、絶句している感じだった。

「たしかに……面白いこと……たくさんありましたねえ……」

貴島の言葉にコクリとうなずいた瑠璃の眼には、涙が浮かんでいた。貴島もまた、涙に視界が霞んで、瑠璃のことがよく見えなくなっていった。

2

紗奈子はＢＭＷのハンドルを握って、銀座に向かっていた。

ブルーメタリックの320i グランツーリスモ M Sport。

最近、局には毎日愛車で出勤している。もともと運転は好きなほうなのだが、ここ半年ほどは疲れている日が多く、局のハイヤーに頼りきりだった。

ただ、明日からの夏休みにクルマで遠出をする計画を立てているので、ドライビングの勘を取り戻しておきたかったし、愛車の状態も知っておきたかった。

夏休み……。

帯番組の出演者は普通、七月から九月にかけて、一週間ずつ順番に休みをとる。前後の週末を含めれば九連休になるわけだが、通常は祝日も休めないので、その代わりのようなものだ。

七月の第一週、いのいちばんに紗奈子が休みをとることになった背景には、局の上層部の意向があった。紗奈子が休んでいる間、メインキャスターの代打として、真木菜緒を起用するつもりなのだ。最近結婚したばかりで、幸せオーラ全開の局アナを……。

──神谷紗奈子、新妻アナに〈モーニン！　モーニン！〉を追いだされるか？

数日前、そんな見出しが夕刊紙の一面を飾った。日付以外はすべて誤報と言われている悪名高きタブロイド紙の飛ばし記事だが、それでも紗奈子のショックは大きかった。

実際、追いだされるのだから……。

真木菜緒の代打は、秋の改編でメインキャスターを交替させる布石だった。局が事務所に通達してきたくらいだから、交替はもはや決定事項に違いない。紗奈子に残された役割があるとすれば、視聴率低迷の責任をひとりで被って身を引くことだけ……。

もう溜息も出なかった。

朝帯のレギュラーを失えば、その先の運命は限りなく暗いものとなるだろう。ヘアヌード、大胆な濡れ場、あるいは……引退して自己破産。

正直、裸の仕事をするくらいなら、引退してもいいような気がした。四年前は意地を張り、したくもない枕営業までして、芸能界に復帰した。あのときのような勢いが、いまの自分には、もうない。世間に裸をさらしてまで芸能界にしがみついているより、一般人になって静かに暮らすほうが、むしろ潔く思える。

一般人になれば恋だってできるし……。

そう思うと、口許から笑みがこぼれた。乾いた自嘲の笑みだった。たしかに、恋愛禁止がなくなるのだから、男と付き合っても誰にも文句は言われない。だが、紗奈子はもう、恋の仕方を忘れてしまった気がした。

昔はそうではなかった。自分のようなタイプは結婚には向いていない――それにはわりと早くから気づいていたけれど、恋愛こそが人生の花であることを疑っていなかった。いつだって、きらびやかでロマンチックな恋に憧れていた。

大学時代からテレビ局に出入りしていたので、素敵な男をたくさん見てきた。合コンの類いは苦手だったが、女子アナなどをしていればパーティにもよく呼ばれたし、出会いもたくさんあった。

もういいかな、と思う。出会いと駆け引き、少しでもよく見られたいという思いと、本当の自分を知ってほしいという思いのせめぎあい――考えるだけで面倒くさい。日夜メイクのテクニックを磨き、洋服のことばかり考えているくせに、そういうもので飾られていない、生身の自分を愛してほしがる矛盾。自分だって極端な面食いで、肩書きや経済力のない男など洟《はな》も引っかけないのだから、生身の男など愛せやしないのに……。

波長が合い、相手のことをもっと知りたくなり、恋にどんどんのめりこんでいく魂の躍動感には、たしかに魅惑されるものがある。だが、そういう感情もやがて落ち着き、価値観の違いばかりが眼につくようになる。もともと他人同士なのだから、価値観がぴったり一致することなどあるはずがないのに……。

引退しても恋すらしないなら、一般人になった自分は、なにをして日々を過ごしていけばいいのだろう？　寿命が百歳とすれば、あと七十年。そんな気が遠くなるほど長い命の残りを、どうやって使えばいいのだろう？　たったの三十歳でこんなにも枯れてしまって、本当にそれでいいのか？

考える必要があった。じっくり考えて自分なりの結論を出すために、明日から九日間、旅に出ることにした。目的もなく、クルマでひとり旅。そんなことをしたことはなかったが、ひとりでいることには慣れている。

どうせ東京にいてもすることがない。自分の映っていない〈モーニン！　モーニン！〉のオンエアを観て落ちこんだり、佳乃からのＬＩＮＥにうんざりするくらいが関の山だ。彼女とは連絡を絶っている。ＬＩＮＥを既読にすることすらない。事務所の手先となっているような女とは、もう二度と会うつもりはない。

ならば、風の向くまま気の向くまま、ひとり旅でも楽しんだほうがずっといい。星が綺麗な場所を見つけたら、車中泊だってしてやる。ひと晩中、満天の星でも眺めていれば、こんな自分でも、ちょっとは人生の真理に気づくことがあるかもしれない。

銀座にやってきたのは、百貨店でスーツケースを物色するためだった。手持ちのものを久しぶりにクローゼットから引っぱりだしたら、キャリーバーが壊れてしまっていた。

BMWをパーキングに入れ、百貨店に入った。平日の午後のせいか、どこのフロアも閑散としていた。その光景が逆に、紗奈子の購買意欲を刺激した。ついでに、下着でも新調しようか。誰かに見せるためではなく、自分自身の気分を高めるために、びっくりするほどエッチな高級ランジェリーを……ダサくないやつを……。

えっ……。

スーツケース売り場に辿りついた瞬間、紗奈子の足は前に進まなくなった。先客がいた。見覚えのある男だった。

貴島である。

鼓動が乱れ、両膝が震えだした。貴島はこちらに気づいていなかった。いまのうちに踵《きびす》を返すのだ、と思っているのに、足がすくんで動けない。

彼と最後に会ったのは十日前？　いやもう二週間近く前になるかもしれない。〈エクスタシス〉には、あれから連絡を入れていない。請求書にあった金額を振りこんで、それっきりだった。

櫻に「会員になるのはやめたほうがいい」と言われたことがこたえていた。借金もちの紗奈子にとって、〈エクスタシス〉の入会金や年会費は決して安いものではない。ほとんど清水買いなのに、あそこまで嫌われてしまっては、会員になるのは気が引けた。貴島はともかく、あのロリータコンビは本当に苦手だ。

　それに、朝帯を降板させられたら、女としての輝きや潤いなど、どうだってよくなる。自分の容姿についてあれこれ思い悩む日々から、よくも悪くも解放される。

「あれ……」

　動けないでいるうち、貴島に気づかれてしまった。

「こんな偶然があるんですね、驚きました」

　驚いたのはこちらのほうだ、と言いたかったが言えなかった。話ができる距離まで近づいてきた貴島は、妙にさっぱりした顔をしていた。表情が柔らかく、雰囲気が人懐こい。こんな人だったろうか？

「わっ、わたし、その……」

　紗奈子は上ずった声で言った。

「会員になるかどうか、いま前向きに検討中というか……ごめんなさい……」

　自分でも、なにが言いたいのかよくわからなかった。ビジター利用だけして会員にならなかったことに、多少の後ろめたさはあったものの……。

「いや、会員にはもうなれませんん」

貴島は柔和な笑顔を浮かべたまま言った。

「あの店は解散したんです。もう営業しておりませんので……」

「……〈エクスタシス〉が？」

「はい」

紗奈子はしばしの間、呼吸を忘れるほどの衝撃を受けていた。


汐留から首都高速に入った。

目的地はないが、とりあえずお台場方面に進む。

紗奈子の運転するBMWの助手席には、貴島が座っていた。百貨店のスーツケース売り場で「少しお話しできますか？」と訊ねたところ、貴島は快諾してくれた。とはいえ、誰に見られるかわからない銀座あたりのカフェに入るわけにもいかず、クルマに同乗してもらえるようお願いした。

首都高を流しながら密会するのは、かつての恋人とよく使った手口だった。一般道より見つかりにくいし、信号に苛々することなくドライブも楽しめる。

どっ、どうしよう……。

自分で誘っておきながら、紗奈子は自分がなにを話したいのかよくわからなくなってしまった。どうして誘ったのだろうと、後悔さえこみあげてきた。

車内でふたりきりになるなり、貴島の存在感はいや増した。なにをされたわけでもないが、紗奈子のほうが意識せずにはいられなかった。

彼には秘密を握られている。セックスした男なら何人もいるし、ということはそれだけ裸を見られたり、恥もかいているわけだが、彼にさらしたのはそれ以上のことだった。にもかかわらず、セックスしていないというのがよけいに居心地が悪い。体を重ねていれば、お互いに恥をさらしているからだ。

自分が乱れている姿も正気のときには思いだしたくないものだが、男が射精に至るときの顔だって相当に間が抜けている。快楽を分かちあっている間、そういう姿をさらしあうからこそ、セックスというものは男と女を結びつけるのだろう。しかし、貴島と紗奈子に、そんな絆はない。紗奈子が一方的に恥ずかしいところを見られただけなのである。

「どっ、どうして……」

沈黙に耐えられなくなり、紗奈子は切りだした。

「どうして〈エクスタシス〉は解散になったんですか？　すごく順調だって聞いてましたけど……」

富裕層の女性客をごっそりと取りこんでいると、佳乃が言っていた。彼女は〈エクスタシ

ス〉の創業当時からの常連客だ。もしかすると、既読にしなかったLINEに、解散につい
てなにか書かれていたのかもしれない。
「詳しい事情は申し上げられませんが……もう五年もやってますからね。潮時だったんです
よ。私自身は納得してます」
貴島は長い溜息をつくように言った。
「そっ、そうですか……残念と言うか、なんと言うか……」
紗奈子が口ごもると、貴島は声音を改めて訊ねてきた。
「せっかくだから教えてください。本当に会員になることを前向きに考えてました？」
「えっ……それはっ……」
まったくの嘘ではなかったが、完全なる本気とも言えない。次に訪れるときのことを、リ
アルにスケジューリングしていたわけではない。
だがその一方で、お金さえ払えばいつでも利用できる、という安心感もあったのだ。だか
らこそ、解散の話を聞いて衝撃を受けた。店がなくなってしまったら、いくらお金を積んだ
ところで、二度とサービスは受けられない。
「実はですね、あなたへの扱いがスタッフの間でも問題になってたんです。特別扱いだとか、
贔屓してるとか……」

「それってあの……」

底意地の悪いロリータコンビが言ってたんですか、とはもちろん訊ねられなかった。

「椿というエステティシャンがいたでしょう？　ブルーのウィッグを被っていた。彼女に言われたんです。私があなたのことを愛してるとまで……そんなことあるはずがないのに……」

貴島は苦笑した。自嘲のようにも聞こえた。

「私は女を愛せない男ですからね。誰のことだって愛したりするはずがない。でも、あなたのことを特別扱いしてたのは本当なんです。あんなふうにお客さまを扱ったのは、あなただけだ」

「どっ、どうしてっ……」

紗奈子は声が震えだすのをどうすることもできなかった。

「わたしとしては、その……普通の扱いのほうがよかったというか……こう言ったらあれですけど、けっこうメンタルにきちゃったくらいで……わたしがいけないんでしょうか？　最初に犯されたいなんて言ったから……」

「いいえ、悪いのは私です。あなたには本当に申し訳ないことをした。これでもプロですから、お客さまの求めているものがわからないわけじゃない。あなたはあんなふうに扱われることを望んでいなかった。でも私は、ああせずにはいられなかった。最初から異例のことばかりしてました。普通なら自慰でイカせたりしないで、セックスしてます。別のお客さまのプレイを見せて放置することも、ビジターのお客さまにはしたことはない……愛していたのかもしれないと、いまになって思いますよ。ただし、あれが私の愛し方であるとするならですよ。ハハッ、誰にも理解されない愛だ……我ながら呆れてしまう……」

紗奈子は言葉を返せなかった。怖いくらいに体が熱くなっていて、フロントガラスの向こうを睨むように見つめていた。レインボーブリッジが見えてきた。先行しているクルマがなかったので、思いきりアクセルを踏みこんだ。エンジンが唸りをあげ、熱くなった体にGがかかる。

なるほど……。

あれが貴島なりの愛だったという話が、不思議なくらい腑に落ちた。それどころか、なんだか妙に嬉しかった。

貴島は女を憎んでいる。最初は、自分のことを嫌っていると思っていた。嫌っているから執拗に恥をかかせたのだと……。

しかし、佳乃を責めているところを見て、考えが変わった。女という存在そのものを憎んでいるのではないか、と思った。それがどういうことなのか、いまのいままでわからなかったが、ようやく少しだけわかりかけた気がした。

愛の反対は憎悪ではない。無関心だ。憎悪はむしろ、愛の後ろ側に隠れている。甘い言葉を交わしているときも、夢中になってお互いを求めあっているときでさえぴったりと背中に寄り添って、愛に亀裂が入ったとき、その醜い姿を前面に現す。

そうであるなら、憎悪の後ろにも愛があるはずだった。普通の愛ではないかもしれない。それもまた、憎悪によく似た醜い姿をしているのかもしれないが、愛は愛だ。

憎悪の姿をした愛……。

愛の発露としての辱め……。

「運転、上手なんですね？」

貴島が言った。いったいどこまで行くつもりなんだい？　というニュアンスが込められていた。飛ばしすぎてしまったので、そろそろ羽田空港というところまで来ていた。

「あのスーツケース……」

紗奈子はスピードを落とさずに言った。

「さっき買ったスーツケースですけど、旅行にでも行くんですか？」

百貨店で、紗奈子はスーツケースを買い求めた。貴島も紗奈子のものよりひとまわり大きいそれを買っていた。

「いえ、旅行じゃないです」

貴島は言った。

「東京を引き払って、しばらく地方をぶらぶらしようと思いましてね。東京にいると、〈エクスタシス〉のお客さんにばったり会ってしまうかもしれない。今日みたいに……長年の会員さんなんかだと、合わせる顔がない」

「わたしも明日から夏休みなんです。九連休で……」

「ほう、優雅にバカンスでも行くのかな？」

「クルマで旅行にいくつもりでした。目的地のないひとり旅」

「それもまた優雅なバカンスだ」

「でも、気が変わりました」

紗奈子はＢＭＷを羽田空港のパーキングに入れた。空港に用事があったわけではない。クルマを停めたかったのだ。貴島の顔を見て話したかった。

「ねえ、貴島さん……」

エンジンを切って、眼を向けた。

「明日から九日間、わたしの相手をしてくれません？　地方をぶらぶらしようと思ってたなら、時間はあるでしょう？　お金払うから、セックスしてください」

衝動的に言っていた。後先のことなど考えていなかった。

〈エクスタシス〉での三回のビジター体験が不本意というか、不完全燃焼に終わったことが気がかりだったことはたしかだ。貴島が本気を出したなら、いったいどこまで感じさせられるのか、あれから想像しなかった日はない。

だがそれ以上に、区切りが欲しかった。芸能界から去り、四年間もの禁欲生活からも解放される、終止符のようなものが……クルマでひとり旅より、貴島に与えられる性的な体験のほうが、フィナーレを飾るのに相応しい気がした。

「ハハハッ……」

貴島は気の抜けたような顔で笑った。

「ずいぶんと大胆なご提案ですね。だが生憎、こっちは休業中でして。このまま引退する可能性が濃厚だ」

「〈エクスタシス〉の入会金と年会費に払うつもりだったお金、全部あげます」

貴島はなにか言おうとしたが、色よい答えが返ってきそうもなかったので、紗奈子は先まわりした。

「それでも足りなければ、これを売ります」

ＢＭＷのハンドルを叩いた。

「このクルマ、わたしの唯一の財産なんです。朝帯のメインキャスターだからって見栄を張って乗ってるわけじゃなくて、若いころからクルマが好きだったんです。ビーエムばっかり、これで三台目。最近たったひとりの友達と切れちゃったんで、唯一の財産であり唯一の相棒。でも、九日間貴島さんを独占できるなら、売ってもいい」

「……本気なのか？」

にわかに貴島の表情が険しくなったので、紗奈子は身構えた。今日初めて見せた、いつもの顔だった。女を辱めるときの眼つきをしていた。紗奈子はゾクゾクするほど興奮して、ともすればショーツを汚してしまいそうだった。

自己破産した場合、クルマの所有は認められない。ならばいまのうちに、有効に活用しておいたほうがいい。いや、本当はそんな姑息な計算をしていたわけではなく、無一文になってもいいから、貴島に抱かれたかった。それは耐えがたい衝動だった。

貴島というひとりの男を、愛してしまったわけではない。そうではなく、愛と憎悪の関係を、そこに隠された男女の秘密を、どうしても知りたかった。

貴島に抱かれれば、わかる気がした。愛でもなく、恋でもない、この狂おしい欲望の正体はいったいなんなのか。結婚はもちろん、恋愛すら面倒になっているのに、どうしてこうも痛切に、それを求めてしまうのか……。

「今度は逃げないでくださいね？」

紗奈子は挑むような眼を向けた。

「逃げる？」

「アシスタントなんて連れてこないで、一対一でわたしを犯して」

貴島は意味ありげに笑った。

「キミはあんがい単純なんだね？　挑発してるように見えて、弱点をさらしている。そんなことを言われたら逆に、椿と櫻を連れていきたくなるよ」

「えっ……」

「でも、心配しなくていい。店が解散になったんで、あのふたりとはいま、距離を置いている。電話一本でかけつけてくれる男のスタッフだっていない。仕事を受けるとしても、私ひとりでやるしかないのさ」

「……受けていただけるんですか？」

視線と視線がぶつかった。紗奈子の心臓は怖いくらいに早鐘を打っていた。手のひらは汗でぐっしょりだった。受けてください、と祈っていた。これから一般人になる自分への手向《たむ》けに、最後のプレゼントをしてください、と。

「条件がある」

「言ってください」

「私にもプロとしてのプライドがある。だから無料というわけにはいかないが、愛車まで売る必要はない。百万円で手を打とう。そして九日間、私の命令にはすべてイエスで答えること。ノーは許されない。どんなことでもだ。できるか？」

「……それでお願いします」

紗奈子は貴島の眼をまっすぐに見つめてうなずいた。

3

まさかこんなことになるなんてな……。

南房総にある貸別荘に足を踏み入れるなり、貴島は懐かしさに眼を細めた。かつて、〈エクスタシス〉の創業メンバー四人で訪れたことがあった。あのときは三泊四日、4Pの乱痴気騒ぎだったが、今回は八泊九日のマンツーマン。

別荘は二千坪を超える広大な土地に、ポツンと一軒だけ建っている。バブル時代に建てられたものらしいが、バブル崩壊で人手に渡った。しかし、交通の便が悪く、斜面ばかりな土地のうえ、どこを見ても雑木林しか眼に入らないから、ディベロッパーも別荘地としての開発を諦めたという。

　いまではレイプパーティのようなことをするぶっ飛んだ若者たちか、乱交パーティをこよなく愛する好事家《こうずか》くらいしか、ここを訪れる者はない。

「なんだか世捨て人が住む家みたいですね……」

　二階のベランダに出た紗奈子が言った。広大な土地の真ん中に建っているはずなのに、目の前には木々が鬱蒼《うっそう》と茂っていて、眺望などゼロだ。蟬の鳴き声がうるさくて、むしろ圧迫感さえ覚える。

「世捨て人だって、こんなところには住まないだろうな」

　貴島は鼻で笑った。携帯の電波はおろか、電気や水道さえ通っていないのだ。電気は自家発電だし、タンクに入れる水とプロパンガスは業者に運ばせた。不便なうえに費用が嵩《かさ》むから、貸別荘としては最低の部類だろう。

　ただ、このベランダは悪くない。ゆうに二十畳はある広さなうえ、最高級のチーク材を使っているから、素足で歩ける。

　紗奈子はブルーのダンガリーシャツに白い七分丈のパンツという装いだった。ラフなスタイルであるが、女優が被るようなつばの広いリゾートハットを被っているので、気取って見える。今日の彼女はいつもより、いい女ぶっている。芸能人オーラを全開にしている、と言ってもいい。

都内で落ちあったとき、紗奈子はひどく緊張していた。貴島が用意したミニバンに恐るおそる乗りこみながら、警戒心を前面に出していたが、クルマで一時間も走ると軽口さえ叩きだした。

「貸別荘に九日間もこもるなんて、わたしたぶん、恋人同士でも無理ですよ。つまり貴島さんは、いまのわたしにとって恋人以上なのかも」

椿と櫻がいないことに安心したのだ。

紗奈子はよほどあのふたりが苦手なようで、貴島と一対一のシチュエーションに解放感さえ覚えているようだった。

だが、もちろん彼女は間違っている。

椿と櫻は紗奈子に嫉妬していたからドSのように振る舞っていたが、あのふたりはブレーキ役でもあったのだ。彼女たちがいたからこそ、貴島は暴走せずにすんでいた。ブレーキを失った自分が、見たこともないほどプライドが高く、ここへ来て芸能人オーラまで出しはじめた紗奈子をどんなふうに扱うのか、自分でも想像がつかないくらいだ。

彼女はいったいなにを求めているのか……。

あれほどの屈辱を与えられてなお、大枚を叩いてなにをされたいのか……。

リゾートハットを両手で持ち、妖精のような爪先立ちで歩いている紗奈子に、チッと舌打ちしてしまう。一対一なら丁重に扱ってもらえると思っているなら、大間違いだった。ことさら心を鬼にしなくても、辱めてやりたい気持ちがむらむらとこみあげてくる。バカンス気分でいるなら、早々に冷や水を浴びせる必要があるだろう。

「おい」

怒気を含んだ声をかけてやると、紗奈子はビクッとして立ちどまった。

「いつまで服を着ているつもりなんだ？」

「えっ……」

「キミはここに、なにしに来た？」

紗奈子は頬を赤くし、うつむいて答えた。

「……セックスです」

「わかってるなら裸になれよ」

「ここで、ですか？」

貴島が冷たい眼つきでうなずくと、紗奈子は喉を動かして生唾を呑んだ。武者震いでも起こしそうな顔をしていた。いよいよ求めていたものが与えられる、という心の声が聞こえてきそうだったが、彼女の想像の範疇《はんちゅう》にあるものなど、与えてやるわけがない。

紗奈子はシャツのボタンをはずし、脱いだ。七分丈のパンツも脚から抜き、薄紫色の下着姿になった。レースや刺繍をふんだんに使ったランジェリーには高級感があり、下着姿になっても清楚感たっぷりだったが、褒めてやるつもりはない。

ブラジャーをはずすと、小ぶりな白い隆起が見えた。淡いピンク色の乳首と相俟って、そこもまた嫌味なくらい清楚だった。職業上身についた所作なのか、両手をウエストのところでクロスし、足を前後させたモデル立ちになった。ショーツ一枚になっているにもかかわらず、身震いを誘うほどセクシーかつエレガントで、そのまま芸術写真の被写体にでもなれそうだった。

綺麗だ、と思わず胸底でつぶやいてしまい、貴島は動揺した。声に出してささやき、ベッドでやさしく可愛がってやりたいという衝動がこみあげてきた。妻と愛人を同時に失って以来、そんな衝動を覚えたのは初めてだった。

しかし、貴島は女を憎んでいる。紗奈子をではなく、女という存在そのものを憎悪しており、紗奈子はその女の代表だった。

やさしくなんてできるわけがなかった。そういう自分に戻りたいという思いがないわけではなかったが、

「これも脱ぐんですか?」

紗奈子が甘えた顔で訊ねてきたので、我に返った。なにを甘えているのだろうか。この勘違い女を泣かせてやりたい、と奮い立った。やはり、自分という男はもう、心身ともにいたぶることでしか女を愛せないのかもしれない。

「当たり前だ」

貴島が吐き捨てるように言うと、紗奈子は悲しげに眉根を寄せながら、股間にぴっちりと食いこんでいる薄紫色のショーツをめくりさげた。

獣のように濃く茂った陰毛が姿を現した。

いやらしい生えっぷりだった。

女優帽の下から現れたベリィショートの髪は、男には決して媚びませんと宣言しているようなのに、黒々とした陰毛は男を求めているように見える。愛でもなく、恋でもない。本能を満たす快感が欲しくてたまらないとばかりに、早くも陰毛はすべて逆立ち、男を挑発してくる。

「ついてきなさい」

ベランダから室内に移動した。その別荘は一階に駐車場と納戸があり、二階が生活スペースになっている。ベランダに繋がっているのは広々としたリビングで、高い天井ではシーリングファンがまわり、L字形のソファはゆうに七、八人は腰かけられそうだ。

貴島は紗奈子を壁に設置されている巨大な姿見の前にうながすと、

「邪魔なものがあるな」

耳元でささやいた。

全裸の自分と鏡越しに向きあっている紗奈子は、頬を赤く染めたまま首をかしげた。

「キミの体には、邪魔なものがある」

貴島はベルトをはずし、ズボンとブリーフをさげた。紗奈子はハッとして眼を見開いた。勃起していたから、だけではない。隆々とそそり勃った男根のまわりに、陰毛が一本も生えていなかったからである。

昨日、自分で処理してきた。やり方は昔、椿と櫻に習った。このところ面倒でサボっていたが、以前は月に一度、脱毛するのを習慣にしていた。男女ともに無毛だと、セックスのときの結合感がまるで違うのだ。毛を生やしたままより、ずっと深く繋がれる。

「キミも同じようにしてやろうか？」

疑問形で訊ねたものの、それはほとんど命令だった。そしてここでは、貴島の命令は絶対だ。すべてをイエスで答えなければならない。

「オマンコつるつるにしてやろうか、って訊いてるんだぞ」

「……おっ、お願いします」

紗奈子は眼を伏せ、か細く震える声で答えた。

「オッ、オマンコ、つるつるにしてください……」

今日はずいぶん従順だと満足もしたし、肩すかしを食らった気分でもあった。

ブラジリアンワックスによる脱毛のいいところは、処理に時間がかからないことだ。剃刀《かみそり》による剃毛と違い、処理した部分がチクチクすることもないし、レーザーで毛根を焼く永久脱毛のように激痛も伴わない。月に一センチほど伸びてしまうが、エステティックサロンに通う習慣があるなら、ブラジリアンワックスのほうがずっと手軽に清潔感を保てる。

ソファの上で両脚をひろげた紗奈子は、ひどく恥ずかしそうに顔を真っ赤にしていた。セックスのときより恥ずかしかった、と貴島が脱毛してやった女たちは口を揃えて言っていた。女のデリケートゾーンは、ＶＩＯで説明される。Ｖは恥丘の上、Ｉは割れ目の両サイド、そしてＯがアヌスのまわりである。つまり、尻の穴の毛まで抜かれるのである。セックスするより恥ずかしくても当然かもしれない。

剛毛な紗奈子は、ＶＩＯすべてにびっしりと毛が茂っているから、やり甲斐がありそうだった。

羞恥心を煽るため、貴島は服を着たままだった。毛のない男根はすでにしまってある。

熱したワックスを恥丘にかけてやると、紗奈子は声をあげそうになり、あわてて手で口を押さえた。

「緊張することはない。ワックスの成分は砂糖だ。体に悪いこともない」

紗奈子は言葉を返すことができず、両手で顔を覆い、ただ裸身を震わせているばかりだ。乾くのを待って、ベリベリッと剝がした。紗奈子はなんとか、悲鳴をこらえることができたようだった。しかし、顔を覆った指の間から、涙が光っているのが見えた。ワックスを剝がすときの痛みには個人差がある。

「痛かったのか？」

紗奈子は両手で顔を覆ったまま、首を横に振った。

「じゃあ、なんで泣いてる？」

「恥ずかしいんです！」

「痛みのほうは？」

「ちょっとだけ……思ったほどじゃありませんでした……」

ならば遠慮することはない。Ｉの部分も処理すると、尻毛を抜くために四つん這いにした。エステサロンでは、そんな屈辱的なポーズをとらせることはない。横向きで寝そべり、片膝を抱えていれば充分に施術できる。

だが貴島の目的は、無駄毛を処理することだけではない。紗奈子を辱めたいのだ。四つん這いになって尻毛を抜かれるのは、相当な羞恥を誘うはずだ。

「あらためて見てみると、ケツ毛も相当濃いんだな。うん？」

紗奈子は言葉を返せず、尻を突きだして身構えているばかりだ。その尻丘を、貴島はピシッと叩いた。

「なんとか言ったらどうなんだ？　エステに行ったら、何万もかかるんだぞ。椿と櫻だったら、何十万もぼったくる。お礼のひと言もないのか？」

「……ありがとうございます」

棒読みの声が返ってくる。金なら払っているではないか、と言わんばかりだ。

「ケツ毛を綺麗にしてください、って言ってみろ」

「……綺麗にしてください」

「やめてもいいんだがな」

貴島は声に怒気を含ませた。

「どうしてきちんと言えない。ケツ毛だけ残しておいてやろうか？　ああーん？」

「……お尻の毛、綺麗にしてください」

「ケツ毛だって言ってるだろ！」

ピシッと尻丘を叩くと、紗奈子は振り返り、涙眼で睨んできた。

「ねちねち意地悪言ってないで、さっさとやればいいじゃないですかっ！」

怒声を浴びせられた貴島は眼を丸くし、それから口許に薄く笑みを浮かべた。ようやくいつもの彼女に戻ってくれたようだった。あまりの嬉しさに、ゾクゾクしてくる。従順な彼女なんて、辱める甲斐がない。

「許さんぞ」

紗奈子の手を引き、鏡の前に向かった。

「よく見るんだ」

紗奈子はすかさず股間を両手で隠そうとしたが、もちろん許さなかった。両手とも後ろでひねり、なにも隠せないようにしてやる。

「綺麗なオマンコになっただろう？　小学生みたいにつるつるだ」

実際、紗奈子の恥丘は白く輝き、こんもりと盛りあがった形状を露わにしていた。肌が強いらしく、赤くなっているところもない。

しかし、それは少女の股間とは似ても似つかぬものだった。立って両脚を揃えていても、割れ目の上端が見えている。下に向かうにつれ、わずかにくすんでいく色合いも卑猥なら、いまにもアーモンドピンクの花びらまではみ出してきそうである。

「いやっ！　いやですっ！」

紗奈子は両手を後ろに取られたまま、激しく身をよじった。

「見たくないっ！　見たくありませんっ！」

「つるつるにしてもらって嬉しくないのか？　もじゃもじゃのほうがよかったのか？」

「脱毛していただいたことには感謝しますが、あえて自分で見たくないんですっ！」

「そんなことはないだろう？　エステで処理してもらったお客さんは、みんなうちに帰ると鏡で見るらしいぞ。気になるものなあ、どうなってるか」

「わたしは見たくないんですっ！」

もちろん、人前では、ということだろう。パイパンにしている女の中には、ジムのシャワールームなどで誇らしげに見せつけている強者もいるらしいが、彼女はそういうタイプではない。

「見るんだっ！」

貴島は怒声をあげ、紗奈子を後ろから抱えあげた。少女に小水をうながすような格好で、鏡に向かって両脚をひろげてやる。

「いっ、いやああああーっ！」

紗奈子は悲鳴をあげた。顔をそむけ、ぎゅっと眼をつぶった。意地でも鏡を見たくないようだったが、にわかにそわそわと落ち着かなくなった。

後ろから抱えている貴島が、ククク ッと笑い声をもらしたからだ。言葉責めのための、偽物の笑いではなかった。腹の底からこみあげてきた。

紗奈子の恥丘は、自画自賛したくなるほど綺麗に処理されていた。アーモンドピンクの花びらの両サイドもまた、そうだった。

しかし、尻のまわりだけには剛毛が残っている。ＶＩが綺麗になっているぶんだけ、自然なままのＯの部分が目立ってしまう。

「これは見ものだ。キミも見たほうがいい。私は数えられないほど女の股間を拝んできたが、これほど恥ずかしいのは初めて見た」

紗奈子は眼を閉じて顔をそむけたまま、唇を嚙みしめていた。十秒ほど、我慢していた。それが限界だった。誰だって、自分の陰部が笑いものにされていれば、確認せずにはいられなくなる。

横眼でチラリと鏡を見た。次の瞬間、凜々しい太眉の両端が、極端にさがった。眼尻もだ。いまにも泣きだしそうな顔になり、上ずった声で叫んだ。

「ダッ、ダメですっ！　これはダメですっ！　全部綺麗にしてくださいっ！　こっ、こんなのひどすぎますっ！」

貴島は、クククッ、クククッ、と笑っているばかりで答えない。

「おっ、お願いですっ！　後ろの毛もっ……お尻も綺麗にしてっ！」

涙ながらの哀願が同情を誘うほど、彼女の毛だらけの肛門はみじめなものだった。しかし、哀願するのがいささか遅すぎた。それに、そこまで羞恥を覚えるのなら、むしろ脱毛などしたくなくなってくる。

「ねえ、貴島さんっ……ケッ、ケツ毛も抜いてっ！　言いましたよね？　わたしいま、恥ずかしいこと口にしましたよね？　だから、お願いっ……早くお尻もっ……」

貴島は抱えていた紗奈子をおろし、そのまま床に膝をついてしまった彼女を、ニヤニヤしながら見下ろした。尻毛を処理してやる気持ちは、すっかりなくなっていた。


山の日暮れは早い。

いつの間にか窓の外が暗くなっていたので、夕食をとることにした。

貴島は料理が苦にならない。結婚していたときは男子厨房に入らずを貫いていたが、離婚してからはむしろ料理が得意になった。バーを経営するようになり、女を口説く一環として腕前を磨いたからである。

別荘のキッチンはガスコンロが三口あるそれなりに立派なものだったので、紗奈子のために腕を振るってやった。松阪牛のステーキ、たっぷりのサラダ、チキンスープ、パスタのソースは二種類。

「あのう……」

そろそろすべてがテーブルに出そろいそうなところで、紗奈子が後ろから声をかけてきた。尻毛を残したまま放置しておいたのですっかり落ちこんでおり、と同時に、割れ目が見えている股間がひどく恥ずかしそうで、もじもじと身をよじっている。

「今日はもう……しないんですよね？」

「なにを？」

「……セックス」

「そうだな。ワックスを使ったから、オマンコを休ませたほうがいい」

「じゃあ、服を着てもいいですか？」

「ダメに決まってるだろう」

ステーキを焼いていた貴島は、トングを片手に睨みつけた。

「キミはここに、セックスしに来たんだろう？　ここにいる間はずっと裸だ」

「そんな……せめて下着だけでも……」

「私の命令は絶対だと約束したはずだ。約束が守れないなら、おしおきだぞ。犬みたいに四つん這いになって飯を食うか？　ケツ毛丸出しで」

紗奈子は悔しげに唇を嚙みしめ、テーブルに戻っていった。裸の後ろ姿が、妙に色っぽかった。ヒップの量感が豊かなせいか、彼女は前から見ると清楚だが、後ろ姿は別人のようにセクシーだ。もっとも、立っているだけで割れ目が見えるいまとなっては、前から見てもかなり卑猥だが……。

食事を始めた。貴島は血のしたたるステーキにかぶりつき、赤ワインを飲んだ。本当は、あまり食欲がなかった。性欲と食欲は両立しない。満腹のときにセックスのことなんて考えたくないし、目の前に裸の美女がいる状況では食欲なんてわいてこない。とはいえ、八泊九日の長丁場だ。スタミナをつけておく必要がある。紗奈子にだけ食事を勧めるわけにもいかないから、無理やりにでも胃に収めていく。

道中のクルマの中で、紗奈子は料理が苦手だと言っていた。しかし、テーブルマナーはしっかりしていて、背筋を伸ばしてフォークとナイフを使う姿が堂に入っていた。裸ではなくドレスでも着ていれば、もっと楚々として見えたことだろう。

「お料理、上手なんですね……」

眼を合わせず、ボツッとひとり言のように言った。スプーンの上で、パスタをくるくるとフォークに巻く。

「口に合ったならよかった。お世辞でないなら、残さず平らげてほしいな」

「それは大丈夫です。わたし、こう見えて大食いで……」

嘘ではないようだった。食べるスピードこそゆっくりなものの、着々と皿を空にしていった。食べていると、裸でいることも少しは忘れられるようで、「本当においしい」と笑顔まで見せるようになった。

貴島は笑いを噛み殺すのが大変だった。彼女はここにセックスをしにやってきた。唯一の財産であるクルマを売り払ってもいいとまで言って、性的な興奮と熱狂を求めている。ならば、応えてやらなければならない。料理など、ステーキにつけ合わせた人参のグラッセみたいなものだ。脇役中の脇役であり、主役はこれから登場する。

「あっ、あのう……」

カロリーを摂取して少し紅潮していた紗奈子の顔から、いつの間にか色が消えていた。

「食事中、本当に申し訳ないんですけど……マナー違反なのは承知してますけど……お手洗いはどこでしょうか？」

貴島はニヤリと笑っただけで答えなかった。

「おっ、お手洗い、貸していただけますか？　どこでしょうか？」

ガタンと椅子を鳴らして立ちあがった紗奈子の顔には、もう一刻の猶予もないと書いてあった。

今日の下剤は、ずいぶんと効きがいいようだ。

4

どうして……どうして……。

紗奈子はパニックに陥りそうだった。トイレを貸してほしいと頼んだのに、手を引かれて連れていかれたのは、ベランダだった。そこから外にある階段を降り、サンダルを履かされて庭に出た。外灯はあるが、それ以外になにもなさそうな庭である。

「あっ、あのう、お手洗いは？」

声が上ずるのを、どうすることもできなかった。経験したことがないほどの強烈な便意が食事中突然襲いかかってきて、座っていることができなかった。歩いていても腹部をかばっているから、体がおかしな方向に傾いている。

「ここでするんだよ」

スコップを渡された。意味がわからなかった。

「生憎だが、建物内のトイレは人間専用でね。オマンコしたさに大切な愛車を売り払おうとするような、発情しきった牝犬には貸せない。牝犬は牝犬らしく、地面に穴を掘って垂れ流したまえ」

「ばっ、馬鹿なことをっ……」

紗奈子は右手にスコップを持ち、左の手首を貴島につかまれていた。振り払おうとしたが、体に力が入らなかった。いや、力を入れれば、悲劇を起こしてしまいそうだった。

「早く穴を掘ったほうがいいぞ。穴を掘って埋めないと、出したものが明日になってもそこにある。いまは夜だからまだいいが、明るくなったら……」

「冗談はやめてくださいっ……」

言いつつも、それが冗談ではないことくらい、紗奈子にはわかっていた。

貴島は本気だ——額にじわりと脂汗が浮かんでくる。それが顔中にひろがっていくのに、時間はかからなかった。腹部できゅるきゅると音がして、気がつけば足踏みをしていた。そうでもしていないと、とてもこらえきれそうになかった。

思いあがっていたのかもしれない。

貴島とふたりきりで九日間を過ごすという思いつきは最初、とても素晴らしいものに思えた。ひとり旅に出て満天の星の下で夜明けを待つより、人生の真理に近づける予感がした。いまはまだよくわからず、けれども心の底ではいつだってそれを求めているセックスについて、少しは理解できるようになれればいいと期待した。

しかし、愛を憎しみとして表現するという貴島に頼めば、こうなることは目に見えていたのだ。それでもいいと思ってしまったのは、〈エクスタシス〉の三回のビジター体験で、恥という恥をかき尽くしたという実感があったからだ。あれ以上に辱められることはさすがにないだろうと思ったからこそ、勇気を振り絞ったのである。

だが、あった。底だと思っていたものが抜け、紗奈子はいま、底の抜けてしまった黒々とした闇をのぞきこんでいた。自慰を見られ、性交を見られ、今度はついに……。

「そっ、それだけはっ……」

上ずりきった声で言い、すがるような眼を向ける。

「それだけは許していただけませんか……他のことならなんでも言うことをききます。犬みたいに四つん這いでごはんを食べろっていうなら、食べます。絶対にノーとは言いません。でも……でも……」

「なぜそんなに嫌がる？」

「排泄行為なんて見られたら、もう人間じゃないからですよっ！」

叫んだ瞬間出てしまいそうになり、慌てて尻の穴を締めた。

「ねえ、お願い、貴島さん……わたしを……わたしを人間でいさせてっ！」

「残念ながら、キミはもう人間じゃない。オマンコはつるつるで、ケツ毛だけがボーボーの人間なんて、いるわけないじゃないか」

貴島は笑った。心の底から楽しそうだった。排泄行為を迫りながらこんなふうに笑えるこの男こそ、人間ではないと思った。

紗奈子はすでに、我慢の限界を超えていた。足踏みもできなくなり、脚に力が入らなくなっていた。しゃがみこみたくてしかたがなかったが、しゃがみこんだら最後、人間として即終了になることはわかりきっている。

身構えた体を震わせるばかりで動けずにいると、

「しかたがないなあ」

貴島は紗奈子の手からスコップを奪い、地面に穴を掘りはじめた。ザクッ、ザクッ、という音がするたびに、紗奈子は心臓を締めあげられる思いだった。それがなにを目的にした穴なのか、考えたくなかった。いっそのこともっと大きな穴を掘り、息の根をとめて埋めてほしいとさえ思った。

「こんなもんだろう。これで心置きなく踏ん張れる」

「せっ、せめてっ……」

紗奈子は脂汗にまみれた顔を歪めた。

「見ないでもらえますか……あっちを向いてて……」

「いーや、見るね」

ぎりぎりの妥協案も一蹴された。

「しっかり見るし、音も聞く。臭いも嗅ぐ。どうだ？　嬉しいだろう」

「嬉しいわけが……」

「どうしてだ？　キミたち女は、生身の自分を愛してほしいんだろう？　女神だの天使だの、男に幻想を押しつけられるのが嫌で嫌でしかたないんだろう？」

紗奈子の耳にはもう、言葉は届いていなかった。

「愛してやるよ、生身のキミを。隠すもののなくなった、剝きだしのキミを……」

貴島の手のひらが、下腹に近づいてくる。押されたら終わりだと思っても、紗奈子は動けなかった。体はむしろ、押されることを望んでいる。一刻も早く楽になりたがっている。貴島には自慰を見られている。性交も見られている。ならば……ならば……覚悟を決めようとしたところで、貴島が腕時計を見て言った。

「チャンスをやろうか？」

「えっ？」

「いまから一分間我慢できたら、トイレを使わせてやってもいい。建物の一階、玄関脇にあるから、すぐそこだ」

「ううう……」

紗奈子が腹部を押さえてうめくと、

「立っているのがつらいなら、支えてやる」

貴島の手が腰にまわってきた。絹の布で、ふわっと包みこまれたような気がした。

「我慢できたら尊敬するよ。キミの誇り高さに敬意を払って、九日間を過ごすことを約束しよう」

紗奈子が涙眼で見つめると、見つめ返された。震えのとまらない唇に、キスが与えられた。甘いキスだった。こんな状況にもかかわらず、胸がときめいた。訳がわからなかった。紗奈子は、全裸になった素肌という素肌にじっとりと脂汗を浮かべていた。顔だって醜く歪んでいるはずだった。なのに、キスだけはこんなにも甘い。舌を吸われると、どういうわけか花嫁にでもなったような多幸感がこみあげてきて、熱い涙があふれてきた。

「あっ、あと何秒ですか?」

「三十秒」

ようやく半分だったが、紗奈子は挫けなかった。貴島に誇り高い女だと思われたかった。そうすれば、もっと甘いキスをしてもらえる気がした。猛烈な便意に体が折れ曲がりそうになり、自分から貴島にしがみついた。太腿を必死にこすりあわせて、我慢した。一秒に一回、悪寒が体の芯を走り抜けていく。

「あと十秒」

貴島の手が、尻を撫でまわしはじめた。それもまた、絹の布で撫でられているように心地よかった。紗奈子は動けなかった。貴島にしがみついたまま、歯を食いしばる。すでに涙はとまらなくなっている。

「五、四、三、二、一……すごいじゃないか。一分間我慢できたぞ」

「ううう……くううっ……」

紗奈子に達成感はなかった。たしかに一分間は我慢できたが、ここまでだった。もはや体に力が入らないし、一歩も動けそうにない。トイレまで歩いていくことなどできるはずもなく、泣き笑いのような顔で貴島を見た。

貴島が見つめ返してくる。苦悶に歪みきった顔を、舐めるようにむさぼり眺められる。蔑んだ視線が顔中を這いまわっている。紗奈子はもう、息もできない。

「いい顔してるよ」

貴島にニヤリと笑いかけられた瞬間、惨劇が訪れた。

「いっ、いやああああーっ！」

紗奈子は叫び声をあげ、穴をまたいでしゃがみこんだ。体が勝手に、そう動いた。顔から火が出そうで、せめてその顔を隠そうと、両手で頭を抱えこんだ。

人間性を失う音が、夜闇に高らかに響いた。

いまこの瞬間、地球が滅亡すればいいのに、と紗奈子は思った。

一度恥をかいたくらいでは、貴島は許してくれなかった。

泣きながら穴に土をかけた紗奈子は、バスルームに連れていかれた。汚れた部分を洗われるのだろうと思い、実際そうされたのだが、洗いおわると、腸内まで洗浄された。

お湯で浣腸だ。

何度もされた。出したお湯の色が透明になるまでと貴島は言っていたが、もうどうだってよかった。人間性を失う音が、今度はバスルームに響いた。何度も何度も……。

終わるとボディソープで体を洗われた。髪まで洗ってくれた。手つきは丁寧だったが、貴島がこちらを見る眼は異常に冷たかった。排泄する姿まで見せてしまった女を、心から軽蔑している眼をしていた。紗奈子は放心状態で、人形のようにされるがままになっていたが、その眼で見られるのだけはつらかった。

誇り高い女でいたかったのに……。

身も心も空っぽだった。そんな紗奈子の体を貴島はバスタオルで拭い、ドライヤーで髪を乾かしてくれた。最後に四つん這いになるように言われ、お尻の毛にまでドライヤーをかけられた。完全に嫌がらせだった。屈辱に魂がちぎれそうだった。

「初日からちょっとハードだったかな。まあ、ゆっくり休みたまえ」

ベッドルームに連れていかれ、貴島は照明を消して出ていった。オレンジ色の常夜灯だけが灯った中、紗奈子は呆然と立ちつくしていた。貴島がいなくなったからといって解放感も覚えなかったし、もう涙も出なかった。寝るしかない、とベッドに入った。とにかく、なにも考えたくなかった。

眠れなかった。

体が変だった。体の内側が妙にゾワゾワ、ゾクゾクした。体の外側も素肌という素肌が異常に敏感になっていて、シーツの感触が気になってしようがなかった。パジャマを着たかったが、もちろんそんなことは許されないだろう。

やがて、ブラジリアンワックスで綺麗に脱毛された部分が疼きだした。

尋常な疼き方ではなく、一瞬、浣腸に媚薬でも仕込まれたのではないかと思った。夕食には、間違いなく下剤が仕込まれていた。そうでなければ、あれほど急激に便意が襲いかかってくるはずがない。だが、一リットルは入りそうな極太の浣腸器に、貴島は紗奈子の目の前でお湯を入れていた。媚薬を仕込む隙があったとは思えない。

そんなことより、問題は股間の疼きが刻一刻と耐えがたくなっていくことだった。便意をこらえるのとはまた違う、それはそれで切迫した疼きだったが、脱毛したばかりのデリケートゾーンに触れる勇気はなかった。

ワックスを剝がされた瞬間こそ軽い痛みがあったものの、その後はひりひりするようなこともなく、脱毛したことを忘れてしまいそうなほどだった。それでも、貴島が指一本触れてこなかったのだから、なんらかのダメージがあるのかもしれない。

なのに、右手が勝手に股間に這っていく。

ダメッ！　絶対にダメッ！

紗奈子は左手で右手を押さえた。自慰をして性器に本格的なダメージを与えてしまったら、セックスができなくなるかもしれない。それでは、九日間の休暇を手放してここに来た意味がない。

今度こそ貴島に抱かれたかった。明日になればその念願が叶うかもしれないのに、肝心な部分を傷つけるわけにはいかなかった。

貴島の男根を思いだした。それを見るのは二度目だったが、パイパンの男根を見たのは生まれて初めてだった。そもそも長大で黒ずんだ肉の棒が、ひときわまがまがしい存在感を放ち、忘れられそうもなかった。

そして、あの男根が入ってくる自分の場所もまた、パイパンなのだ。結合の瞬間を、絵面《えづら》で想像してしまった。お互いの毛がないぶん、凹凸がぴっちり嚙みあいそうだと思うと、体の震えがとまらなくなった。

よけいなことを考えるべきではなかった。おかげで、もはや自慰をしたいという衝動をこらえきれそうになかった。内側を触ればいいのではないか、と思った。ワックスを塗られたのは性器の両サイドであり、たとえばクリトリスだけを刺激するなら、問題がないのではないだろうか。

恐るおそるそっと触れると、布団の中でのけぞってしまった。なんとか声だけはこらえたものの、中指に愛液がねっとりと付着していた。邪魔な毛を失った花は、感度が何倍にも高まったようだった。もう一度、触れてみた。衝撃的な快感が体の芯まで響いてきた。気が遠くなりそうになったほどだった。痛みは感じなかった。試しに両サイドも指でなぞってみたが、全然大丈夫だった。

紗奈子の肌はとても白いが、それほど繊細ではないのだ。お肌のトラブルなどとはまるで無縁にいままで生きてきた。きっとデリケートゾーンの肌も丈夫に違いない。

安心感がさらなる衝動を誘い、気がつけばいつもと変わらぬ勢いで、股間全体をいじりまわしていた。水たまりのようになった花びらの間で指をひらひら泳がせては、愛液のヌメリを使って肉芽を撫で転がす。浅瀬にヌプヌプと指先を差しこむと、とても浅瀬だけでは我慢できなくなり、奥まで入れてしまった。そうなると、クリトリスを刺激するために左手の参加も必要になってくる。

脳裏に思い描いているのは、貴島の毛のない男根だった。もはや妄想にブレーキをかける必要はなく、結合場面を生々しく思い浮かべ、ピストン運動されるところまで想像せずにはいられなかった。

貫かれる体位を選べるなら、背面騎乗位がよかった。正式な名称をネットで調べてしまった。マサタカと呼ばれていた若い男にされた、あの体位だ。

あれほど恥ずかしい体位はないが、あとから思いだして、あれほど刺激的で興奮を誘う体位もまた、ない。男の上で両脚をひろげ、自分から腰を使って、男根をしゃぶりあげるように股間を動かす……。

「あああっ……」

ついに声まで出てしまった。あの破廉恥な姿を、紗奈子は貴島に見られていた。いい眺めだよ、なんて馬鹿にしきった口調でささやかれた。あのときの貴島の、軽蔑を隠そうともしない冷めた眼つきを想像すると、布団の中でくちゃくちゃという恥ずかしい音がこだまするほど蜜があふれてきた。

もうイキそうだった。いつもなら自分で自分を焦らすところだが、このままイッてしまおうと思った。そして眠りについたほうがいい。明日はたぶん、貴島に抱かれる。パイパンの男根で貫かれる。ぐっすり眠って疲れをとっておかなければ……。

そのときだった。

突然部屋が明るくなったので、紗奈子は悲鳴をあげた。部屋の中に貴島がいた。鬼の形相でこちらに近づいてきた。紗奈子はあわあわと口を動かすばかりで、声も出せない。

ガバッと布団をめくられた。反射的に両手を股間から離したが、自慰をしていたことを誤魔化すことはできそうになかった。

布団の中にこもっていたいやらしい匂いが、自分の鼻にも届いたからだ。

「なにをしてる?」

低い声で訊ねられた。

「私はゆっくり休めと言ったはずだが」

「……ごめんなさい」

紗奈子は貴島の眼を見ることもできなかった。

「謝れと言っているんじゃない。なにをやっていたかを訊いてる」

「……自分で……慰めてました」

「なぜそんなことをした？」

「きっ、貴島さんのせいじゃないんですかっ！」

自慰を見つかった恥ずかしさに、紗奈子はヒステリックな声をあげてしまった。

「浣腸の中に媚薬かなんか入れませんでした？　そうとでも考えないとおかしすぎます。寝ようとしても眠れなくて……がっ、我慢できなくなって……」

「媚薬なんて使うわけないだろう。キミだって見ていたはずだ。浣腸器にお湯を入れるところを」

「でも下剤は入れましたよね？　それはもう絶対……」

貴島は答えず、紗奈子の腕を引っぱった。ベッドからおろされた紗奈子が連れていかれたのは、部屋の隅にある鏡台の前だった。立ったまま両手をつかされ、尻を突きだす格好にされた。

「キミは約束を守れない女のようだね」

尻の桃割れを、ぐいっとひろげられた。鏡越しに自分と眼が合ったので、紗奈子はあわてて顔をそむけた。犯されるのだろうか、と鼓動が高鳴っていく。立ちバックの体勢で、このまま……。

「勝手にオナニーをしておいて、見つかったら逆ギレする。そういう女が、私は我慢ならないんだよ。おしおきしたくて、たまらなくなってくるんだよ」

「ひいっ！」

紗奈子は悲鳴をあげた。ひろげられた桃割れの間に、生温かい舌が這ってきたからだった。花を舐められたわけではない。むしろそちらに刺激が欲しかったが、先ほどの荒淫でまだひりひりしているアヌスを舐められた。

「やっ、やめてっ……」

紗奈子は尻を振って愛撫から逃れようとした。しかし、貴島の両手は尻の双丘を強い力で鷲づかみにしており、逃れることができそうにない。

ねろねろ、ねろねろ、とすぼまりに舌が這いまわる。アヌスを舐められるのは、初めてではなかった。天王洲アイルのホテルで、目隠しをされた状態で舌を這わされた。変態かもしれないと顔を熱くしながらも、けっこう感じてしまった。恥ずかしくないわけがなかったが、新しい性感帯が見つかったのかもしれないと呑気に考えていた。

だが、いまはあのときとは状況が違う。

紗奈子は見てしまったのだ。鏡に映った自分の股間を……。

脱毛されたＶＩの部分は、意外なほど清潔感があって、悪くないと思った。その一方で、毛が残ったままのアヌスはあまりも無残だった。あんなにもグロテスクなものが自分の体の一部であることに、ショックを受けずにはいられなかった。

残像はまだ脳裏に残ったままだった。あの部分を舐められてしまうなんて、傷口に塩を塗りこまれるようなものだった。しかも……そこはつい先ほど、排泄器官としての役割を果たしたばかりなのである。

出すところを、見られた。音も聞かれ、臭いも嗅がれた。それはいままで貴島に与えられたものを全部足しても敵わないほどの、本気で死にたくなるような恥辱だった。

舌が這えば、記憶がまざまざと蘇ってくる。人間性を失い、ただ蔑み笑われるだけの存在になってしまった瞬間のことが……。

涙が出そうなのに、貴島は舐めるのをやめてくれなかった。これが勝手に自慰をしたことに対する罰であるなら、なるほど効果的だった。ねろねろ、ねろねろ、と毛だらけのアヌスを舐められるほどに、二度とおしおきをされないようにしようと胸に誓わずにはいられなかった。

「ひっ……」

頬になにかが押しつけられ、紗奈子は眼を見開いた。プラスチックボトルだった。プラスチックなのに、なぜか温かかった。

「媚薬じゃなくてローションだ。海草成分のな」

貴島は言うと、ボトルのキャップを取った。溶けたバターを彷彿させるねっとりした液体を、尻の桃割れに垂らしてきた。

「なっ、なにをっ……くううっ！」

アヌスに指が入ってきた。信じられなかった。強く締まっているすぼまりを、やわらげるようにマッサージされた。

「なっ、なにをするつもりですか？　まさか……まさか……」

ハッと息を呑んだのは、鏡に映った貴島の裸が見えたからだった。部屋に入ってきたときは服を着ていたはずなのに、いまはブリーフすら着けていなかった。毛のない男根が弓なりに反り返り、臍のあたりにぴったりと張りついていた。

「なんのためにケツの中をきれいにしたと思ってるんだ？」

貴島は口の端だけで笑うと、鏡越しに紗奈子を見つめてきた。紗奈子はたまらず眼をつぶった。アナルセックスの存在を知らないほど、子供ではなかった。しかし、自分には一生関わりがないものと、意識の外に置いていた。

ふやけるほどに舐めまわされ、ローションでマッサージされたすぼまりに、なにかがあたった。貴島の体の一部であることは、間違いなかった。

「眼を開けるんだ」

背後から、貴島が言った。

「眼を開けて鏡を見ていないと、おしおきだぞ。次に催したときも、また庭の穴だ。トイレは絶対に使わせない」

「いやですっ！」

紗奈子は反射的に眼を見開いた。庭で排泄を強要されるのは、それだけはもう絶対に嫌だった。再びあれほどの恥辱を与えられるくらいなら、アナルヴァージンを奪われるほうがまだマシだった。

とはいえ、恐怖心がなかったわけではない。むしろ、覚悟を決めたことで、これから排泄器官を犯されるのだというリアリティが生まれた。いよいよ完全に人間ではないところまで堕とされてしまう——戦慄に息もできない。

「いくぞ……」

貴島が言った。眼をつぶりたかったが、それは禁じられていた。鏡に映った貴島の顔は鬼のようで、にもかかわらず口許に笑みを浮かべていた。残忍な笑みだ。紗奈子から人間性を奪っていくのが、楽しくてしかたがないのだ。

ぐっ、と異物がすぼまりを押しひろげた。ローションをたっぷり塗られたとはいえ、そこは男を迎え入れるための器官ではない。むりむりと入れられるほどに、痛みというより苦しさが襲いかかってきた。

そして、肛門をひろげられる恐怖である。入れられただけで苦しくてしようがなかったが、貴島がゆっくりと抜き差しを開始すると、長大な男根が引かれるたびに、すぼまりがめくられるような感覚があった。肛門だけではなく、全身の皮がペロッと裏返されそうで、生きた心地がしなかった。歯を食いしばって身構え、男根が引かれるたびにひやっとした。もちろん、気持ちよくなんて、ない。

「おおおっ……おおおうっ……」

口からもれる自分の声に、耳を塞ぎたくなった。まるで野生動物がまぐわうときに出す声だった。しかし、苦しさから少しでも逃れるためには、声を出すしかないのだ。動物のように低い声を……。

「おおおっ……おおおうっ……」

貴島の抜き差しは丁寧だった。佳乃を立ちバックで突きあげていたときのように連打を放つことはなく、ゆっくりと押し入ってきて、ゆっくりと抜いていく。男根の長大さを誇るように根元から先端近くまで使うこともせず、動いているのはほんの二、三センチくらいだ。

「いい締まりだぞ」

味わわれている――そう思うと、紗奈子の顔は燃えるように熱くなった。肛門の結合感を、この男はじっくりと吟味している。

痛烈な羞恥に泣きたくなり、けれども眼をつぶればおしおきだ。暴れだしたくても、下手に動けば肛門が切れてしまうかもしれない。

世の中には、本当にアナルセックスを愛好している者たちなどいるのだろうか。全然気持ちよくなかった。もしかするとちょっとは気持ちがいいかもしれないと、密かに期待していた自分が救いがたい愚か者に思えた。

どうせなら……。

前の穴に入れてくれればいいのに……。

ほんの少しだけ挿入する位置を下にして、佳乃を犯していたようにパンパンッと尻を鳴らして突いてくれれば、紗奈子は泣いて悦んだだろう。いままでされた仕打ちを全部忘れて、可愛い女にだってなれたかもしれない。貴島が好みそうな卑語でもなんでも口にして、この長大な男根に称賛の言葉を並べただろう。これほどの愉悦を与えられたのは初めてだと、貴島の軍門に降ったに違いない。

えっ……。

意識してしまったせいか、前の穴が疼いた。なにも入っていない空疎な空間で、濡れた肉ひだがざわめきだした。最初は熾火が赤くなったような疼き方だったが、あっという間に紅蓮の炎と化して、轟々《ごうごう》と燃え盛りはじめた。

「感じてきたみたいじゃないか？」

貴島が言った。

「澄ました顔してニュースなんか読んでるくせに、最初のケツマンコで感じてしまうなんて、とんでもないドスケベだな」

「なっ、なにを言ってるんですっ……」

紗奈子は鏡越しに貴島を睨んだ。そのつもりだったが、鏡に映った自分の顔は、眼が泳いでいた。

「おっ、お尻の穴で……感じるわけがないじゃないですか……」

「ほう」

貴島が残忍な笑みを浮かべた。

「本当に感じてないんだな？」

素肌を羽根で撫でるようなやり方で、背中をくすぐってきた。腰もヒップも太腿も、性感帯であるうなじまで、さわさわ、さわさわ……。

「やっ、やめてっ……」

紗奈子は悲鳴をあげた。身をよじりたくても、できなかった。肛門には男根が刺さったままなのだ。怖くて動けず、けれども貴島のフェザータッチは怖いくらいにいやらしく、敏感すぎるほど敏感になっている素肌に汗だけが滲んでいく。

貴島はさらに上体を被せ、紗奈子の背中に自分の胸を密着させた。後ろからしっかりと抱きしめられた。

「クリトリスもいじってやろうか？」

耳元でささやかれ、生温かい吐息を吹きかけられる。

「ダッ、ダメッ……」

紗奈子はあわてて首を横に振った。

「そっ、それはっ……それはダメですっ……」

「どうしてだい？　キミはクリトリスをいじられるのが大好きだろ？」

「そっ、そんなの、女だったら誰でも大好きです……男の人だって、オチンチンを触られるのが大好きじゃないですかっ！」

この期に及んで可愛い女になれない自分に、絶望するしかなかった。本当は、喉から手が出るほど刺激が欲しかった。女陰全体が熱く疼き、燃え盛っているが、その芯にあるのがクリトリスなのである。

しかし、いじられればイッてしまうだろう。この状況で絶頂に至るということは、つまりアナルセックスでオルガスムスを噛みしめるということだった。貴島はここぞとばかりに蔑んでくるに違いない。人前で排泄し、あまつさえ肛門を犯されてイッた女と……。

「本当に触らなくていいのかい？」

もう一度、耳に吐息が吹きかけられた。続けざまに、うなじに舌が這ってきた。紗奈子は叫び声をあげそうになった。くなくなと動く舌の動きがいやらしすぎて、体の震えがとまらなくなる。この男は、やっぱり上手い。マサタカと呼ばれていた若い男にも似たようなことをされたけれど、全然違う。肛門を犯されながらなのに、こんなにも感じてしまう。

「ああっ……あああっ……」

貴島の胸は、紗奈子の背中に密着していた。その状態からなら、後ろからどんな愛撫も可能であることに、いま気づいた。貴島の右手が脇腹に這いあがってくる。どこを目指しているのかは、考えなくてもわかった。乳房をすくいあげられ、揉みしだかれた。

「あああっ……あああああっ……」

いつの間にか、女らしい甲高いあえぎ声が出るようになっていた。肛門を犯される苦しさに慣れてきたと同時に、興奮しているからだった。もう誤魔化しようがなかった。乳首にちょっと触られただけで、あまりの気持ちよさに涙を流してしまった。すっかり淵れていたはずの涙が……。

「ククク、泣くほど気持ちいいのか？」

貴島は笑っていたが、眼だけはそうではなかった。軽蔑の冷たい視線どころか、はっきりと憎悪を剝きだしにした眼つきで睨みつけられた。震えあがってしまいそうなほどの、眼光の鋭さだった。

その一方で、乳首をいじりまわす指の動きはどこまでも丁寧かつ繊細で、ねちねち、ねちねち、と撫で転がされるほどに、体の内側に電流のような快感が走りまわっていく。足踏みをせずにはいられないほど、欲情がこみあげてきている。

イカせてくださいっ……。

言葉が喉元まで迫《せ》りあがってきた。

オマンコいじりまわして、このままイカせてっ……。

しかし、紗奈子の口から飛びだしたのは、それとは真逆の言葉だった。

「だっ、男娼の面目躍如ですね……」

「なんだと？」

「女を感じさせる手練手管だけは一人前……でも、貴島さん、なにが楽しいの？　仕事だからしかたなくやってるの？」

貴島が鏡越しに睨んできたが、紗奈子は涙眼で睨み返した。可愛い女になれないことに対する絶望感は、もうなかった。むしろ、卑語を使って絶頂をねだることのほうに、言い様のない恐怖を覚えた。

軍門に降ったら最後、自分に興味を失われるような気がしたのだ。それだけは、耐えられそうになかった。嫌われても憎まれても軽蔑されてもいい。だが、関心を示されなくなるのは嫌だった。この男はプロだから、興味を失ってもセックスはしてくれるかもしれない。だが、そんなセックスではもう、興奮できそうにない。

「たまらない女だな、本当にキミは……」

貴島の右手が、下半身に這ってきた。

「なぜそんな口をきく？　尻の穴まで犯されてるのに、どうしてそんな生意気な……」

陰毛を失ったつるりとした恥丘を、撫でられた。クリトリスまでの距離は、もう二センチもない。

「イカせてくださいって言ってみろ」

「言いません」

鏡越しに睨みあう。

「言いませんし……イキません……誰がお尻の穴なんかで……イクもんですか」

ハアハアと息がはずみすぎて、言葉を上手く継げない。

「本当だな？」

貴島の指が、花びらをすうっと撫でた。

「くううっ！」

紗奈子は一瞬眼を閉じたが、すぐに瞼を持ちあげて貴島を睨んだ。おしおきを恐れたからではない。貴島に興味を失われることのほうがよほど怖かった。退屈な女だと思われたくなかった。

だが、いくら唇を引き結んで感じるのをこらえようとしても、花びらをいじられれば声が出てしまう。ただでさえ、陰毛を失って感度が高まっていた。貴島の指は花びらの縁を狙い、触るか触らないかのぎりぎりのところを刺激してきた。刺激自体は微弱なのに、五体を揺さぶる快感はすさまじく、ぶるぶるっ、ぶるぶるっ、と太腿の震えがとまらなくなった。

「あああっ！」

ついにクリトリスを指でつままれた。男の太い指なのに、どういうわけかピンセットで挟まれたような気がした。指の間で押しつぶす感じではなく、愛液のヌメリを使ってつまむように撫でてくる。ねちねち、ねちねち……。

たまらなかった。

自分でさえできない指使いを、なぜこの男はできるのだろうと不思議でしようがなかった。鏡を見れば、自分の顔のすぐ横に、貴島の顔があった。うなじが性感帯であることは、とっくにバレていた。舌が這ってきた。しかも、ざらついた舌腹ではなく、つるつるした舌の裏を使ってきた。

どれだけ舌が長いんですか？　と胸底で突っこめたうちはまだよかった。うなじの生え際を、舌の裏で舐められたことなんてなかった。そのなめらかな感触は、瞬く間に紗奈子を虜にした。クリトリスをつまむ指は、動きつづけていた。無意識に肛門に力を込めた。男根を食い締めてしまった。

苦しさに慣れてきたとはいえ、そこに直接的な快感はなかった。しかし、食い締めた男根の硬さと太さにうっとりした。貴島に犯されていることを実感した。たしかにいま、自分たちはひとつになっているのだった。

前の穴からは、絶え間なく蜜が漏れていた。クリトリスを刺激されはじめてからは漏れる勢いが倍増し、内腿はおろか、膝を経由してくるぶしまで垂れてきている。いや、しずくとなってポタポタと床にまでしたたり落ちていた。愛液がこんなに漏れることがあるなんて、と唖然とするしかなかった。

「ううううっ……あああああっ……」

紗奈子は号泣していた。必死に眼を開いているものの、涙があふれてきてまばたきを繰り返さずにはいられない。その顔が、鏡に映っていた。眉根を寄せ、眼の下を赤く染めた顔は浅ましいとしか言い様がなく、赤くなった小鼻やいまにも涎を垂らしそうな半開きの唇に至っては、正視に耐えられないほどの卑猥さだった。

「前の穴に指を入れてやろうか?」

貴島が耳元でささやいた。その瞬間、もうダメだと紗奈子はすべてを諦めた。体中の肉という肉がぶるぶると震えだし、いやらしい感情が体の中で暴れだした。

指を入れられるまでもなく、それを想像しただけで限界に達してしまったのだった。イキたくはなかった。貴島にしてみれば、この程度の責めはおそらく序の口に違いない。八泊九日のまだ初日なのだから、イントロみたいなものに決まっている。

なのに、なす術もなく恍惚の高みへと昇らされていく。前の穴を貫かれているのならともかく、屈辱的なアナルセックスを強いられているのに、我慢できない。これほどの快感をこらえきれる方法があるというなら、いくら払ってもいいから教えてほしい。

貴島の腰は動きつづけている。硬く太く勃起しきった男根で、排泄器官を犯してくる。じれったくなるほどのスローピッチで、ピストン運動を繰り返す。そうしつつ、つるつるした舌の裏をうなじに這わせてくる。乳房も揉まれている。乳首も、クリトリスも、体中の性感帯という性感帯に指が襲いかかってくる。

「あああっ、ダメッ……ダメダメッ……もうイッちゃうっ……イッちゃいますっ……お尻の穴でイッちゃううううっ……」

号泣しながら、紗奈子は果てた。いつもなら、空に向かってロケットで飛んでいくようなオルガスムスの感覚が、このときばかりは逆だった。底の見えない闇の中に、どこまでも落ちていくようだった。

5

貴島は鳥の鳴き声で眼を覚ました。

山に来ているんだった、とぼんやり思いながら体を起こした。カーテンを開けると、まぶしい朝陽が差しこんできた。

いつになく深く眠れた。これほどぐっすり眠れたのはいつ以来だろうと記憶を探ったが、思いだせそうになかった。寝酒も飲まなかったので、目覚めもすこぶるいい。

紗奈子とは別の部屋で寝ていた。

向こうが主寝室で、こちらは狭いゲスト用だったが、気にはならなかった。主寝室の広いベッドで寝ている女のことは、気になった。いい夢を見ているだろうか。それとも悪夢にうなされているか。

昨日はずいぶんといじめ抜いた。用意してあったシナリオ以上の成果をあげたと言っていいが、紗奈子の立場にしてみれば、悪夢に次ぐ悪夢の展開だったはずだ。それでも、最後まで心が折れなかったのだから、たいしたものだとしか言い様がない。いったいどこまで、そそる女なのだろう。心が折れたときの無残な顔を、見たくてしようがない気分にさせてくれるのだろう。

シャワーを浴び、歯を磨いて、紗奈子の寝室へ向かった。ノックもせずに扉を開けた。紗奈子はまだベッドの上で布団にくるまっていた。

「気分はどうだ？」

返事はなかった。こちらに背中を向けたまま動かなかったが、扉を開いた瞬間、布団の中でビクッとしたことを貴島は見逃していなかった。寝ているわけではなく、寝たふりだ。

「おい、気分はどうだって訊いてるんだぞ」

「……ボロボロ」

こちらに顔を向けず、投げやりな声で言った。

「なにがボロボロなんだ？」

黙っている。

「マン毛を脱毛されたからか？　それともケツ毛ボーボーの尻の穴を犯されて、イッちゃったからか？　あるいは庭で……」

「全部ですっ！」

叫ぶように言い、頭から布団を被った。

「いろんなことがありすぎて、身も心もボロボロなんですっ！」

嘘ではないだろう。しかし、ボロボロになったまま寝込んでしまうような女なら、その程度の凡庸な女なら、ここにふたりでいることもなかったはずだ。

「俺を金で買ったことを後悔しているか？」

「正直……わかりません」

布団の中で言った。

「こっちを見るんだ」

黙っている。

「椿と櫻もいるぞ」

「えっ！」

紗奈子は声をあげ、交尾中に水をかけられた猫のような顔を布団から出した。

「冗談だよ」

貴島は笑ったが、紗奈子は笑わなかった。すでに椿と櫻のことなど、頭から消えてしまったようだった。貴島は羽織ってきたバスローブを脱いでいた。紗奈子の眼は、そそり勃った男根に釘づけだった。

「どっ、どうしてそんなになってるんですか？　あっ、朝勃ち？」

「知りたいか？」

眼を泳がせながら、コクッとうなずいた。

「シャワーを浴びながら昨日キミが披露してくれた艶姿を思いだしたら、こうなったんだ。たとえば……」

「言わなくていいです！」

「じゃあ、舐めてくれ」

「えっ……」

いきなり始めるんですか、と紗奈子の顔には書いてあった。もちろん、いきなり始めるつもりだった。セックスをしに来たのだから、まどろんでいる場合ではない。

「わたしもシャワー浴びたいです……お化粧も……」

「いいんだよ」

貴島は紗奈子が裸身に纏っている布団を奪った。途端に、むわりと女の匂いがたちこめた。発情した女の匂いだった。

「いやらしい匂いがするだろう？　キミの体はいま、寝ているときでさえいやらしい匂いを放っている。シャワーなんて浴びたら、それが台無しだ」

「……恥ずかしいです」

頬を赤くしてうつむく。

「もう少し……人間扱いしてくれてもいいんじゃないですか？　自分はしっかりシャワー浴びてるくせに、ずるいっていうか……」

「よし、わかった。フェラが嫌ならクンニから始めよう。朝のオマンコの匂いは格別だろうからな」

「いっ、いいですっ！　わたしがしますっ！　わたしがっ……」

紗奈子はあわてて四つん這いになると、ベッドの脇に立っている貴島の股間に顔を近づけてきた。そそり勃つ男根を間近で見ると、さすがに眼つきが変わった。女のスイッチが入った感じだった。

右手を伸ばし、形状を確かめるように指で撫でてきた。竿の根元から先端に向かって、裏側をそっとなぞり、亀頭をツンツンと突いてくる。ゆうべ、肛門を犯された肉の棒だった。

どんな形をしているのか興味があるのだろう。そしてそれ以上に、彼女はそれをずっと求めていた。愛でも恋でもなく、欲望を満たすために必要としていた。

「わたし……下手ですけど、許してくださいね……」

「いいから黙ってやれ。上手いか下手かを決めるのは、キミじゃない」

紗奈子はいじけたように眉根を寄せて、男根の根元にそっと指をからませてきた。ピンク色の舌を差しだして、亀頭の裏筋から舐めはじめた。チロチロと舌先を動かして、くすぐってきた。本当にフェラチオが下手なのがコンプレックスのようだった。だから、つまらない技巧に頼りたくなるのだ。

とはいえ、なにしろ美形なので、舐められるほどに貴島の鼻息は荒くなっていった。凜とした美女が、恥ずかしげに眼を伏せて舌を使っている様子は見応えがあった。四つん這いになっているのもいい。彼女は四つん這いがよく似合う。ヒップが豊満なせいだけではなく、牝犬のような格好で屈服させたいという、男の劣情を刺激するからだ。

「んんっ……あぁっ……」

男根全体に舌を這わせると、今度は先端を口唇で咥えてきた。最初はごく浅く、口の中で舌を使っていたが、次第に深く咥えこんでいった。鼻息をはずませながら、Oの字に開いた唇をスライドさせた。しゃぶりたてるほどに、技巧には頼らなくなっていった。牝の本能が垣間見えてきた。

愛撫をしているのは彼女のほうなのに、瞳が潤んでいる。うっとりと眼を細めては、どこまで呑みこめるのか確かめるように、根元まで唇を届かせる。

興奮が伝わってきた。四つん這いの腰が動きはじめたのは、なにを想像しているからだろうか。ゆうべの荒淫か。あるいは、今日これからされるであろうことか。

「すっ、すごく大きいんですね……」

唾液まみれの肉棒をしごきながら言った。そわそわと眼つきに落ち着きがない。

「こんなに大きいのお口に入るのかなあって思ってたんですけど、意外に入ってびっくりっていうか……」

どうでもいいことを言っているのは、興奮を隠すためだろう。いま手にしているもので、早く両脚の間を貫いてほしいと、紗奈子の顔には書いてあった。なのに素直に口にできないところが、貴島の欲望を駆りたてる。

胸を掻き毟りたくなるほど悩み苦しんでいるところにしか、エロスは存在しない。自分の欲望を肯定するか、それともプライドを死守するか、彼女ほど葛藤が伝わってくる女を他に知らない。

紗奈子は当然のように、後者を選んだ。

「ひとつ、訊いていいですか?」

男根から手を離せないくせに、込みいった話を振ってきた。

「貴島さんって、どうして女嫌いになったんですか?」

「女嫌い? そう思うのか?」

「思います……全力で……」

「ならそうなのかもしれないな。思いあたる節がないわけじゃない。妻と愛人に、同時に裏切られたことがある」

ハニートラップを仕掛けられた顛末をかいつまんで話してやると、

「それは……ひどいですね……」

紗奈子は表情を険しくした。詐欺事件のニュース原稿を読むような、凜々しい顔になった。だが、決して他人事《ひとごと》ではあるまい。彼女にしても、恋人に裏切られている。被害額は、貴島など足元にも及ばない。

貴島はベッドにあがり、紗奈子に身を寄せていった。頭と足を逆にした、横向きのシックスナインの体勢になった。

「あっ、あんまり匂いは……嗅がないでほしい……です……」

脚を開かれた紗奈子は、もごもご言っていたが、きっぱりと無視した。ひと晩布団の中で蒸されていた女の花は、やはり格別な匂いがした。嗅ぎまわしながら、舌を差しだした。まだ行儀よく口を閉じている花びらの合わせ目を、ツツーッとなぞっていく。

「んんんっ……」

紗奈子は男根をつかみながらも、フェラチオを再開できなかった。ツツーッ、ツツーッ、と合わせ目を舌先でなぞってやるほどに、腰をくねらせ、内腿をひきつらせる。

「パイパンでされるクンニはたまらんだろう?」

貴島は割れ目を開きながらささやいた。つやつやと濡れ光る薄桃色の粘膜が姿を現した。びっしりと詰まった肉ひだが、熱く息づきながら刺激を求めていた。

「結合したらもっとすごいぞ。お互いパイパンでやるセックスは、結合感が全然違うんだ。毛を生やしていたときより、ずっと深く繋がれる……」

紗奈子は男根を握りしめながら、すがるような眼を向けてきた。アナウンサーをやっているくせに、顔に気持ちが出やすい女だった。それはいつしていただけるのでしょうか? というう心の声が聞こえてきそうだった。いまからでしょうか? それとも明日? まさかその先までおあずけ?

顔に出ているにもかかわらず、決して口には出さない。薄桃色の粘膜から涎じみた蜜を漏らし、発情の匂いだけを振りまく。もはや感動さえしそうである。

「そういえば、私もひとつ、キミに訊いてみたいことがあったんだ」

割れ目を閉じたり開いたりしながら、貴島は言った。

「……なんですか？」

紗奈子はすでにハアハアと息をはずませていた。

「最初に〈エクスタシス〉に来たときのことさ。キミは強引に犯されたいと言った。紙をくしゃくしゃに丸めるみたいに犯し抜かれたいと……なぜそんなリクエストをした？」

セックスファンタジーは人それぞれで、理由など説明がつかない場合が多い。レイプ願望をもつ女は少なくないし、〈エクスタシス〉でもよくリクエストされたものだが、紗奈子の場合はなにか理由がある気がしてしようがなかった。

「言わないと……ダメですよね？」

紗奈子が上目遣いを向けてきたので、貴島はドキリとした。彼女に上目遣いは似合わない。だがやはり、なにかありそうだ。

「貴島さんにもプライヴェートなことを言わせた以上、わたしだけ言わないのは、フェアじゃないっていうか……」

貴島は上体を起こし、紗奈子の手を引いた。座った体勢になった彼女を、背中のほうから抱きしめた。

「話しづらいなら強制はしない。これは命令じゃないから、話さなくてもいい」

耳元でささやくと、紗奈子は首をひねって振り返った。吸い寄せられるように、唇と唇が重なった。深いキスにはならなかった。紗奈子がすぐに唇を離し、顔を伏せて長い睫毛を震わせたからだ。

話しづらい話を、話したがっているように見えた。すべてを吐きだして楽になりたい、そんな雰囲気だった。

ならば、背中をもうひと押しだ。

「話さなくてもいいが、話したらご褒美をやろう。いますぐパイパン同士のセックスを味わわせてやる。嫌なことを思いだしても、それですぐに忘れられる」

紗奈子はしばらく逡巡していたが、

「誰にも言ったことがない話なんです！」

叫ぶように言った。感情を堰《せ》きとめていたものがいまにも決壊しそうな、切羽つまった表情をしていた。

「でもなんていうか……貴島さんになら話せる気がする……ううん、貴島さんに聞いてほしい……」

貴島は唇を重ねた。今度は舌と舌を濃密にからめあう、深いキスになった。

紗奈子は芸能界に復帰するため、枕営業をした顚末を話した。その夜、満たされなかった欲望と激しい自己嫌悪に心乱され、レイプをされているところを思い浮かべながら自慰をしたと告白した。

レイプ願望はもともと、自分を罰するためだったのだと……。

6

なぜそんな話を貴島にしてしまったのか、紗奈子にはわからなかった。ご褒美に釣られたわけではない。そこまで見境がない女ではないつもりだった。

一刻も早く抱いてほしかったのは事実だが、枕営業をしたなどと言えば、幻滅される恐れがあった。少なくとも自分なら、女としても、人間としても、心の底から軽蔑する。不倫などよりはるかにタチが悪く、世間にバレれば非難囂々《ごうごう》どころではすまない、芸能界の闇を象徴するような話なのだから……。

話をしている間中、貴島はずっと後ろから抱きしめてくれていた。話を終えても、紗奈子には振り返る勇気がなかった。話したことを少し後悔した。その後悔は、水に垂らした墨汁のように、一秒ごとに大きくなっていった。

言葉を継げなくなった紗奈子をよそに、貴島はふっと笑った。妙に楽しげな笑い声だったので、ええっ？　と思ったが、それでもまだ振り返ることはできなかった。

「キミと私は、自分を罰したい女と、女に復讐したい男だったわけか……需要と供給は、まあ一致していると言えなくもない……」

嚙みしめるように貴島は言った。

「そういう自分を好きなのかい？」

「好きなわけないじゃないですか」

「自分を罰したいという思いからも、レイプ願望からも、解き放たれたい？」

「……できれば」

「なら話は簡単だ」

双肩をつかまれ、振り向かされた。貴島は笑っていた。眼だけが笑っていなかった。見たこともない瞳の色をしていた。冷たく燃えていた。青い炎のようだった。

「素直になればいいんだ。可愛い女になって、セックスをねだれば解決する」

「なにが解決するんですか？」

「セックスが気持ちよすぎて、自分を罰するなんて馬鹿馬鹿しいと思うようになる。オナニーのときに思い浮かべるのは、荒々しいレイプ場面じゃなくて、私になる。私に辱められているんじゃなく、やさしく抱かれているところにね」

紗奈子は言葉を返せなかった。可愛い女になんて、なれるものならとっくになっていた。それに、そういう素振りを見せた途端、きっと貴島は自分に興味を失くす。特別扱いがなくなって、悪い意味でプロの仕事を始めるに違いない。

「どうした?」

顎を指で持たれ、顔をあげさせられる。

「私はなにも、女を辱めることだけに執念を燃やしているサディストじゃないぜ。むしろ、甘い雰囲気のセックスのほうが得意なんだ。やさしく、やさしく扱って、最後に半狂乱で泣きわめくところが見たいんだ……」

貴島の手が、後ろから紗奈子の両脚を開いてきた。手つきがいままでとは違った。内腿をほんの少し撫でられただけで、下半身の奥で蜜がはじけた。やさしいセックスが得意というのは、嘘ではなさそうだった。

「どうした? 抱いてくださいって言ってみろよ。天王洲アイルでアイマスクをされてたときは、けっこう可愛い女だったぞ」

「……言わないでください」

貴島に指摘されるのは、あまりに恥ずかしい黒歴史だった。なにしろ紗奈子は、相手が貴島だと思っていたのだから……。

「やさしく抱いてほしいだろう？」

「けっこうです」

紗奈子は身をよじって貴島の腕の中から逃れようとしたが、相手はプロだった。逃れられるはずもなく、貴島の右手はやすやすと紗奈子の股間を覆ってきた。

「ふふっ、泣きそうな顔で話をしていたくせに、こんなに濡らしてるのか？　キミだって本当は気づいてるんだろう？　自分を罰したいなんていう思いが、くだらないってことにね。そんなことよりオマンコだ。キミが言っていたように、私はたしかに女が嫌いだ。憎んでいるし、呪っていると言ってもいい。だが、セックスは大好きなんだよ。毎日そのことばっかり考えている。始めれば夢中になる。一瞬でも、女が嫌いな自分を忘れられるからさ。妻と愛人に与えられた屈辱も、どうだっていいって思えるからさ……」

「あああっ！」

クリトリスを撫で転がされ、紗奈子は声をあげた。

「セックスしてくださいって言うんだ」

「言えないっ！　言えませんっ！」

ちぎれんばかりに首を振る。

「なぜまだ意地を張る？　レイプ願望から解放されたいんだろう？　自分に罰を与えるなんて、くだらないって思いたいんだろう？」

「可愛い女になんてなれませんっ！」

「なれるよ」

ベッドに押し倒された。上から見下ろされた瞬間、貫かれる、と本能が震えた。だが貴島は、上から紗奈子を抱きしめながら、ゴロンと横に転がった。上と下が入れ替わった。伸ばしていた両脚の間に貴島の両脚が入ってきて、ひろげられた。

騎乗位の体勢だ。

「レイプじゃあり得ない体位でしようじゃないか」

貴島が下から笑いかけてくる。

「キミが自分で腰を使って、気持ちよくなる。私のものをしゃぶりまわしてくる」

「いやっ！　いやですっ！」

紗奈子は自分でも、なにを嫌がっているのかわからなかった。ただ、貴島のペースで進んでいるのが、怖くてしようがなかった。快楽の力で可愛い女にされてしまうなんて、あってはならないことだった。

しかし、相手はセックスのプロだった。下から紗奈子を抱きしめ、動けないようにしておいて、男根の切っ先を濡れた花園にあてがった。男根に手を添えずになぜそんなことができるのか、紗奈子にはさっぱりわからなかった。たぶん膝の使い方が上手いのだが、ほとんどイリュージョンだった。気がつけば、濡れた割れ目に亀頭が押しこまれていて、そのままずぶずぶと入ってきた。

待ちに待った瞬間なはずなのに、紗奈子は声を出せなかった。長大な男根が肉穴に埋まりきっても、とめた呼吸を元に戻せなかった。

結合しただけで衝撃的な快感が訪れ、体が動かなくなってしまった。正確には、衝撃的な快感の予感だけで、動けなくなったのだった。

貴島の男根が長大すぎるのか、あるいはお互いにパイパンだとこういうことになってしまうのか、すさまじい結合感だった。性器と性器が隙間なくぴったりと密着していた。これで動いたらどうなってしまうのか、考えるだけで怖くなってくる。

貴島に唇を重ねられ、舌を吸われても、紗奈子はまだ動けなかった。上になっているのに貴島にしがみついていることしかできない自分が、情けなくてしようがなかった。

動くことができなくても、動きたい衝動はあった。だんだん耐えがたくなってきた。貴島に乳首をいじられると、泣きそうになった。貴島の指使いはやさしかった。乳首に触れる指のタッチは、まるでタンポポの綿毛を飛ばさないように撫でるみたいに繊細だった。にもかかわらず刺激は胸の奥まで響いてきて、股間を貫かれている快感と鮮やかにシンクロした。

もじもじと腰を動かした瞬間、貴島はまるでそれを待っていたかのように、紗奈子の上体を起こした。自分の体重が股間にかかって、ますます結合感が深くなった。もうダメだと思った。騎乗位なんてほとんど経験がなかったが、腰を動かした。

「ああああっ！」

下半身のいちばん奥でくちゅっと音が鳴り、痺れるような快感が脳天まで響いた。紗奈子はさらに腰を動かした。自分の腰使いが拙《つたな》いことがつらくてしようがなかった。動きたいように動けないし、事実がそうなのだからしかたがないのだが、貴島に下手だと思われていると思うと泣きたくなってくる。

しかし貴島は、そんな紗奈子を笑ったりせず、からかってきたりもしなかった。宙でバタバタさせていた両手を取られ、前につくようにうながされた。貴島の硬い腹筋に、三つ指をつくような格好だ。それからヒップをつかまれた。まるでダンスの先生のように、腰の動きをサポートしてくれた。重心移動が大切なポイントのようだった。貴島が引き寄せてくれるリズムに乗って腰を前後に振りたてると、叫び声をあげてしまった。

いいところにあたっていた。膣の中の感じるポイントに、男根をうまくこすりつけることができた。快楽の扉がひとつ、開いた気がした。だが、扉の向こうにあるのは、また扉だった。それをも開けるように、紗奈子は夢中になって腰を振りたてる。

「ああっ、いやっ……あああっ、いやあああっ……」

顔の中心が燃えるように熱くなり、絶頂が迫ってくる。

こみあげてきた衝動がはじけ、頭の中に閃光が走る。

「ああっ、イクッ！　もうイキそうっ……」

たまらず口走ると、

「こっちを見るんだっ！」

体の下で貴島が叫んだ。

「眼を開けて、しっかり私の顔を見ながらイケッ！」

紗奈子は喜悦に顔を歪めながらも、命じられた通りにした。このままイキたい一心だった。貴島がギラついた眼でこちらを見上げていた。汗と涙にまみれた恥ずかしい顔を、熱い視線で舐めまわされた。

「イッ、イクッ！　もうイクッ！　あああああーっ！」

貴島は焦らしてこなかったかわりに、休ませてもくれなかった。まだ余韻に移る前、体中がビクビク痙攣しているというのに、両膝を立てさせられた。気がつけば、貴島の腰の上で、あられもないM字開脚を披露していた。

さすがに恥ずかしくて眼を閉じた。貴島は紗奈子の太腿を下から支えて、今度は上下に動くようにうながしてきた。リードの仕方が上手いので、紗奈子は自分でも驚くほど自由に動くことができた。男根をしゃぶりあげる運動を……。

男根を抜いていくときはカリのくびれに内側を逆撫でされてゾクゾクし、腰を落とすと先端がしたたかに子宮を叩いた。また扉が開けられた。腰を落とすたびに響いてくる、ずんっ、ずんっ、という衝撃の、虜にならずにいられなかった。

紗奈子は息をはずませて股間を上下に動かしていたが、気になることがなかったわけではない。お互いにパイパンでこんな体位をしていれば、結合部は完全に丸見えだ。アーモンドピンクの花びらがめくられ、巻きこまれていく様子さえつぶさに観察できるはずで、恥ずかしくてしようがなかった。

しかし、だからと言って気持ちがよすぎる股間の上下運動をやめる気にはなれず、一瞬だけ薄眼を開けて、貴島を見た。先ほどよりギラついた眼をして、こちらを見上げていた。猛烈に恥ずかしかったが、身震いするほど興奮もした。

貴島さん、見てっ……。

わたしの恥ずかしいところ、もっと見てっ……。

胸底で繰り返しつぶやいていると、結合部分に熱い視線を感じるようになった。気のせいなのかもしれないが、それによって与えられた熱狂は本物で、紗奈子は二度目のオルガスムスに駆けのぼっていった。

「ああっ、イクッ！　またイッちゃいますっ！」

叫び声をあげ、ビクンッと腰を跳ねあげたときだった。跳ねあげすぎて、男根が抜けた。そうするように、貴島が太腿を押しあげたようだった。次の瞬間、大股開きの股間から、シャーッと音がたった。

失禁してしまったのだ。放出されたゆばりは一本の放物線を描いて、貴島の胸にかかった。さすがに紗奈子は冷静ではいられなかった。セックス中に失禁するだけでも恥ずかしいのに、それを男にかけてしまうなんて……。

「いっ、いやあああーっ！　いやああああーっ！」

あまりにみっともない自分の振る舞いに泣きじゃくってしまったが、貴島は平然としていた。紗奈子の左右の太腿を、両手で下から支えていた。放尿しているというのに、女の花に顔を近づけてきた。ゆばりは当然のように貴島の顔にかかったが、貴島は臆することなく女の花を舐めまわしてきた。

「はっ、はぁあおおおおおーっ！」

頭の中で爆発が起こったかと思った。ピストン運動による刺激とクンニリングスによる刺激は別物で、いままでピストン運動の快感を享受していたところを舐められるのは、衝撃的な気持ちよさだった。

「あああっ……あああっ……」

ゆばりをすべて出しおえると、紗奈子はだらしない声をもらしながら、貴島に覆い被さった。彼の上半身と顔は自分の漏らしたものでびしょ濡れになっていたが、そんなことはどうだってよかった。双頬を両手で挟み、唇を重ねた。息があがりすぎているのに、必死になって舌をからめあった。

貴島が背中をさすってくれた。よく頑張ったね、と褒められているようでもあったし、すごく興奮したよ、とささやかれているようでもあった。言葉も交わしていないのに、セックス中の男の気持ちがこんなにもわかるのなんて初めてだった。

問題は、男根が抜けたままになっているところが、淋しくてしようがないことだった。立てつづけに二回もイキ、最後のクンニでも悶え泣いてしまったのに、紗奈子の体はまだ満足していないようだった。自分でも呆れてしまったが、むしろイク前より、もっと飢えている感じがした。

「オッ、オマンコしてください……」

貴島の眼を見てささやいた。可愛く言えた自信はなかった。それでも、言わずにはいられなかった。

「オッ、オマンコッ……もっとしてっ……こんなの初めてなのっ……こんなに気持ちいいの、初めてなのっ……」

椿と櫻に馬鹿にされ抜いた台詞を、あえて口にした。恥ずかしかったが、恥にまみれたかった。

貴島がこちらをまじまじと見つめてくる。その眼に宿っていた青い炎が、赤い炎に変わったような気がする。

「ねえ、お願いっ……わたし、可愛くおねだりしてるでしょう？　望みの女になったでしょう？　欲しいの……オチンチンほしくてしようがないの……」

身をよじり、腰をくねらせ、股間に男根を呼びこもうとする。もちろん、無理だった。手を使わなければ繋がれる気がしなかったが、両手とも貴島につかまれている。

「ここまでしておいて焦らすんですか？　もうそんな意地悪は……」

貴島は焦らしていたわけではないようだった。体位を変えたかったのだ。紗奈子の体の下から抜けだすと、後ろにまわりこんできた。

四つん這いのバックスタイルだ。

「はっ、はぁうううううううううーっ！」

後ろから貫かれた瞬間、紗奈子は腰を鋭く反らして、獣の咆哮じみた悲鳴をあげた。前から繋がっていたときとは、あたるところが違った。男根というのは、そのためにあんなふうにいやらしく反り返っていたのか、と思った。

パンパンッ、パンパンッ、と尻を打ち鳴らした連打を浴びせられると、紗奈子は泣き叫んだ。ゆうべ肛門を犯されながら、ずっと欲しかったものだった。夢が現実になったわけだが、現実が夢を超えることもあるらしい。四つん這いで貴島の連打を浴びる快感は想像のはるか上を行き、自分が誰であるかもわからなくなりそうだった。

「もっとちょうだいっ！　もっとちょうだいっ！」

両手でシーツを握りしめながら、声の限りに叫んだ。またイッてしまいそうだった。しかしその声は、唐突に途切れた。

肛門に指が入ってきたからだ。

「はっ、はぁおおおおおおおーっ！」

紗奈子は今度こそ、頭の中が真っ白になった。二穴を犯されている事実に、おぞましさなんて感じなかった。肛門で指を食い締めれば前の穴も締まるというメカニズムも、すぐに体で感じとった。すさまじい密着感、一体感だった。しかも、お互いに毛のないパイパン。突きあげられる快感は青天井で上昇していき、紗奈子は喜悦の熱い涙を流しながら、半狂乱であえぎにあえいだ。

貴島はすごい男だった。

しかし、愛しているという感情はまったくわいてこなかった。たとえどれだけイカされても、たとえ貴島を思いだして夜ごとに自慰に耽るようになったとしても、それだけは変わらないように思われた。

愛しているという感情は、なんて不誠実なまやかしだろう。愛を自覚すれば、あるいは口にすれば、すべてを誤魔化せる。自分自身も、相手のことも……真実にベールをかけて、本当のことがわからなくなる。

男と女には、セックスがあればそれでいいのだ。

それ以外の一切合切は、虚飾にすぎない。快楽を分かちあう以外に、異性になんて用はない。それが本能というものだ。本能のままに振る舞うのは、こんなにも恥ずかしく、こんなにも気持ちいい。

エピローグ

貴島は海鳴りで眼を覚ました。

ベッドから起きあがって窓を開けると、冷たい潮風に顔をなぶられた。

北陸にある、シーサイドホテルの一室だった。目的もなくここに流れてきて、すでに三カ月が過ぎていた。こんなさびれた港町のさびれたホテルでそこまで長逗留する客は珍しいらしく、最初はあれこれ詮索されたが、宿泊料の前払い金にたっぷりと色をつけてやったら、従業員たちの態度が快適なものに一変した。

用を足しにトイレに向かった。ひび割れた鏡に映った自分の顔を見て、苦笑がもれる。散髪に行っていない髪は野暮ったく伸び、顔の下半分は無精髭に覆われている。それもしかたがない。ほぼ一日中部屋から出ないし、日課といえば近所の定食屋に行って飯を食い、酒を飲むことくらいのものだからだ。

トイレから出てくると、壁にかかった時計が眼に入った。潮風がやけに冷たかったのは、秋の気配のせいだけではなく、まだ時間が早いせいだった。午前六時十五分。この時間に眼を覚ましていれば、日課がひとつ増える。リモコンでテレビの電源を入れた。

〈モーニン！　モーニン！〉がオンエアされている時間帯だった。

メインキャスターは神谷紗奈子。今日も綺麗だった。なんだか、見るたびにますます綺麗になっていく気がする。

番組構成をリニューアルしたわけでもないのに視聴率がアップしているのは、誰もが紗奈子の美貌に魅せられているからだろう。朝帯の情報番組など、伝えられる内容はどれも似たり寄ったりだ。どの番組にチャンネルを合わせるかは、寝起きの出勤前に、どの女子アナの顔を見たいかで決まる。

一時あった降板説も視聴率があがればどこかに消えてしまい、紗奈子はメインキャスターの席を守りつづけている。ネットニュースによれば、朝帯以外の仕事のオファーも殺到しているらしい。

南房総の貸別荘で過ごした八泊九日で、彼女は変わった。二日目にプライドを捨てると、欲望剝きだしの淫獣と化し、一日中でもあえぎ続けて、最終日には水もしたたるような色香を身に纏っていた。

それは、三十路になった女が若いころの輝きや潤いを取り戻したというレベルをはるかに超えて、若いころとはまた違う大輪の花を咲かせたようなものだった。

咲かせたのは自分である、と誇りたいわけではない。

貴島は紗奈子の要求に全身全霊で応えた。日に日に色香を増していく彼女を、貴島のほうこそ手放さず、抱いて抱いて抱きまくった。ひとりの女とあれほど続けざまに体を重ねたのは、間違いなく生まれて初めてだった。食事のときさえ離れるのが惜しく、お互いに咀嚼したものを口移しで食べさせあいながら、性器をまさぐりあっていた。

おかげで燃え尽きてしまった。

肉欲の燃え尽き症候群だ。

「また会ってもらえますよね……」

別れ際に、紗奈子は涙眼で言ってきた。

「お金はその……一生懸命貯めて払いますから……」

その希望に応えられないお詫びに、貴島は紗奈子にふたつのことをした。

瑠璃に連絡を入れ、〈エクスタシス〉の元男性スタッフを紗奈子に何人か紹介してやってほしいと頼んだ。瑠璃にしては珍しく、文句も言わずに快諾してくれた。よほどのことだと判断してくれたようだった。

そして、南房総に行く前に手渡されていた百万円を、紗奈子に返した。

「この金で、別の男を買えばいい。オーナーが紹介してくれる男なら、間違いない。ベッドでの躾も行き届いているし、他言するような馬鹿もいない。思いきりセックスを楽しめばいい」

貴島はその足で東京を離れ、紗奈子は翌日、〈モーニン！　モーニン！〉のメインキャスターに戻った。

貴島は肉欲だけではなく、すべてに対して燃え尽きてしまったような気がしていた。

紗奈子ほどの女とはこの先二度と会うことはないだろうし、会ってもあれほど濃厚な肉欲の日々を送ることはあるまい。

「それでは、次のニュースです」

テレビ画面の中で、紗奈子が言った。ベリィショートの黒髪も、きりりと太い眉も、気圧されそうなほど凜々しいのに、女らしい色香がそれ以上にまぶしい。

なにもする気が起きず、海辺のホテルで日がな一日ぼんやりしている自分と、画面の中でますます輝きを増していく紗奈子は、同じ時間を過ごしたにもかかわらず、対照的な結末を迎えたと言っていいが、後悔はしていなかった。

戦いに勝ったのは貴島だからだ。

紗奈子にプライドを捨てさせたときの征服感は、いまもこの胸に残っている。彼女を罪の意識やレイプ願望から解き放った達成感も、とても言葉では説明できないほどの歓喜を与えてくれた。

だが、勝ってしまったばかりに、貴島のほうは女嫌いから解放されなかった。

もし自分が負けていたら、と考えないこともない。

妻や愛人を愛したように、紗奈子を普通に愛してしまったら……。

罪の意識やレイプ願望を抱えた彼女を、そのまま抱きしめてやることができたら……。

いつだって、考えるのを途中でやめる。

いまの結末のほうがずっといいからだ。

願わくば、淫獣の本性に目覚めた彼女が、新たなスキャンダルで再び芸能界追放の憂き目に遭わないことを……。

この作品は書き下ろしです。原稿枚数５０３枚（４００字詰め）。

GENTOSHA OUTLAW BUNKO

愛《あい》でも恋《こい》でもない、ただ狂《くる》おしいほどの絶頂《ぜっちょう》

草《くさ》凪《なぎ》優《ゆう》

令和2年12月10日　初版発行

発行人――石原正康
編集人――高部真人
発行所――株式会社幻冬舎
〒151-0051東京都渋谷区千駄ヶ谷4-9-7
電話　03(5411)6222(営業)
　　　03(5411)6211(編集)
振替00120-8-767643
印刷・製本―株式会社　光邦
装丁者――高橋雅之

検印廃止

幻冬舎アウトロー文庫

ISBN978-4-344-43048-8　C0193　　O-83-12

幻冬舎ホームページアドレス　https://www.gentosha.co.jp/
この本に関するご意見・ご感想をメールでお寄せいただく場合は、
comment@gentosha.co.jpまで。